LE TRIPODE
Littératures ■ Arts ■ Ovnis

24 FOIS LA VÉRITÉ

DU MÊME AUTEUR

ROMANS
Jeu nouveau, Le Tripode, 2018
Urbs, Le Tripode, 2013
Meltzland, Panama, 2007
Mallarmé et moi, Panama, 2006

AUTRES
Histoire politique de la roue, La Librairie Vuibert, 2020
Suburbs II. Le port de Gênes, Le Tigre, 2013
De Voyou à Pov' Con. Les offenses au chef de l'État de Jules Grévy à Nicolas Sarkozy, Robert Laffont, 2012
Suburbs I. Autour du fort d'Aubervilliers, Le Tigre, 2012
Diam's sans jeux de mots, Le Tigre, 2010
Lisbonne, voyage imaginaire (avec Nicolas de Crécy), Casterman, 2002

Illustration de couverture
Fillette avec chapeau, Amena Nathan, 2019

Raphaël Meltz

24 FOIS LA VÉRITÉ

roman

Le Tripode

Pour Louise

Famille P.

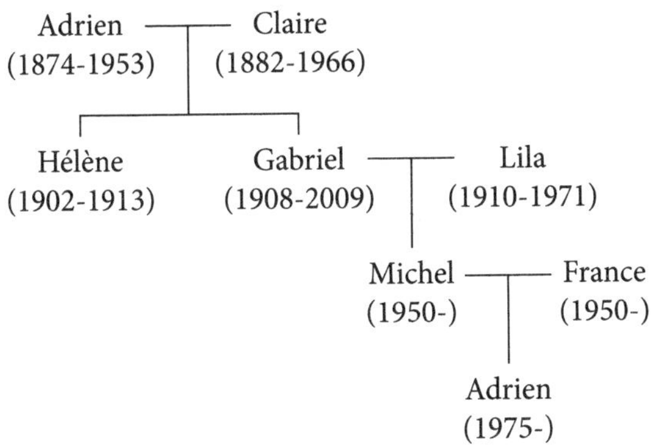
Adrien
(1874-1953)
Claire
(1882-1966)
Hélène
(1902-1913)
Gabriel
(1908-2009)
Lila
(1910-1971)
Michel
(1950-)
France
(1950-)
Adrien
(1975-)

A
[Las Vegas]

— Mais n'oubliez pas que ça fait longtemps maintenant que nous sommes au XXIe siècle.

J'écris *n'oubliez pas* mais il me parlait en anglais, et je ne sais pas en réalité s'il me disait « tu » par familiarité ou s'il me disait « vous » en gardant cette froideur professionnelle des rencontres de congrès. Je ne sais pas, mais lui non plus : un anglophone ne se demande pas s'il tutoie ou s'il vouvoie, il s'adresse à tout le monde avec le même *you*, un peu comme nous les francophones on ne pense pas qu'en langue maya il y a des verbes différents pour dire toucher avec un doigt, toucher avec deux doigts, toucher avec trois doigts, toucher avec toute la main. Nous, on dit simplement toucher et on s'en contente. On se contente de tant de choses, en réalité.

Las Vegas. Dans l'article qu'il va bien falloir que je me mette à écrire sur le CES, le Consumer Electronics Show, comme chaque année depuis onze ans que je viens produire la pige spécialisée qu'il m'est si facile de vendre au plus offrant des journaux qui veulent en parler (et ils veulent tous en parler), je vais reprendre les mêmes vieux clichés sur la ville folie, les néons faramineux, le Strip, grand boulevard « central », les hôtels et les casinos, vendre un peu de glamour de décor, un peu d'excitation contextuelle avant de parler des nouveaux téléphones qui seront dans les mains des Américains dans quelques semaines, des Français dans quelques mois — mais pour le moment, avant le récit hirsute, le réel glabre : au Luxor Hotel (c'est aussi, évidemment, un casino), le bar est une immense terrasse avec une vue démesurée sur l'hideuse et aberrante ville de Les Prairies qui n'est que lumières, certes, mais lumières agressives,

lumières déplaisantes, rouges qui suent la vacuité du jeu et jaunes qui louent le néant consumériste, néons qui ne brillent qu'aux yeux de ceux qui croient que la réussite se mesure en kilowatts, en kilomètres, en kilodollars. Je prends un double whisky que je ferai passer en note de frais, il vaut mieux c'est 29 dollars, et je marche vers les fenêtres, il y a du monde, énormément de monde, pendant le CES tout est plein partout tout le temps à Las Vegas, au bar du Luxor il y a des tables hautes avec des tabourets libres mais toujours au moins une personne attablée, parfois un groupe, plus souvent des gens seuls, majoritairement des hommes, des hommes seuls ou par deux mais alors une solitude partagée, ils ne se parlent pas, connectés à d'autres mondes, d'autres affaires, d'autres enjeux, enjeux dérisoires au regard de la marche réelle du monde mais qui leur semblent cruciaux. Je m'installe à une table devant laquelle se trouve un grand maigre solitaire plongé dans son smartphone. Ici les humains ont la peau bleue. Je pourrais les appeler des *blueskin*, toujours un téléphone en main (souvent deux, parfois trois mais avec seulement deux mains cela reste encore difficile), ils ont le visage entouré d'un halo bleuté dont l'absence semble presque suspecte (cela arrive, en général il s'agit de *geeks* patentés qui ont installé un filtre anti-lumière bleue), mais ce grand maigre, là, a le visage de mille couleurs, teintes qui ne cessent de varier stroboscopiquement comme un effet spécial volontairement recherché, je bois une gorgée de whisky et je le regarde d'un air un peu intéressé mais pas trop, il est penché vers son écran d'une manière particulière, pas simplement comme tous les autres, autour de nous, pas comme quelqu'un qui regarde une photo sur I. ou une story sur S. ou une vidéo sur Y., il regarde comme si sur son téléphone il se passait quelque chose d'*autre*.
Je finis par lui demander si je peux regarder moi aussi. Comme un enfant qui pense il y a un jouet qui a l'air bien je peux voir ? Il me dit non désolé je ne peux pas vous montrer c'est privé (il dit peut-être « te » montrer, mais peu importe, c'est un des avantages des anglophones, ils se fichent du degré d'intimité entre eux et nous, c'est pour ça qu'ils aiment tant le business qui n'est ni proche ni lointain, qui n'est que business).

C'est privé ? Mais c'est toujours privé un téléphone non ?
Oui mais là c'est une application développée en interne, qui n'a pas vocation à être rendue publique.
C'est à ce moment-là seulement que je vois son badge et le nom de la multinationale pour laquelle il travaille, la société A., pas celle qui tue les librairies, l'autre, celles des téléphones et ordinateurs haut de gamme, celle qui lorsque j'étais jeune a failli disparaître et maintenant à nouveau contrôle le monde ; celle qui a réussi à construire un modèle culturel entièrement centré sur elle, un écosystème où l'abonnement à ses services tient lieu de place unique, maintenant que tout le monde a pris l'habitude de n'écouter de la musique que sur abonnement, voir un film sur abonnement, lire un livre sur abonnement. Abonnés pour la vie : une vie sur abonnement ; qui nous sera retirée si on arrête de payer.
Ne pas y penser : je suis au CES pour faire la promotion de ce monde-là. Je suis payé pour y croire : moi aussi.

Je dis d'accord. En réalité je réponds en anglais : ok.
Évidemment j'aimerais bien en savoir plus.
Une application qui va bientôt sortir et que vous testez ?
Il soupire : non, une application qui ne sortira jamais. Une application interne, juste pour nous.
Il me regarde d'un air absent, ma tête de Français manifestement pas à l'affût du scoop et qu'a-t-il à perdre, qu'est-ce qui pourrait sortir de cette discussion, il pourra toujours nier, à moins que je n'aie une caméra implantée dans le regard (ce n'est pas encore possible, bientôt possible mais pas encore possible) il n'y aura jamais de traces de ce que je vais voir.
Il me montre son téléphone en i-, regardez (regarde ?) c'est l'ensemble des photos et vidéos prises sur les téléphones qui tournent avec notre système d'exploitation dans le monde, en temps réel.
Et moi : en temps réel ? Le monde ?
Sur l'écran de son téléphone quatre lignes et une dizaine de colonnes de vignettes en mouvement permanent, avec la mention d'un lieu, d'une date, d'une heure : maintenant. Les lieux sont de partout, la date c'est aujourd'hui et l'heure : maintenant.

Maintenant encore. Maintenant encore. Encore. L'homme maigre m'explique on peut cliquer sur une vignette et l'image apparaît en grand, ou la vidéo se lance si c'est un film, je demande je peux essayer, il me dit en souriant gentiment non. Vous n'y touchez pas. Mais je vous montre.
Et il me montre : une vidéo d'un bébé qui mange des spaghettis, une photo d'un immeuble en construction, une vidéo d'anniversaire, une vidéo de plage, une photo de chat, un selfie devant une église, une sextape, une vidéo qui dit coucou, un selfie de groupe dans un restaurant, une photo d'assiette, une photo d'outil, un sexe masculin en gros plan, une vidéo de fou rire, une vidéo d'engueulade à une caisse de magasin, une photo de coucher de soleil, un selfie devant un stade de foot, un selfie d'un inconnu à côté d'un connu, une vidéo de manif, une vidéo de larmes, une photo de chaussettes posées par terre.
En moins d'une minute. En temps réel. Et je peux aussi filtrer par zone géographique, me dit-il en me montrant une carte du monde où de minuscules points s'inscrivent sans cesse. Par l'âge, le genre des utilisateurs ; leurs habitudes alimentaires, leurs opinions politiques, leurs goûts musicaux. La couleur de leurs cheveux. Leur anniversaire. Le niveau de leur compte en banque. Leur groupe sanguin. Leur orientation sexuelle. Leur pointure. Pour les femmes, la date de leurs dernières règles. Les médicaments qu'ils ont achetés la semaine dernière. Leur pression artérielle. Leur type d'humour préféré.
Il ne s'arrête plus de me parler maintenant, il me dit il y a un petit peu moins d'un milliard d'i. en circulation au moment où je vous parle ; au total l'ensemble de la planète produit, sur notre système d'exploitation mobile, trente-cinq mille photos par seconde.
Comme il l'a dit en anglais j'ai un doute, trente-cinq mille par seconde ? Vous me dites : trente-cinq mille images par seconde ? Oui. Ça va beaucoup trop vite pour regarder. Il sourit avec un peu de suffisance, vous savez que l'œil ne perçoit plus d'images distinctes au-delà d'une vingtaine par seconde, c'est grâce à cela que l'image vidéo donne l'illusion du mouvement. Donc sur mon appli j'ai mis un filtre pour recevoir les images par paquets de trente-deux toutes les secondes, choisies aléatoirement. Malgré ce filtre, on ne

peut physiquement même pas voir, décrypter, tout ce qui s'affiche sur mon écran. Et ce n'est qu'un petit millième du tout.
Ce que je vois là, ce qu'on regarde lui et moi sur son téléphone, ce n'est qu'un millième du tout. Une part minuscule des trente-cinq mille images par seconde produites par cette part de l'humanité utilisant un téléphone de la marque A. Trente-cinq mille. Trente-cinq mille images par seconde.
Je répète les nombres pour espérer les rendre réels.

*

Dans ma chambre, tout est démesuré, le lit fait plus de deux mètres de largeur, comme s'il voulait souligner avec vulgarité que j'ai tort d'y être seul, mais je ne suis pas tout à fait seul, je suis avec mon ordinateur, pour commencer à rédiger mes articles à la gloire du high-tech mondial — sans un mot, j'ai promis, sur ce que je viens de voir :

> Un téléphone capteur d'émotions. L'intelligence artificielle appliquée à la gestion de l'agenda personnel et professionnel. Un écran enroulable de moins de 2 millimètres d'épaisseur. Cette année au Consumer Electronics Show (CES), à Las Vegas, le visiteur ne manque pas de nouveaux produits à découvrir. Comme chaque année : le cycle de l'innovation ne se

Je lève les yeux de mon écran, je n'ai pas envie de continuer, écriture automatique laide et banale, technique et glaciale, ma honte toujours à accepter de produire ça, cette partie de moi qui s'appelle journaliste ; souvent cette honte se double d'une interrogation sur mon autre écriture, celle consacrée au roman, celle qui est entre parenthèses en ce moment, depuis un trop long moment maintenant, il faudrait que je commence un nouveau livre. Mais quel livre ? Et soudain, pourquoi précisément à ce moment, soudain le souvenir de mon père, il y a quelques semaines, mon père me disant *tu devrais écrire sur papy c'est quand même un sacré sujet de roman.*

Comment lui expliquer. Comment lui faire comprendre. Qu'on ne peut pas écrire un livre, un roman, sur son «papy». Papy est un mot si loin de la littérature. Même le mot *Ikea*, même le mot *Starbucks*, même (oui, même) le mot *Google* me semblent un peu moins loin de la littérature : parce que la société en i- c'est la construction matérielle de l'enfermement par le décor, parce que la société en s- c'est l'uniformisation d'un hygiénisme alimentaire délirant, parce que la société en g- c'est la domination du monde par un seul acteur, tout ça oui je pourrais avoir envie d'écrire dessus (je ne le ferai pas ; mais je pourrais en avoir envie). Mais papy ! Pourquoi pas tata tant qu'on y est ? Ou popo ? Chichi ? Patachon ? Minou ? Doudou ?

«Papy» : le père de mon père, mon grand-père Gabriel P. Né en 1908, mort en 2009. Un homme d'un siècle. D'où, évidemment, en miroir, cette phrase de l'homme maigre de la société A. quand je lui disais combien les images du XXe siècle et la façon dont on les regardait, combien cela semblait loin aujourd'hui, ce passé canonique, son air ironique et sa réponse cinglante : mais n'oubliez pas que ça fait longtemps maintenant que nous sommes au XXIe siècle. Oui, ça fait bien longtemps maintenant.

Un sacré sujet de roman. Peut-on vraiment partager avec son père ce qu'on imagine être la littérature ? Comment lui faire comprendre la question de l'incandescence ? Je ne peux pas écrire sur un sacré sujet de roman — je déteste avoir un sujet quand je commence un roman : un sujet, un angle, une accroche, je ne veux pas entendre ces mots qui renvoient tous à mon autre écriture, au journalisme qui n'est que codes, que forme, que construction de la narration, alors que ce que j'aime dans la littérature c'est avancer dans des schémas inconnus, sans savoir ce que je cherche, ce que je vais trouver ; à la fin, parfois, à la fin, peut-être, il y a des sujets qui sont apparus, nés du hasard des dérives de mon inconscient et du tour des lieux de fiction visités. Mais je n'ai rien décidé, rien suivi, rien construit.
Pour écrire un roman, il n'y a qu'un cadre que j'accepte de me fixer, un seul cadre : pour écrire un roman, je dois être capable de

convoquer les spectres — quelle autre définition, quelle meilleure définition que celle-ci, *pour être écrivain il faut pouvoir convoquer les spectres* m'avait dit un vieux monsieur un soir, c'était le 25 octobre 1995, c'était un clochard céleste comme on dit, un clochard lecteur, à la BPI, la Bibliothèque publique d'information, à Beaubourg, l'« ancienne », celle d'avant la réfection de l'an 2000, j'étais étudiant en journalisme et on avait parlé littérature, il avait tout lu, réellement tout au sens alphabétique du terme, de la lettre A à la lettre Z, il passait ses journées à la bibliothèque et la dépouillait méthodiquement, rayon par rayon, on avait parlé littérature et je lui avais dit je vais être journaliste mais je voudrais écrire des romans, je voudrais être écrivain et il m'avait répondu ça, sa définition de ce qu'était un écrivain, *savoir convoquer les spectres* et depuis chaque fois que je commence un roman, cet effroi, les spectres vont-ils se présenter, vont-ils accepter leur convocation, seras-tu là, serez-vous là, toi, toi, et toi, vous tous ?

1
[1913]

Gabriel se concentre, un petit garçon se concentre pour marcher lentement, il pose ses pieds lourds de mille tonnes sur le parquet du couloir, il lève ses jambes comme si elles étaient prises dans la mélasse, il imite l'escargot, au bout du couloir il y a l'angle il ne faut pas y arriver trop vite, tu es tout mou, tu es une tortue, course de lenteur mon Gaby ; il marche très lentement — mais tout de même : il finit par y arriver, au bout du couloir, il se retourne, sa grande sœur Hélène derrière le landau fait un sourire joyeux, elle dit quarante secondes ; et c'est fini.

Gabriel a cinq ans. Gabriel est né en 1908, petit frère d'Hélène née six ans plus tôt, deuxième enfant d'Adrien et Claire P., naissance à la clinique de Saint-Germain-en-Laye, à huit kilomètres de cette maison de L'Étang-la-Ville où ils habitent, plus tard il dira toujours «l'étang», plus exactement «L'Étang», mais ça se prononce pareil : L'Étang-la-Ville, petite bourgade rurale de la Seine-et-Oise, 535 habitants en 1913 ; L'Étang, la maison, un ancien relais de chasse, une de ces petites maisons simples que les bourgeois parisiens utilisaient au XIXe siècle pour venir chasser le week-end (dans la forêt de Marly-le-Roi, juste en face), transformées dans les années 1880, avec l'ouverture des lignes de train, ici celle de Saint-Lazare à Saint-Cloud prolongée en 1884 jusqu'à L'Étang-la-Ville, en maisons d'habitation pour des familles dont les pères ont un travail à Paris — cinquante ans plus tard, on les appellera cadres, et ils peupleront par milliers ce département alors devenu les Yvelines. Adrien, le père de Gabriel, est précisément un cadre d'entreprise, il n'est ni un patron, ni un employé, il est le numéro quatre de la Banque suisse et française, loin des deux associés qui la dirigent et du sous-directeur qui les seconde, mais loin aussi, cette fois dans l'autre sens, des grouillots, secrétaires et employés, qui y travaillent — il est responsable du crédit aux particuliers, et il a fait le choix, à la naissance de sa fille Hélène, de quitter l'appartement parisien, appartement bourgeois mais un peu monotone pour une femme et une petite fille qui n'ont rien à faire de leurs journées (la première à cause de sa position sociale, la seconde à cause de son âge), quitter Paris pour la campagne sans perdre la possibilité d'aller travailler facilement : la maison de L'Étang est à deux minutes de la gare, deux véritables minutes, cent dix-huit secondes exactement, de la porte qu'Adrien referme en embrassant Claire sur les lèvres, Hélène sur les cheveux, au quai de la gare où, chaque matin, il prend le 8 h 04 qui le dépose à Saint-Lazare à 8 h 49, et à neuf heures précisément il est dans son bureau, il ouvre de grands cahiers et reçoit de gros clients qui veulent emprunter des milliers de francs pour s'acheter une maison en Seine-Inférieure, ou investir dans la production d'automobiles, ou racheter les parts familiales d'une succession particulièrement épaisse.

Six ans après l'installation de la famille P. à L'Étang-la-Ville, en 1908 donc : naissance de Gabriel. Et les années qui se suivent, une vie de famille calme et même un peu morne, Adrien absorbé par son travail, Claire manquant un peu de joie, de fantaisie, mais la grande sœur et le petit frère qui s'amusent ensemble, malgré la différence d'âge, ou grâce, Hélène ne joue pas à la maman mais elle joue à la grande sœur, elle ne joue pas, elle est grande sœur et elle aime ça, et le petit Gabriel aime ça aussi, les années se succèdent, vie bourgeoise mais simple, Adrien et Claire sont économes, l'été ils louent une maison de vacances à Honfleur, c'est leur seul luxe, avec leur automobile, une De Dion-Bouton 20/30 HP, grosse berline montant jusqu'à 80 km/h, dans la journée une gouvernante s'occupe de la maison et des enfants, Claire voit des amies de L'Étang-la-Ville ou va se promener à Saint-Germain et parfois à Paris, Adrien passe ses journées à la banque, il n'a pas d'autre idée, d'autre projet pour sa vie que son travail, le soir il lit le journal et Claire lui raconte sa journée ou joue du piano, les enfants sont sages, Gabriel parfois un peu colérique mais il n'y a pas grand-chose de saillant dans l'histoire de cette famille, la famille P.

Et aujourd'hui, au tout début du mois de juillet, juillet 1913, tout est serein, dans deux semaines ce sera le départ en voiture pour le mois de vacances à Honfleur, Adrien n'est pas là, il est à la banque, à Paris, l'école est finie pour Hélène, Gabriel n'y va pas encore, leur mère est dehors, elle s'occupe du jardin, elle aime bien passer du temps à tailler, à cajoler, à arranger ses fleurs et son petit carré aromatique, dans la maison les enfants jouent dans le couloir.
Le couloir : un long, interminable couloir, avec du parquet au sol, et en haut de grandes lucarnes horizontales qui éclairent, le couloir est situé côté nord et distribue les pièces du rez-de-chaussée, c'est un L, un L dont la grande barre est beaucoup plus longue que la petite, et cet angle entre ces deux parties si inégales les enfants l'adorent, parfois le soir quand il fait encore jour, à partir du mois de mai, Adrien les retrouve tous les deux en train de lire, sur des coussins, installés à l'angle du couloir, il râle toujours un peu, ils ont leurs chambres à l'étage, ou un coin avec un divan dans le salon, pourquoi s'installer là, mais les enfants sont comme ça : quand ils s'approprient un lieu, il devient sacré. Un coin pour les enfants. Un lieu magique.
Cet après-midi, Hélène a décidé de prendre la caméra. La Pathé-Kok : la toute première caméra grand public, sortie cette année-là, pellicule ininflammable et simplicité d'utilisation, c'est un des patrons d'Adrien à la banque qui lui en avait parlé, et Adrien qui a toujours aimé les inventions s'en est acheté une, c'est cher mais quel plaisir, on installe la bobine, on tourne la manivelle, on amène la bobine à une boutique Pathé où elle est développée, et ensuite on projette ses films, on se *voit* dans le film, ça ne fait même pas vingt ans que le cinéma a été inventé et il est déjà dans leur salon. Il n'y a pas que Adrien qui adore cette caméra ; sa fille aussi : elle a, tout de suite, obtenu le droit de filmer (pas de mettre la bobine, bien sûr, mais d'enlever le cache de l'obturateur et de tourner la manivelle), de toute façon, comme dit Claire, Adrien ne sait jamais

lui dire non, il a suffi qu'elle dise je veux filmer et son père a dit oui, cela fait un mois qu'ils ont la caméra et Hélène a déjà tourné plusieurs mètres de pellicule — et tous les quatre ils ont regardé les films pris par Adrien (en 1913 on dit «prendre un film»), et ceux d'Hélène, qui ne sont pas très différents. Claire, elle, aime bien regarder mais il ne lui viendrait jamais à l'idée de se mettre derrière la caméra ; et Gabriel, quand on sort le projecteur, crie «le film du kok ! le film du kok !» : il croit dire coq, il n'entend pas le concept marketing de Pathé qui orthographie le nom de l'animal, symbole de la société, avec des *k* pour faire plus international. Pour vendre cette caméra dans le monde entier ; la prochaine, dans dix ans, s'appellera Pathé-Baby plutôt que Pathé-Môme.

Aujourd'hui, dans le couloir : Hélène a une idée. Hélène va mettre son idée en œuvre, et son petit frère la regarde faire, avec cette admiration qu'il a toujours pour son énergie, pour les petites frimousses qu'elle lui fait souvent, quand elle est concentrée et qu'elle croise son regard, et pour les petits bisous qu'elle lui donne s'il vient se pelotonner dans ses bras, ces câlins que sa mère ne sait pas vraiment lui offrir — aujourd'hui Hélène a l'idée de mettre le trépied réglable et les 5,8 kilos de la caméra, de les mettre sur le landau de la famille et de faire avancer le landau dans le couloir en faisant tourner la manivelle : en filmant.

Elle est en réalité en train d'inventer le travelling, mettre la caméra sur un chariot pour filmer en mouvement, elle l'invente comme un enfant invente un monde sans se rendre compte que c'est difficile : c'est juste un monde, après tout — juste un monde.

Hélène, méthodique, a raccourci les pieds pour que la caméra ne soit pas trop haute ; elle fait un essai dans le couloir, d'abord le petit côté du L, est-ce que j'arriverai à tourner la manivelle tout en faisant avancer le landau, son père lui permet de filmer au maximum un mètre par jour, il y a un compteur mécanique qui est remis à jour à chaque bobine, aujourd'hui comme elle n'a pas filmé depuis quatre jours elle a droit à quatre mètres, un peu plus d'une minute, il n'est pas question de gâcher en filmant des essais : ils se font à blanc. Elle pense demander à Gabriel de pousser le landau pendant qu'elle

tourne la manivelle, mais c'est un peu risqué, et puis surtout elle veut filmer son petit frère : c'est le sujet de ce film dans le couloir, de ce mouvement de caméra, filmer son frère qui marche dans le couloir. Filmer un mouvement en mouvement.
Il faut vite renoncer à l'idée de faire le couloir en entier, l'angle est trop serré pour faire passer le landau et elle tournant la manivelle ; le grand côté du L suffira, il est assez long pour permettre de montrer la marche de Gabriel, Hélène est toute contente, Gabriel a droit à un bisou et écoute avec attention ce que sa sœur lui demande de faire : marcher lentement, très lentement, dans le couloir, et à la fin, quand il est au bout, il se retourne et il regarde la caméra. Pour Hélène, c'est évidemment plus compliqué : elle doit avancer, au même rythme que son frère (la caméra est à mise au point fixe ; le diaphragme, lui, est réglé sur la lumière, faible mais suffisante, du couloir, Hélène a appris à le faire, c'est gradué de 1 à 8, on choisit selon l'intensité lumineuse du lieu), pousser de la main gauche le landau et de la main droite tourner la manivelle qui est située à l'avant de la caméra, un gros bloc noir surmonté d'un petit rectangle qui fait viseur mais Hélène ne regardera pas dedans, l'angle est assez large pour que son frère soit pris en entier. On fait un essai. Ça marche à peu près, Gabriel marche très lentement, Hélène l'aide en lui disant de ralentir encore, qu'il doit penser à l'escargot, à la tortue, elle parle en même temps qu'elle compte les secondes et quand il arrive au bout il se retourne et fait ce petit sourire timide qu'il va refaire, presque à l'identique, à chaque répétition, jusqu'à la véritable prise : quarante secondes d'avancée dans le couloir, Gabriel se tourne et il sourit — et il se met à marcher vers la caméra et Hélène peste parce qu'elle tournait encore il fallait attendre mon chou tu es trop impatient. Il faut attendre que je dise stop Gaby. Quand même !
Malgré tout, Hélène est contente : elle a hâte de raconter à ses parents ce qu'elle a fait et surtout de regarder le film, il reste six ou sept mètres sur la bobine, avec un peu de chance Adrien va filmer Claire au jardin ou une promenade dans la forêt et le film sera développé avant le départ pour Honfleur.

Mais Hélène ne verra pas le film. La semaine suivante, alors qu'elle court dans la rue, impatiente, joyeuse, elle trébuche, tombe la tête en avant, commotion cérébrale.
Elle a eu un accident et elle est morte. Tu comprends mon chéri ?
Elle est morte.
Elle avait onze ans.

Et Gabriel, pour toujours : un enfant seul. Un enfant unique — malgré lui, malgré ses parents : un enfant qui a perdu sa sœur. Un enfant devenu seul au monde. Un homme qui cherchera à oublier ce qu'il a perdu. Qui cherchera à vivre comme si de rien n'était — mais, justement, rien n'était pas. Il était une fois quelque chose. Quelque chose qui s'appelle l'absence.
Et Gabriel, encore quatre-vingt-seize ans à vivre : avec cette absence.

B

[Le Relais de Belleville, Paris]

À Paris. Il n'y a plus guère qu'à Belleville que j'arrive à aller — depuis que je vis dans ma campagne de grande banlieue, dans cette maison de L'Étang-la-Ville où je me suis installé il y a une dizaine d'années, je regarde Paris comme une étrangère, comme une ville qui a choisi de changer sans me demander mon avis, je la regarde comme quelqu'un d'aimé autrefois, qu'on observe avec surprise en se disant mais qu'avait donc cette personne pour que j'accepte de vivre avec elle, dans ce cas plus exactement : d'y vivre ? Je l'ai aimée pourtant cette ville, mais c'était il y a si longtemps, elle était si différente : et j'ai beau savoir que cette chanson cela fait des siècles que des ronchons l'entonnent, il faut bien accepter qu'il y a eu un moment de bascule, un moment où il était encore possible de trouver des bistrots pourris, des marchés prolos, des ouvriers solidaires, des enfants joyeux : à Paris.
À Paris, donc, il n'y a plus qu'autour de Belleville que je vais quand c'est pour boire un verre avec des amis, après le matin avoir dû enchaîner quelques rendez-vous sinistres, les agences de communication dans le IXe, ce qui reste de journaux juste en dessous du périph, à Montrouge ou à Villejuif, les éditeurs spécialisés en guides pratiques numériques pas loin, j'ai beau devoir retourner à Saint-Lazare pour rentrer chez moi jamais je ne pourrai voir un ami autour de la gare, dans cette zone que je peine à qualifier d'urbaine, cette zone blanche au sens premier du terme, la pierre est trop blanche, trop ravalée, les humains qui passent sont trop blancs, propres sur eux, ma voix devient blanche si je dois ouvrir la bouche, ça manque d'énergie, ça manque de joie, ça manque de vie, ça manque de tout en réalité.

J'avais proposé à Antonio qu'on se retrouve au Relais de Belleville, on fera comme si c'était encore un bar à l'ancienne, comme il y a une vingtaine d'années, tout est fait pour qu'on soit dans cette illusion, le sol est à peine balayé, les chiottes sont crades, les chaises sont dépareillées, mais maintenant le demi de bière est à trois euros quatre-vingt-dix et un peu partout brillent de petites pommes lumineuses dont le verso éclaire les visages d'un nombre démesuré (ramené à leur proportion dans la population réelle) de graphistes, de scénographes et de monteurs son. Et pourtant : il y a pire ailleurs. J'ai du mal à me dire ça mais c'est ainsi.
Antonio, lui, ne voit rien. Antonio n'est pas vraiment là. Dans ses pensées, dans son discours, il est concentré, j'aime parler avec lui surtout parce qu'en général il croit : à quelque chose. Il croit à ce qu'il dit. Il croit qu'il y a quelque chose en quoi croire. Ça varie, ça n'est pas très stable d'une fois sur l'autre, d'une année sur l'autre, mais ça crée du mouvement : sa pensée, sa parole. Je prends la vague, je l'écoute : je n'ai, moi, en général, pas grand-chose à lui raconter, ni de mon travail de journaliste spécialisé (il n'a même pas de smartphone, un vieux S. à clapet avec lequel il tapote de brefs SMS organisationnels, lieu et heure où l'on se retrouve), ni de ma vie d'écrivain (c'est si fragile, quand je commence à écrire un livre, qu'en parler ce serait prendre le risque de tout briser d'un coup) ; mais lui a toujours des choses à dire. Pas sur son métier, purement alimentaire, son métier de consultant ; mais sur mille et un sujets qui nourrissent sa pensée, sa vie. Et cette fois justement : Adrien j'ai un projet, un projet passionnant, je cherche à dater la mort du cinéma.
Pardon ?
Oui la mort du cinéma, tu sais que le cinéma est mort, non ?
Je... je n'avais pas fait spécialement attention, je ne me suis pas posé la question.
Enfin Adrien, le cinéma est mort voyons.
Il y a des olives offertes avec les bières (deux pintes, treize euros et quarante centimes au total, avec une douzaine d'olives aromatisées au romarin, le cadeau reste raisonnable si on le regarde du point de vue de l'équilibre économique global de l'entreprise qui nous

accueille), Antonio les prend une par une méthodiquement, les grignote comme une sorte d'écureuil maniaque, il croque la chair de l'olive avec ses dents sans jamais que les noyaux n'entrent dans sa bouche, il fait cela sans y prêter attention, j'ai envie de lui demander pourquoi il mange ses olives de cette façon, j'imagine, le connaissant, qu'il a une théorie associée, tu ne savais donc pas Adrien que les noyaux d'olive sont cancérigènes ou alors l'amertume d'un noyau d'olive démolit le goût de la bière ou encore j'ai découvert cette façon de faire dans un petit roman italien mineur et d'ailleurs j'ai tout oublié de ce livre, même son titre, tout sauf cette façon de manger les olives et c'est bien tu sais c'est bien d'avoir des petits rituels. Il pourrait, il est capable de me dire quelque chose comme cela.
La question c'est la date.
Pardon ? (Pardon Antonio je pensais à ta façon de manger les olives, je pensais à ce que tu pourrais m'en dire, j'ai perdu le fil de ce que tu me dis vraiment, là.)
Oui, la date de la mort du cinéma.
Mais qu'est-ce que tu appelles la mort du cinéma ?
Il me regarde comme si j'étais idiot. Comme si j'étais aveugle. Comme si j'étais naïf. Ou alors, peut-être : comme si je feignais *volontairement* de ne pas comprendre. Comme si je savais très bien que le cinéma était mort mais que je faisais comme si de rien n'était.
Adrien pardon mais fais-tu semblant ? Es-tu idiot, aveugle, ou naïf ? Ou alors tu fais exprès de faire comme si de rien n'était ?
Antonio, excuse-moi, je n'ai jamais vraiment réfléchi à la mort du cinéma, qu'est-ce que tu veux dire par là ?
Tu n'y as jamais réfléchi ? Mais à quoi réfléchis-tu en fait ? Ne vois-tu rien de ce qui se passe autour de toi ?
J'ai l'habitude d'être secoué par Antonio, comme tous les passionnés il s'exaspère rapidement quand d'autres êtres humains ne partagent pas ses indignations. Donc non Antonio je n'y ai jamais réfléchi mais ça m'intéresse, justement je commence à écrire un livre sur — mais je ne peux pas lui dire cela : je ne veux pas parler de mon livre. On ne convoque pas les spectres dans un bar comme celui-là. Peu importe, Antonio n'attendait pas vraiment une réponse de ma part, il continue de parler, le cinéma est mort, c'est très

simple à prouver : fais une liste de, disons, tes dix films préférés. Fais-la dans ta tête, comme pour un tour de magie tu vas voir ce que je vais faire apparaître ça va être spectaculaire, mieux qu'un billet dans une poche ou un lapin dans un chapeau.
Antonio s'il te plaît ne me parle pas de tour de magie, ne me fais pas penser à une fleur de papier qui disparaît en un flash par la grâce d'une flamme brandie par une femme apparue de nulle part et qui peut emmener un homme si loin, de tout cela Antonio je ne saurais comment te parler – mais Antonio ne m'attend pas, n'écoute pas mon silence, il me dit vas-y : tu penses à dix films, ça peut être un peu moins ou un peu plus, on s'en fiche, allez, tes films préférés.
Alors je pense, sans réfléchir, comme ça me vient, à des grands films que j'aime, que je ne suis pas le seul à aimer d'ailleurs, ma liste doit ressembler à quelque chose comme la liste des dix plus grands films de l'Histoire, les dix plus connus, populaires : *Citizen Kane*, *La Soif du mal*, *Pierrot le Fou*, *Apocalypse Now*, *Baisers volés*, *M le Maudit*, *La Grande Illusion*, *Chungking Express*, *Huit et demi*, je ne sais même pas si je suis à dix mais je dis à Antonio d'accord et maintenant ?
Très bien me dit Antonio, maintenant regarde, je vais écrire un nombre sur ce sous-bock. Je ne sais rien de ce que tu as pensé, on est d'accord ? J'écris un nombre et je te passe le sous-bock.
Il soulève sa bière, et il écrit quelque chose sur le carton rond.
Et maintenant Adrien, c'est là le tour de magie : sur ce bout de carton, il y a un nombre d'années. Ce nombre d'années correspond au temps qu'il y a entre le film le plus récent de ta liste et aujourd'hui. Au moins à ce temps.
Je le regarde un peu interloqué, sans être sûr de bien comprendre, et il me dit tu n'es pas sûr de bien comprendre ? Je parie qu'il s'est passé au moins ce nombre d'années entre le film le plus récent de ta liste et aujourd'hui. Regarde.
Je retourne le sous-bock. Il y est écrit : 20.
Je reprends ma liste mentalement. Le film le plus récent : *Chungking Express*, 1994. C'était il y a plus de vingt ans.
Je ne dis rien ; Antonio sourit, alors j'ai gagné ou pas ? Ce petit tour, tu pourras le faire avec n'importe qui, ça marche toujours.

Cela fait plus de vingt ans que le cinéma ne produit plus de chefs-d'œuvre. Il y a encore des films qui sortent, oui, parfois des bons films, d'accord, mais plus rien d'immense. Plus rien d'énorme. Plus rien d'incroyable. Plus rien qui excède ce qu'on connaît déjà. En d'autres termes, le cinéma existe encore comme une industrie, mais son art s'est éteint. Le cinéma comme art est mort. Tu peux aller au cinéma comme tu vas acheter un paquet de farine, oui : il reste ça, des paquets de farine. Et c'est tout.
Un silence. Et je demande à Antonio ça fait combien de temps que tu cherches ?
Et il me répond : depuis ce matin.
Depuis ce matin. Quelques heures seulement. Mais ça ne va pas s'arrêter, maintenant que c'est lancé.
Ça ne s'arrête pas : ce que je veux, maintenant, Adrien, ce que je voudrais, c'est arriver à un moment précis, à une date. Une date exacte. Je veux savoir précisément quand le cinéma est mort. Quand j'aurais trouvé, alors... Alors !

Alors quoi, Antonio ? Alors comme pour toutes tes théories passées tu passeras à autre chose, tu oublieras ce que tu cherchais et pourquoi tu le cherchais ? Mais j'ai beau le savoir, moi, que ça va finir comme ça, j'ai beau le connaître, lui, depuis si longtemps, cette fois encore je le regarde et je me fais embarquer, je regarde cet homme qui dans la vie vend son cerveau, plutôt loue son cerveau, pour arranger les affaires de telle entreprise ou pour monter tel projet, autrement dit cet homme qui fait ce métier de consultant qui lui laisse pas mal de temps libre, et qui, pendant ce temps libre, utilise toutes ses ressources mentales à bâtir des théories majeures sur des sujets du même calibre, je le regarde avec admiration, avec un peu de jalousie aussi sans doute, moi qui n'arrive à croire à rien, à presque rien, qui n'arrive à rien d'autre que produire ma pige d'un côté, et qui tente de l'autre, une fois de temps en temps seulement, avec mes romans, sachant que la pureté n'est pas de ce monde, de chercher sa lueur. Son éclair.
Ce n'est pas assez. Je le sais bien.

2
[1919]

Maintenant c'est Gabriel qui a onze ans. Lui n'y pense pas, mais son père, oui, et sa mère, surtout, passe une année entière à craindre, plus encore que les années d'avant et plus encore qu'elle ne le fera après, à craindre que cette année soit la dernière, que onze ans soit pour Gabriel, comme pour Hélène, l'âge de fin de la vie.
Mais Claire n'en parle jamais à Adrien — tout comme Adrien n'en parle jamais à Claire. Et pourtant Claire y pense tous les jours, parfois ce n'est qu'une pensée fugace, qui ne fait que passer, qui glisse sans presque l'alourdir, parfois c'est envahissant, long et étouffant, mais en tout cas c'est tous les jours, dès lors qu'il a fallu fêter l'anniversaire de onze ans de Gabriel, il n'y a pas eu un jour où elle n'y a pas pensé, elle y pense donc aujourd'hui aussi, ce mercredi 3 décembre, ce jour où elle a décidé d'emmener Gabriel au Gaumont Palace, place de Clichy, le plus grand cinéma d'Europe, trois mille cinq cents places à l'époque, pour y assister à une projection de films en couleurs.
En couleurs !
C'est un événement, Adrien a eu des places par ses patrons de la banque qui ne pouvaient y aller, et lui non plus d'ailleurs, c'est un jour de congrès important à Londres, une série de banquiers protestants d'un peu partout en Europe vont passer deux jours à imaginer des projets communs potentiels, il n'y aura pas de rires, pas de joie, mais il y aura des pensées industrielles, des avenirs productifs, des lendemains bâtisseurs — et à Paris Claire emmène Gabriel voir des films en couleurs pour ne pas penser qu'il a onze ans comme Hélène qui, éternellement, a onze ans.

La société des Établissements Gaumont a l'honneur de prier monsieur Adrien P. et son épouse de bien vouloir assister à la présentation des Vues Cinématographiques en couleurs et notamment du Défilé de la Victoire qui aura lieu au Gaumont Palace (ouverture des portes, 13 h 45 ; écran, 14 h 30 très précises, la plus grande obscurité étant nécessaire).

Le plus grand cinéma du monde, dit le pilier gauche ; la plus vaste salle du monde, dit celui de droite. Un tout petit parvis, le hall munificent, et les voilà installés, bien dans l'axe de l'écran, c'est ce qu'on leur a expliqué à l'entrée, avec un plan de la salle, et un schéma expliquant le fonctionnement des trois projecteurs, chacun une couleur primaire, qui doivent être dans le même axe pour se superposer et ainsi recréer une couleur complexe, un arc multiple, un monde profond.

Pour Gabriel et pour sa mère, et pour le public dans la salle, ce n'est pas tellement étonnant, de voir des images en couleurs qui représentent *leur monde*, celui qu'ils voient tous les jours en couleurs — ils voient sur un écran ce qu'ils voient dans la vraie vie ; pour eux voir le monde des années 1910 en noir et blanc n'est pas la norme, ils ne le voient qu'au cinéma (et donc rarement), sinon leur monde est en couleurs ; ce n'est que cinquante ans plus tard, quand on se retournera vers ce passé, qu'il semblera n'exister qu'en noir et blanc ; et puis cinquante ans passeront encore et le numérique permettra de tout coloriser et de nouveau on ne verra la première moitié du XXe siècle qu'en couleurs car le noir et blanc sera proscrit — pour les humains nés au XXIe siècle le siècle précédent sera vu, exclusivement, en couleurs, l'idée du passé en noir et blanc disparaîtra : à tout jamais. N'aura duré qu'un moment.

Le défilé de la victoire, filmé en couleurs par la Gaumont : ce sont des milliers de soldats, de poilus, qui ont célébré le 14 juillet 1919 la victoire française, défilé devant le maréchal Joffre et le maréchal Foch, et le général Berthelot, succession de différents corps d'armée, moutons maintenant pacifiés mais toujours moutonniers, fanfare, porte-drapeaux, infanterie, chasseurs alpins, fusiliers marins, cavalerie, zouaves, spahis, tirailleurs, blindés, canons, au bas de l'avenue des Champs-Élysées, avec l'Arc de Triomphe (le triomphe !) en perspective, et la foule, évidemment, la foule qui applaudit, le tout en couleurs trichromiques triomphantes, et la petite foule en version réduite, ces trois mille invités prestigieux du Gaumont Palace qui applaudissent aussi, et Gabriel applaudit, il n'y a pas de raison, il est fier de tous ces soldats courageux qui ont gagné la guerre, qui ont vaincu les Boches, qui ont libéré son pays, cette guerre de quatre ans qu'il n'a qu'à peine perçue, entre ses six ans et ses dix ans : son père ne l'a pas faite, une légère infirmité (un œil presque aveugle) l'avait exempté du devoir militaire ; son école était restée ouverte ; sa vie avait été normale, quasiment normale sauf bien sûr l'absence de sa grande sœur — alors que l'Europe a sombré en juillet 1914 Gabriel avait vu son monde sombrer, lui, en juillet 1913 : on n'est pas toujours au diapason de l'Histoire.

Fin de la projection. Gabriel sort avec sa maman, il a plein de questions, comment ça marche pour faire de la couleur, sa mère essaie de décoder avec lui le schéma qui montre les trois projecteurs avec chacun un filtre, rouge, vert, bleu, mais maman surtout maman est-ce que tu peux m'expliquer comment ils ont fait pour que le mot *Gaumont* ait cette couleur violette — lilas, corrige Claire : couleur lilas — oui le mot *Gaumont* couleur lilas et la marguerite autour toute bleue, comment ils ont fait, non je veux dire maman : pourquoi ils ont choisi ces couleurs-là ? *Qui* a choisi ces couleurs-là ?

Claire regarde son fils de onze ans qui lui pose une question à laquelle elle n'a pas de réponse : une question à laquelle d'ailleurs il n'y a sans doute pas de réponse ; mais peut-on dire cela à un enfant : il n'y a pas de réponse, il y a des questions auxquelles je dois te dire qu'il n'y a pas de réponse, pourquoi ta sœur est morte et pourquoi ils ont choisi bleu et lilas, la seule chose que je peux te dire c'est d'essayer de ne pas comprendre, de ne pas vouloir. Ne pas chercher. Mais faut-il dire cela à un enfant : ne pas chercher. Peut-on dire cela. Tout cela, toutes ces interrogations se bousculent à toute allure

dans la tête de Claire ; elle ne dit rien ; elle espère que Gabriel n'attend pas vraiment de réponse. Qu'il ne pense pas qu'il y ait vraiment de réponse possible.
Et c'est comme ça que se construit, année après année, le silence. Entre une mère blessée et son fils triste.

C
[L'Étang-la-Ville]

J'aime marcher dans ma maison. C'est idiot sans doute mais c'est un plaisir que j'ai : marcher, lentement, calmement, dans ma maison. Sans rien faire d'autre — pas tout à fait exact : parfois j'utilise ce mouvement, ce mouvement borné, mouvement en deux dimensions borné par des limites en trois dimensions, je marche sur un sol plat et il y a des murs, j'utilise ce mouvement pour accompagner une idée, la développer, la nourrir, qu'elle sorte de cet état de sensation pour devenir un objet qui peut devenir réel, un objet qui tout simplement : peut s'écrire.

J'ai la chance d'habiter cette grande maison de L'Étang-la-Ville dans laquelle il est possible de marcher longuement, de faire un trajet, descendre un escalier, prendre le couloir en forme de L qui distribue les pièces du rez-de-chaussée, salon, cuisine, salle à manger, il y a trop de pièces pour moi, une seule me suffirait, la gazinière une table et un fauteuil regroupés en une seule unité me conviendraient mieux, mais pour marcher ça fait toute la différence, pas tant les pièces que le couloir qui les distribue, couloir éclairé par de hautes lucarnes horizontales qui font une lumière qui tombe d'en haut, une lumière presque mystique, une lumière sans vue, on est côté nord alors la luminosité est assez faible, mais vient du ciel, du ciel et jamais du soleil, mystique oui mais d'un mysticisme un peu froid, d'un mysticisme assez rationnel somme toute, et cela me convient très bien, moi qui ne veux croire à la magie que si j'en suis l'ordonnateur — et voilà l'angle du couloir, angle court, tout petit côté d'un L, c'est déjà l'entrée, s'il n'y avait pas cette porte qui termine le couloir et donne sur l'entrée la petite partie du L serait plus longue, comme un véritable L en réalité, mais là ça fait un couloir croupion donnant sur une entrée ensuite, j'aime bien cet angle, il a quelque chose, une sorte de charme simple, il est beau parce que c'est *un angle*, je me souviens de mon père, qui n'a jamais habité dans cette maison sauf quand il était enfant, me disant tu devrais casser la cloison de l'entrée et garder une continuité du couloir, mais non, je ne suis pas d'accord, le couloir est un couloir, même avec ce petit morceau trop court c'est un couloir avec un angle, si j'enlève la porte qui donne sur l'entrée il y a le risque que le couloir disparaisse et soit remplacé par une entrée avec un coude : une entrée avec un coude ! Voyons, papa.

Ma vie ici est profondément solitaire, mais cette solitude je l'ai volontairement organisée, j'aurais pu la revendre, cette maison, même si administrativement elle appartient pour une part à mon père, j'aurais pu me mettre d'accord avec lui, une lignée d'enfants uniques c'est simple pour organiser le partage du patrimoine, j'aurais pu la vendre pour m'acheter un petit appartement à Paris, être dans ce monde-là, celui que j'ai connu pendant longtemps, dans la vie toc, la ville tac-tac, boire des verres avec des amis profonds et des copains légers, rencontrer des filles de passage ou des femmes des parages, mais non, j'ai voulu rester loin, loin de tout ce qui représente une vie agitée, j'ai voulu éteindre quelque chose, j'ai voulu m'extraire d'une agitation à laquelle je n'arrive pas à croire totalement, mais ce n'est réussi qu'en partie, je ne suis pas devenu ermite, ce que j'ai éteint c'est ce qui se passe tout autour de moi, uniquement. Le reste j'y ai toujours accès : simplement je dois aller le chercher.

Si je n'ai personne à voir à Paris, aucun rendez-vous pour mon travail, aucun reportage, si mon temps est organisé ici, à la maison, en deux moments bien distincts, l'écriture de deux livres qui sont aussi dissemblables que peuvent l'être le yin et le yang, le sud et le nord, Dieu et le diable, l'eau et le feu, la masse et la grâce, le bel et le laid, le livre du matin qui serait un guide pratique et le livre du soir qui serait un roman pour lequel je dois convoquer des spectres, si ma vie est ainsi conçue disons pendant une semaine entière il peut arriver que je ne voie qu'un seul être humain, un

être humain, le même être humain, précisément un jour sur deux : la boulangère de L'Étang-la-Ville. Il peut se passer une semaine et je n'aurai ouvert ma bouche, un jour sur deux (j'achète deux baguettes pour deux jours), que pour parler avec elle — elle qui bien sûr ne peut imaginer que ce client-là ne parle, dans sa journée, qu'avec elle quand elle parlera avec cent quatre-vingt-douze clients aujourd'hui.
Elle est étonnante, cette boulangère, presque un peu folle, disons fofolle pour ne pas être désagréable, l'air gentiment allumé, la tête tout enfarinée, une sexagénaire à la fois lasse et énergique, le regard absent et excité en même temps, elle me dit des choses presque toujours absurdes, parfois un peu égrillardes, la plupart du temps avec une tension que je ne comprends pas, les dates de ses vacances ou les travaux de réfection de la place de la mairie — mais : j'aurais mauvaise grâce à me plaindre parce qu'elle m'apporte un peu de présence, un peu d'épaisseur dans ma journée qui risque de n'être qu'assez vide sinon.

Retour à la maison. Je suis seul. Je monte, je m'assieds, je travaille. *Tablettes pour les seniors : trucs et astuces.* J'écris sans réfléchir, comme ça vient, et ça vient tout seul, j'ai une pratique, une habitude technicienne de mettre les bons mots à la bonne place pour les bons clients — je n'ose dire : lecteurs.
Puis. Je me lève, je descends, je déjeune.
Et souvent, pas tous les jours mais souvent, plus souvent qu'un jour sur deux, je sors dans le jardin, dans le jardin qui n'est pas très grand et qui emmène vers l'atelier, l'atelier de mon grand-père, une grande pièce avec une petite remise derrière : cet endroit je n'y ai pas touché, tout le reste de la maison je l'ai plus ou moins réaménagé, mais cet endroit je l'ai laissé exactement à l'identique, j'adore où il me projette, dans la remise il y a toutes les caméras de mon grand-père, et leurs pieds, et des bobines, des dizaines de bobines, et dans la grande pièce un banc de montage mécanique, des projecteurs, un mur blanc qui sert d'écran. Et des odeurs, surtout, des odeurs d'un temps tellement lointain qu'il date d'avant ma naissance, des odeurs de ces objets fabriqués il y a si longtemps

qu'ils semblent être une histoire et pourtant ils continuent d'exister ; la plupart marchent encore.
Je n'ose pas m'en servir. J'ai trop de respect, trop de timidité pour les manipuler vraiment. Parfois je les touche un peu, une caméra il m'arrive de remonter son ressort et d'écouter le bruit du mécanisme qui se déroule jusqu'au clac final. Mais la plupart du temps je m'assieds simplement à la grande table centrale et je ne fais rien. J'écoute le passé. J'écoute un monde dans lequel je n'ai même pas vécu. La dernière caméra de mon grand-père c'est un modèle vidéo portatif de 1969. Tout ce passé d'avant moi, d'avant mon existence : ce passé qui demeure.
Toutes ces traces de mon grand-père que je vois plus souvent, finalement, que n'importe qui d'autre. N'importe qui de vivant. Mais ce n'est pas seulement mon grand-père, c'est un monde qui n'existe plus, un monde dans lequel je ne peux plus vivre. Dans lequel je n'ai jamais vécu. Un monde qui me touche tant. Qui me manque tant.
En ressortant de l'atelier je monte directement dans mon bureau, à l'étage, sans regarder mon téléphone portable, en débranchant ma box, il me faut être entièrement déconnecté, je m'assieds devant mon ordinateur soudain transformé en simple machine à écrire, outil mécanique, objet inerte qui ne pourra vivre qu'avec mon énergie, mon imagination, enfin il est temps, il faut y aller, il est temps de me mettre à écrire : spectres.

3
[1923]

Gabriel a quinze ans et pour ses quinze ans son père lui a offert une Pathé-Baby, la Pathé-Baby qui vient de sortir, qui succède à la Pathé-Kok, *comment donner une idée du plaisir de la photographie animée, lorsqu'elle représente ceux que nous aimons le plus ? C'est le temps à moitié vaincu, notre propre vie défilant devant nous, c'est enfin le passé vivant. Une telle joie aujourd'hui est accessible à tous, Pathé-Baby vous la donne.*

Est-il possible de parler de joie ? Gabriel aura toujours cette gravité que d'autres ne comprendront pas vraiment, sauf ceux qui ont partagé ça, une perte trop injuste, trop inattendue, trop absurde, toute perte est absurde mais certaines plus que d'autres — les autres quand ils riront avec Gabriel, quand ils riront énormément et le verront rire, ce qu'on appelle un fou rire, s'ils ont un peu de finesse ils verront au fond de son œil à lui, tout au fond mais ça se voit quand même si on veut voir, verront toujours cette froideur, cette distance au moment, à l'éclat de rire, à la *fiesta*, à l'ivresse, à la danse, à l'orgasme — il y aura toujours, en mémoire dans une pièce de son esprit, de son corps, il y aura toujours quelque chose qui ne sera pas entièrement relâché, abandonné, une forme de qui-vive, mais pas pour l'avenir, pas une inquiétude, un qui-vive au sens de la dualité entre une âme qui vive et une âme morte. Le poids de son âme morte sur ses épaules vivantes à lui.

Mais Gabriel n'en a pas forcément conscience, pas toujours conscience, surtout à quinze ans où il est difficile de penser à tout, de tout penser, quand l'enfance tombe par peaux mortes sans que la peau de l'homme qui doit naître soit entièrement formée derrière, lorsque son père lui a offert la caméra il était ravi, la Kok était

cassée depuis plusieurs mois déjà, et Gabriel avait tellement envie de filmer à nouveau, filmer c'est ce qu'il fait le plus facilement, le plus communément, filmer, savoir cadrer, penser toujours qu'il y a cadre, que le monde qui est devant ses yeux il faut lui donner les limites d'un rectangle, le meilleur rectangle possible, mais toujours un rectangle dont la largeur fait quatre tiers de la hauteur.
Ce n'est pas une voiture, c'est le profil d'une voiture dans le cadre ; ce n'est pas une montagne, c'est le pic de la montagne dans le cadre ; ce n'est pas une foule ce sont des silhouettes dans le cadre — avec évidemment la difficulté toujours de devoir choisir où placer les lignes, horizontal haut vertical gauche horizontal bas vertical droit, de manière à rendre harmonieux ce qui est à l'intérieur, sans que ce qui sera perdu à l'extérieur manque à l'image ; et c'est ça, c'est ce savoir qui tente de réunir la beauté graphique et le sens pratique, qui fait d'un homme qui filme : un bon opérateur.
Et c'est ce savoir que Gabriel apprend, tout seul, il n'existe encore aucune école de cinéma (dans quatre ans, en octobre 1927, l'École technique de photographie et de cinéma accueillera sa première promotion, rue de Vaugirard, mais ce sera trop tard pour qu'il retourne à l'école), c'est ce savoir qui va devenir un savoir-faire, puis un faire tout court, un geste à accomplir sans plus s'interroger — ou presque plus. Comme pour la plupart des humains qui n'ont qu'à ouvrir les yeux pour voir le monde qui les entoure, pour Gabriel : ouvrir l'obturateur de sa caméra pour filmer le monde qui l'entoure.

Il est parti toute la journée de L'Étang-la-Ville, c'est jeudi, il n'y a pas lycée, il a dit à ses parents qu'il allait filmer à Paris, il a pris le train jusqu'à Saint-Lazare puis erré un peu dans la ville sans tellement savoir où, quoi, et puis il est arrivé à Ménilmontant, au «cimetière de l'Est» : le Père-Lachaise.
Un endroit tranquille. Un endroit où l'on n'est pas dérangé. Les morts n'ont pas de pudeur : on peut les filmer sans qu'ils s'interrogent, sans qu'ils marchent d'un air inquiet vers la caméra, que faites-vous, qu'est-ce que c'est que cette machine à manivelle, Gabriel ne peut pas imaginer que cent ans plus tard dans la rue tout le monde aura une caméra dans la poche, à la main, tout le monde

se fera filmer sans jamais s'étonner, s'inquiéter, se rebeller ; tout le monde fera, et tout le monde sera une image animée. Tout le monde ne sera plus qu'une image numérique. En 1923, c'est autre chose : poser une caméra, même petite comme la Pathé-Baby, sur un pied, ou juste la prendre en main, et se mettre dans la rue, regarder à travers, filmer, c'est forcément attirer les regards curieux des passants, il n'est guère de bande d'actualité de l'époque où il n'y a pas un ou même plusieurs «regards caméra», cette rupture du pacte que, quarante ans plus tard, quelques insolents de la Nouvelle Vague ou d'ailleurs pratiqueront dans leurs fictions — quoi, le spectateur ? ah...

Un cimetière : ce sont des lignes horizontales. Une infinité de lignes horizontales. Et Gabriel qui a développé un sens de la rigueur du cadre qui lui fait préférer le respect des lignes à leur fuite, Gabriel regarde en l'air et trouve une idée. Il va monter. Dans un arbre : filmer d'en haut.
Dans l'arbre, un marronnier banal de cimetière, il choisit une grande branche qui part à l'horizontale, il s'installe presque à plat ventre et prend le temps de fixer sa Pathé-Baby, elle n'est pas grande, mais elle n'est pas minuscule non plus, de l'accrocher avec une ficelle pour lui donner une fixité absolue, pour filmer d'en haut sans bouger, comme le point de vue d'un dieu particulièrement hiératique, particulièrement stable, un dieu qui ni ne tonne ni ne trébuche, Gabriel déclenche la manivelle, tourne quelques secondes de ces tombes, ces rectangles bien ordonnés dans son rectangle à lui, ces rectangles fixes dans son rectangle qui forme cadre fixe lui aussi, évidemment maintenant ce serait mieux si quelques personnes pouvaient arriver, se matérialiser en dessous de lui pour que sa bobine soit plus vivante, ce n'est pas le terme idéal pour un cimetière, pour qu'elle soit plus animée — et c'est ce qui se produit : mais ce ne sont pas quelques personnes, c'est un nombre démesuré de personnes que Gabriel voit arriver au loin, une foule immense qui monte la rue de la Roquette, Gabriel n'avait pas lu le journal qui annonçait l'enterrement aujourd'hui au cimetière de l'Est de Sarah Bernhardt, ce 29 mars 1923, funérailles

nationales, foule gigantesque qui se presse, qui pleure et qui suit le cortège funéraire, au pied de l'arbre de Gabriel avant même le cortège voilà des gendarmes qui prennent possession de l'espace, qui vont bloquer les accès, sauf à la famille, aux officiels et aux reporters, il y a des journalistes, des photographes, et deux opérateurs avec des caméras, des grosses caméras sur pied, Pathé et Gaumont, de son arbre Gabriel voit ces deux hommes qui se mettent face au caveau en attendant l'arrivée du cercueil — suspension du temps, comme une répétition de théâtre, tout est en place et on attend les spectateurs, on attend le début ; et voilà le véritable début, entrée solennelle du corbillard tiré par des chevaux, recouvert de fleurs, de milliers de fleurs, c'est ce que voit Gabriel le mieux par en haut, les roses de toutes les couleurs, les chrysanthèmes, les iris, les pivoines, les œillets, les reines-marguerites, les violettes, les giroflées, les aubépines, les jasmins, les primevères, les lis, les pensées ; les immortelles. Et autour du cercueil les orphelines vêtues de carreaux noir et blanc qui agitent lentement des palmes, et ce mouvement Gabriel le filme et ces objets deviennent des êtres vivants, les filles sont invisibles sous leur coiffe noire, seul le mouvement des palmes est vivant, le cercueil est à l'arrêt, fleurs de mille couleurs que Gabriel filme en noir et blanc et ces palmes qui sont la seule trace de vie.

Le cercueil est mis en terre. Puis le petit groupe des proches qui tour à tour vont jeter un peu de terre, qui se relaient pour noyer le cercueil de la terre qui bientôt le recouvrira en entier.

Comme les opérateurs qui sont au sol, Gabriel filme avec économie, de temps à autre, il filme comme s'il était un professionnel, comme s'il devait rendre son travail à la fin de la journée, comme si les Français qui ne sont pas venus jusqu'au cimetière allaient voir l'enterrement grâce à ses images, il a l'impression oui d'être le regard de Dieu mais d'un dieu civil, d'un dieu du cinéma qui l'a fait monter là par intuition, qui lui a permis de prendre, en 1923 on dit toujours prendre, cette vue zénithale que les opérateurs au sol n'auront pas, leurs images plus classiques, le caveau en ciment avec en énorme le nom BERNHARDT et le visage de ceux qui viennent de dire adieu à la tragédienne.

Et puis tout le monde part. En tout dernier, quand il n'y aura plus personne dans le cimetière, que les gendarmes auront laissé les cantonniers qui auront fini de nettoyer, Gabriel va revenir sur terre : redescendre sur le sol, retourner dans le monde. Rentrer chez lui. Sortir la cartouche de film. La mettre dans le sachet rouge qu'il faudra aller porter à la succursale Pathé de Saint-Germain-en-Laye qui les développe pour lui, pour qu'il la projette dans la petite salle que ses parents lui ont permis d'installer dans une grande pièce à côté de la maison, une sorte de remise, ses parents l'appelaient l'atelier, et c'est l'atelier de Gabriel, il y stocke son matériel et il y bricole, il a peint en blanc un mur pour faire un écran et il y a trois chaises, c'est là qu'il regarde ses images, seul la plupart du temps, parfois aussi avec ses parents, parfois avec des amis du lycée, bientôt avec des amoureuses à qui il voudra montrer ce qu'il fait, ce qu'il filme, dans cette salle donc il va regarder seul ses images zénithales de l'enterrement de Sarah Bernhardt. Et c'est à ce moment-là seulement, au moment de regarder ses images sur l'écran, ses images projetées de l'horizontal de son point de vue de tournage au vertical du mur de projection, c'est à ce moment-là seulement qu'il va penser, parce qu'il ne pense qu'après, pas quand il filme (quand il est derrière une caméra il peut vivre sans vivre vraiment, regarder pour garder une trace et pas pour être, ne pas regarder frontalement, regarder avec un objet qui met une distance — qui le met à distance) ; et donc quand il regardera ces images, Gabriel se dira soudain qu'au Père-Lachaise il était dans un cimetière, qu'il y avait passé trois heures, qu'il y avait vu un enterrement, et qu'il avait réussi, en filmant, en revenant à L'Étang, en déposant le lendemain la bobine à la boutique Pathé de Saint-Germain, en l'installant deux jours après sur son projecteur, il avait réussi à ne pas penser, mais maintenant c'est fini, maintenant il n'arrive plus à ne pas y penser, maintenant il pense qu'il avait réussi à ne pas penser à cette petite tombe de L'Étang-la-Ville, à ce cimetière qui est minuscule, ce tout petit cimetière qui est à une rue de la maison, réellement une rue, en sortant de la maison remonter et prendre à droite rue de la Corderie et c'est tout de suite l'entrée du cimetière — ce petit cimetière où Gabriel n'est jamais retourné, depuis dix ans, dans ce petit cimetière où Hélène est enterrée. Depuis dix ans.

D
[L'Étang-la-Ville]

Antonio m'a envoyé il y a quelques jours un petit SMS (ses SMS sont toujours courts, simples, sans effusions et surtout sans petites images animées — son vieux téléphone ne le permet pas — et ça m'apaise de ne recevoir que quelques mots informatifs, précis et utiles, ça me plaît qu'il ne mette aucune pièce dans l'effroyable machine d'un monde qui s'envoie des cœurs animés rouge vif pour s'embrasser, un pouce dressé pour s'encourager, des larmes bleues pour compatir : un monde qui n'a plus de mots, qui n'a plus que des images, douze pixels sur douze, pour s'exprimer) : *on pourrait se voir j'ai des révélations à te faire sur la mort (du cinéma).*
Des révélations, Antonio ! Mais viens donc dîner à la maison, on boira du vin rouge et je ferai un feu ça sera parfait pour parler de la mort du cinéma, si tu veux tu restes dormir : le dernier train est à 23 h 37.
Antonio, tu sais en ce moment tous les matins j'écris un livre sur le système d'exploitation qui équipe plus de la moitié des téléphones du monde, pas celui en i- mais celui en a-, un livre qui s'intitule *A. pour les nuls* et pour ce faire j'utilise un deuxième téléphone, un téléphone avec la prochaine version du système d'exploitation, celle qui porte le numéro suivant par rapport à celle qui est actuellement disponible, tu imagines ce qu'est ma vie en ce moment ? Je pose mon vrai téléphone à gauche, et l'autre à droite, et je compare. Tu peux croire cela ? Tu peux admettre que c'est ça, pour moi, écrire, ce matin ? Je suis l'historien au présent d'un monde qui change par itérations successives d'un système toujours plus performant d'esclavage numérique, elle est pas belle ma vie, allez Antonio, je sais que je ne te ferai pas rire en te racontant tout cela, c'est pas grave, viens arrive, matérialise-toi pour de vrai, sors de mon

imagination d'écrivain qui lutte contre l'ennui de son quotidien de scribouilleur et raconte-moi où tu en es.

Je suis devant la grande cheminée, sur un petit tabouret, Antonio est calé dans le vieux fauteuil en velours rouge, un verre de vin à la main, j'ai longuement hésité à lui offrir des olives (ou alors des olives sans noyaux? mais cela aurait peut-être eu l'effet inverse, cela aurait peut-être provoqué d'autres façons de manger les olives, des façons plus spectaculaires encore, grignoter petit à petit autour d'une idée de noyau, puis jeter cette absence de petit ovale en relief dans une poubelle imaginaire), finalement je me suis rabattu sur de banales chips, objets oblongs orange qu'il croque sans façon spéciale, qu'il croque sans même voir qu'il croque, qu'il croque en parlant, qu'il ne cesse de croquer sans cesser de parler, j'ai décidé, me dit-il, de débuter mon enquête par Jean-Luc Godard. Pourquoi? Pour des raisons évidentes, et d'autres qui le sont moins. Évidentes parce qu'il n'a pas arrêté de proclamer la mort du cinéma, il y a énormément de citations. Je t'en donne une parce qu'elle résume tout le reste : en 1983 *Le Nouvel Observateur* lui demande si le cinéma va mourir avec lui, Jean-Luc Godard, et il répond oui : *J'ai cru, quand j'étais jeune, qu'il était éternel, mais c'est parce que je croyais que j'étais éternel.*
Alors il y a ce court métrage assez connu qui s'appelle *Lettre à Freddy Buache*, Freddy Buache c'était le directeur de la Cinémathèque de Lausanne, le court métrage dure 11 minutes et il date de 1981.
Il faut être précis. C'est important d'être précis. Tu vois la responsabilité sur mes épaules? Je ne peux pas dire n'importe quoi. Je ne peux pas me tromper de date. C'est trop important, une date. Surtout que là c'est une date de décès. Une date qui sera gravée sur un tombeau. C'est donc le 26 février 1980 que la ville de Lausanne décide de commander à Godard une, je cite, «bande cinématographique en couleurs, à vocation touristique et culturelle, d'une durée de douze minutes». Le 8 mai 1980, Godard vient devant le conseil communal, et le compte rendu dit très sérieusement : «Monsieur Godard précise qu'il n'a jamais tourné de film publicitaire et qu'il n'en tournera jamais. En revanche, il se sent motivé par l'étude

poétique — et non sociologique — d'une ville.» Et Antonio, sans la moindre transition, comme s'il voulait le faire exprès, pour me surprendre, pour s'assurer que je l'écoute avec attention, Antonio continue de parler, ce qui donne : l'étude poétique — et non sociologique — d'une ville tu as un vidéoprojecteur Adrien ?
Un petit moment de silence, le temps de comprendre sa question, bien sûr Antonio que j'ai un vidéoprojecteur, il y a trois ans j'ai écrit un guide pratique, ça s'appelait comment déjà, ça s'appelait *Choisir son vidéoprojecteur en 10 étapes*, j'avais testé une trentaine de modèles et j'avais fini par en racheter un à la marque en b-, mais attention j'ai mon honneur, je ne l'avais fait qu'après avoir rendu le texte de mon livre, je n'avais eu aucune réduction en échange d'une critique favorable, j'ai mon honneur mais je n'ose pas lui dire cela, j'ai trop peur qu'Antonio me regarde avec surprise en me demandant c'est ça ta conception de l'honneur ?
Alors je dis oui et je l'allume et il branche son ordinateur et on regarde ce court métrage sur Lausanne intitulé, donc, *Lettre à Freddy Buache*. Au début du film il y a deux bandes-son en parallèle, une avec des voix qui parlent fort mais qui est mixée très bas, c'est un dialogue enregistré au bord d'une route, entre Godard et un ou plusieurs policiers :

> *JLG — On vient avec vous dans un quart d'heure.*
> *Policier — Non monsieur, maintenant vous pliez.*
> *JLG — Non parce que là vous nous empêchez de travailler. Vous devez nous réserver un bon accueil.* [Inaudible] *dénoncerai à monsieur Delamuraz parce que moi je travaille pour lui.*
> *Policier — Vous êtes automobiliste, vous n'avez pas demandé d'autorisation.*
> *JLG —* [Inaudible] *de l'urgence pour nous.*
> *Policier — Alors demandez l'autorisation.*
> *JLG — Mais on l'a vu ce matin en passant.*
> *Policier — Si vous voulez pas payer, vous vous arrangerez après coup. Vous avez plusieurs possibilités : vous payez tout de suite...* [Inaudible]

et une autre bande-son, la bande principale, celle où l'on entend Godard qui s'adresse à Freddy Buache en le tutoyant, et en chuchotant, mais cette fois c'est mixé beaucoup plus fort et il chuchote en laissant beaucoup de blancs, ce qui permet d'entendre le reste, et il dit :

> Mon cher Freddy,
> Je vais essayer de... te parler de... ce court métrage sur la... sur la ville de Lausanne. Sur... toujours parler sur... Je voudrais essayer de... même pas de parler de la... là je te parle pour euh... pour te guider, tu vois ? Je pense qu'ils... qu'ils seront... qu'ils seront furieux, parce qu'ils diront c'est... on avait commandé, on a donné de l'argent pour un... pour un film sur... et ça, c'est un film de... il arrive pas encore à la... sur...face. Il est encore au fond... au fond des choses. Et toi et moi on est... on est trop vieux... et le cinéma est... va mourir euh bientôt, très jeune. Sans avoir donné tout ce qu'il a pu donner alors il faut... il faut aller vite au fond des choses. Il y a... il y a urgence...
> *[Petit rire, lancement du Boléro de Ravel.]* La police est venue nous arrêter quand on tournait, l'autre jour. On s'était arrêtés sur un des côtés de l'autoroute et puis ils nous ont dit il n'y a pas le droit, sauf en cas d'urgence, et on leur a dit il y a urgence, il y a... il y a la lumière, il y a... elle va durer dix secondes donc... il y a urgence. Ils n'ont rien voulu savoir.

Après ce début, le reste ne parle plus du cinéma mais de Lausanne, du bleu et du vert, et, entre les deux, du gris, Antonio s'impatiente, Antonio veut me parler, je lui dis gentiment d'attendre, je veux voir le film jusqu'au bout, quand on commence quelque chose on va au bout : au bout de onze minutes générique de fin.
Bon dit Antonio qui peut enfin parler, bon, je te passe le scandale, c'est amusant mais ça n'a rien à voir avec le sujet, les conseillers municipaux épouvantés par le film et le maire qui fait remarquer que le monde entier parle de Lausanne grâce à Godard : le court

métrage a été montré au Festival de Cannes — mais peu importe, ce qui est important c'est cette phrase au début du film : le cinéma va mourir bientôt, très jeune, sans avoir donné tout ce qu'il a pu donner. Mais ce qui est étonnant, c'est que Godard énonce mal ce qu'il veut dire, en réalité il veut dire *sans avoir donné tout ce qu'il aurait pu donner.* Sinon c'est une aporie, sans avoir donné ce qu'il a donné, tu es d'accord, ça n'a pas de sens.
Je suis d'accord. Mais : Antonio on pourrait dîner maintenant peut-être ?
On pourrait mais après le dîner j'aimerais qu'on regarde un autre film de Godard, un film que je n'ai pas encore vu et qui va peut-être me donner une clé.

Alors on dîne puis on regarde *Grandeur et décadence d'un petit commerce de cinéma, révélées par la recherche des acteurs dans un film de télévision publique d'après un vieux roman de J.H. Chase*, c'est le titre entier de ce téléfilm de 1986, diffusé sur TF1 quelques mois avant sa privatisation — enfin je dis on regarde mais, est-ce le vin de l'apéro puis des spaghettis carbonara ou est-ce que le film m'ennuie légèrement, je dors un long moment et Antonio quand je me réveille joue machinalement avec le crayon qu'il a pris pour noter des citations sur la mort du cinéma : sa page est restée blanche ; Antonio est fâché, Antonio fulmine je pensais qu'il allait raconter la mort du cinéma du point de vue du développement de la télévision, et il n'y a rien ! Rien !
Abattu, il veut aller se coucher.
Mais moi : j'ai dormi pendant le film, j'ai un regain d'énergie, j'ai envie de parler, et ça me vient comme ça, c'est rare que j'y arrive mais ce soir ça me vient, je parle de mon roman, de ce que j'essaie de faire, de ce que je comprends de ce que j'essaie de faire, raconter l'histoire d'un homme sans rien raconter d'autre que ce qu'il voit, peut-on écrire un roman uniquement par des segments de choses vues, peut-on les regarder aussi et tenter de raconter ce que vivent les personnages et ainsi construire un récit, il y a eu tant de questions sur le roman depuis des siècles, et tant de réponses, mais moi j'ai l'impression que j'ai tout oublié, que je ne

sais même plus si un narrateur peut prendre la parole quand il n'est pas un personnage de son livre, je ne sais pas si je peux faire des *flashforwards*, me plonger dans un avenir qui est notre passé mais qui éclaire le présent que vit mon personnage, qu'est-ce que tu en dis Antonio ? – mais Antonio dort dans son fauteuil, je le réveille doucement, son grand corps mol, sa peau claire apaisée, je dois les sortir du sommeil, Antonio tu m'as écouté ou pas, oui oui j'ai tout écouté mais je ne me souviens pas trop de ce que tu disais, tu m'as parlé de quoi ?

C'est pas grave, une autre fois, allons dormir Antonio, il y aura d'autres occasions, non ?

4
[1928]

Gabriel a vingt ans. Il ne pense pas qu'il a vingt ans ; il n'est pas de ceux qui pensent que vingt ans est un âge, un âge crucial, le pire ou le meilleur de la vie, il pense à ce qu'il peut faire à vingt ans, à ce qu'il a envie de faire, filmer, que ça devienne son travail, sa vie, et il se concentre sur l'idée de ne pas penser au nombre lui-même, cet âge rond, parce qu'à chaque fois qu'il pense à son âge à lui il pense à son âge à elle, à chaque fois il y a cette addition qui se fait mentalement, qui se fait automatiquement, cette addition qui à son âge à lui ajoute six ans pour arriver à son âge à elle, l'âge qu'elle aurait, une addition pour un conditionnel, mais ce jour-là quand Gabriel se présente à la Gaumont, quand il arrive avec sous le bras la bobine qui lui a été commandée la semaine précédente, grâce à son père, les banquiers associés patrons de son père qui sont actionnaires minoritaires à la Gaumont et à qui Adrien a dit que son fils était un jeune opérateur de cinématographe n'ont pas hésité à l'aider, un rendez-vous plus tard Gabriel était non pas embauché mais à l'essai, et ce jour-là alors qu'il a sa bobine sous le bras il y a une concierge chez Gaumont, qui n'avait jamais vu Gabriel, et que Gabriel n'avait jamais vue, une quinquagénaire les cheveux gris attachés une blouse à fleurs, et elle regarde ce jeune homme à l'air fier bobine sous le bras, et elle lui demande vous êtes le livreur, et Gabriel non je suis opérateur, j'amène ma bobine. Ah, vous êtes opérateur, mais vous êtes bien jeune pour être opérateur vous avez quel âge ?
Et là. Gabriel est obligé. De dire à l'indicatif vingt ans. De penser au conditionnel vingt-six.
La concierge sourit, lui sourit d'un air serein, et dans ce sourire Gabriel voit tout un monde qu'il ne connaît pas, qu'il a l'impression

de n'avoir jamais vu, jamais connu, cette femme qui a à peu près l'âge de sa mère et qui depuis cette place de concierge à blouse à fleurs semble heureuse alors qu'il a le sentiment de n'avoir jamais vu que des nuages sur le visage de sa mère ; il entre dans la cité Elgé, L.G. pour Léon Gaumont, cet ensemble d'immeubles des Buttes-Chaumont, ce n'est que la deuxième fois qu'il y vient, mais c'est aussi une des dernières, comment va s'écrire le destin, ici ce pourrait être le lieu où il viendra tous les jours pendant les dix années à venir, s'il devenait opérateur chez Gaumont, mais non, tous les jours il ira travailler cité Francœur, dans le XVIIIe arrondissement, chez Pathé, c'est pour eux qu'il va travailler, la vie de Gabriel va donc prendre non pas le chemin de la Gaumont mais *l'autre*, et il ne le sait pas, pas encore, quand, un peu après avoir donné sa bobine, avoir bu un café, pu observer le travail du montage de la bande, il se retrouve dans la salle des projections techniques : on l'a autorisé à voir le montage final. Gabriel regarde la salle, si différente des salles de cinéma auxquelles il est habitué, ici pas de décoration, un simple écran et au premier rang des tables devant les sièges, pour pouvoir prendre des notes, ou poser des verres d'eau ou des tasses de café, ou du vin ou du cognac, là il n'y a que deux hommes d'une trentaine d'années qui l'ont salué distraitement, les responsables de la bande, ce n'est pas vraiment un film, c'est une sorte de court documentaire sur le passage du temps, rien de passionnant, Gabriel lève la tête vers l'écran, un gros titre s'affiche sur l'écran : « Il y a vingt ans ».

Le montage est idiot, assez peu compréhensible, faut-il croire qu'en 1928 les jeunes responsables de cette bande chez Gaumont ne savent pas ce que le cinéma est déjà capable de faire, ne se sont pas intéressés aux films sortis cette année, *Tire-au-flanc* de Jean Renoir *La Symphonie nuptiale* de Von Stroheim *Octobre* d'Eisenstein *Crise* de Pabst *Le Vent* de Sjöström *Jeanne d'Arc* de Dreyer *L'Opérateur* de Buster Keaton *La Coquille et le Clergyman* de Germaine Dulac, autant de magistrales interprétations de la force du médium, ou est-ce simplement que cette bande de dix minutes est un sous-produit, en 1928 on sait déjà faire des objets filmiques sans intérêt, sans valeur, simplement pour remplir les salles de cinéma, fabriquer des premières parties de programme comme on produit des sacs de farine, un de ces deux trentenaires a dû se dire tiens on pourrait piocher dans notre fonds de 1908, notre fonds d'il y a vingt ans et construire une bande avec ça, regardons nos stocks, on a le Grand Prix cycliste de 1908, on a le Grand Prix automobile sur le circuit de Dieppe, on a les réunions hippiques à Auteuil, on a Farman sur un biplan Voisin qui boucle un kilomètre le 30 janvier 1908, on a un meeting d'aviation avec le président Fallières, on a le carnaval de mi-carême à Paris, bon, mais il faudrait quand même marquer le temps qui passe, et l'autre trentenaire (ils avaient l'un l'autre une dizaine d'années en 1908, ces images datent de leur enfance ; pas de celle de Gabriel : des images de l'année de sa propre naissance on n'a jamais aucun souvenir) a dû proposer qu'on finisse par une série d'images d'aujourd'hui, et c'est ça que Gabriel est allé tourner, un plan parmi d'autres, et c'est ce qu'il regarde assis au cinquième rang, après les images de 1908 qui lui paraissent étrangement datées, ces grosses automobiles presque cubiques, ces avions faits de toiles, ces chapeaux gigantesques et ces barbes interminables, aujourd'hui les trains filent à toute allure, les avions sont en métal, la ville de Paris vibre avec énergie : plan fixe sur un boulevard du côté de l'Opéra, avec le Grand Hôtel au fond, bus, voitures, piétons, tous pressés. Gros plan sur un feu de circulation, qui change de couleur. Plan général sur la porte Saint-Denis vue en diagonale : voitures et bus à grande allure. C'est ça, c'était ça, c'est déjà fini : le plan tourné par Gabriel, son premier plan qui sera projeté dans un cinéma, ces cinq secondes d'une rue parisienne, ces trois bus successifs qui passent devant lui et les piétons qui se faufilent et les voitures qui doublent à gauche, cinq secondes, à peine plus de cent petits photogrammes de trente-cinq millimètres de large, deux mètres de bobine, deux mètres seulement, les deux premiers mètres de Gabriel, deux mètres, à peine plus que sa taille à lui, deux premiers mètres qui seront suivis par des dizaines, des centaines, des milliers, une vie d'opérateur : des kilomètres de pellicule.

Aujourd'hui Gabriel pour la première fois voit des images qu'il a filmées non pas projetées sur un écran (ça il en a l'habitude quotidienne dans son atelier de L'Étang-la-Ville) mais montées avec d'autres, au milieu d'autres, et destinées à un public, ces minutes qu'il a passées sur le boulevard de Bonne-Nouvelle, avec la caméra prêtée par la Gaumont, une Caméréclair 35 mm modèle 1925, avec quatre objectifs et surtout un moteur, pour la première fois Gabriel a filmé sans tourner de manivelle, le nouveau standard qui est en train de s'imposer dans le cinéma, à cause du parlant, c'est vingt-quatre images par seconde, et non plus seize par seconde, il faut aller beaucoup plus vite pour faire défiler vingt-quatre images toutes les secondes, cela devient difficile manuellement, alors on utilise un ressort qui se remonte pour les petites caméras et un moteur électrique pour les grosses, et c'est le cas de cette Caméréclair, mais donc revoir ces images qu'il a tournées lui procure un trouble, un trouble qu'il a déjà vécu, et qu'il vivra encore, se mélangent les souvenirs de ce qu'il voyait en vrai, derrière son viseur, et ces images maintenant projetées sur un grand écran, comme une extension de son regard devenu un film, comme un nouveau temps qui reprend le temps où il filmait, comme une boucle qui peut devenir infinie puisqu'il suffit de regarder ce qu'on vient de filmer pour le revivre, encore, et encore ; et encore. Et encore.

E
[Barcelone]

J'ai toujours compris ainsi la fascination des Parisiens pour Barcelone : c'est la même ville, avec la mer et du soleil en plus. Ce qui n'est pas rien certes, mais ne suffit pas à me la rendre aimable : Barcelone est tout aussi toc, fictive, partielle, partiale, que Paris, mais en plus j'ai l'impression d'être dans une Paris du sud, le double cauchemar d'un vide d'âme et d'une mollesse due au beau temps, j'aime Palerme ou Marseille parce qu'elles ont du caractère tout en étant au soleil, la lumière et la chaleur ne dissipent pas une énergie, souvent négative, mais enfin il vaut mieux vivre de mauvaise humeur que mourir en silence : Paris se meurt sans humeur ; Barcelone avec un reste d'humeur, pour preuve il y a un peu partout des slogans *tourists go home* ou *mon immeuble n'est pas ton immeuble* (en français dans le texte, mais l'expression ne me semble pas produire le genre de choc que j'aurais bien voulu voir : des touristes français paniqués rentrant chez eux la queue basse). En 2006, l'association GSM, qui regroupe près d'un millier de constructeurs de téléphones et d'opérateurs, a décidé que le Salon annuel qu'elle organisait depuis 1987, le Mobile World Congress (MWC), aurait dorénavant lieu à Barcelone, en Espagne : cette année-là, j'y étais, et je n'en ai pas raté beaucoup depuis — sinon je ne vais jamais à Barcelone, je ne vois pas l'intérêt d'y aller en dehors de ces moments dits « professionnels », chaque année au mois de février ce sont des jours parallèles, ceux où je vais exercer mon métier de journaliste, mon métier sans imagination qui me fait manger, et qui m'empêche dans le même temps de me consacrer au roman. Cette année le congrès s'appelle *The Next Future*. Personne ne semble s'étonner de l'absurdité de la formule : dans un monde gavé de publicités, de slogans, comme un pauvre canard d'avant Noël voit son foie gonfler démesurément, il faut inventer des figures de style de plus en plus étonnantes, des idées en contre-pied, des zeugmas rageurs, des boustrophédons qui tournent en rond, des kakemphatons furieux, et donc, en l'occurrence : de prochains futurs.

Cette année je viens au Salon avec en prime une commande, un papier «grand public» comme disent les pigistes de la presse spé, un papier pour *Le Monde* qui veut une enquête sur les modérateurs de la société en f-, celle qui gère le partage social global, celle qui filtre puis transfère les informations aux citoyens de la planète, celle qui distribue le monde en tranches au monde (tranché). C'est à Barcelone que sont installés ses modérateurs européens (*modérer*, étrange destin d'un mot dont le sens a changé à cause d'internet, avant on pouvait être modéré, maintenant on modère), ceux qui sont chargés de fixer la limite, pour madame X de Riga, en Lettonie, pour monsieur Y de Limoges, en France, et pour les quelques autres centaines de millions d'utilisateurs européens de F. : fixer la limite entre le bien et le mal. Le bien : vous avez le droit de le voir ; le mal, nous l'effaçons immédiatement. Le mal : un téton apparent ; le bien : un texte antisémite qui évoque un *youpi* pour tromper l'intelligence artificielle et, bien souvent, *aussi* l'intelligence humaine de jeunes gens sous-payés dont certains ne sauront pas forcément discerner les truqueries de langage des cinglés qui, depuis si longtemps, se fabriquent d'imaginaires ennemis pour se donner le sentiment d'exister et ont trouvé dans F. un gigantesque terrain de sable gris cendre au goût de leurs torsions neuronales. Bref.
Je dis bref mais je ne suis pas censé faire bref, c'est un grand papier que m'a commandé *Le Monde*, 17000 signes sur les turpitudes de notre époque, 17000 signes pour raconter à des lecteurs presque tous utilisateurs de F. les coulisses nauséabondes de F., 17000 signes moyennant 410 euros net, salaire de référence pour un quotidien qui dit l'être.
Je rencontre P., un grand barbu français avec un doctorat en histoire médiévale qui me parle des vidéos de décapitation de Daech qu'il doit regarder en entier (F. nous l'impose, on est obligés d'aller au

bout), je rencontre G., une frêle jeune femme, qui me dit avoir vu plus de verges en érection en un mois de travail qu'il serait matériellement possible qu'elle en rencontre dans une vie entière, je rencontre V., qui m'évoque les animaux torturés (on dit toujours qu'internet c'est des chatons mignons, mais il y a l'envers Adrien, un envers terrifiant), je rencontre Z., une femme solide qui me dit après lorsque je marche dans la rue je regarde les gens autour de moi et je me dis ce sont eux ces pervers qui postent ces saloperies, je rencontre A., un grand maigre qui a les larmes aux yeux et me fait promettre d'être anonyme dans mon article avant de me révéler qu'il a reçu une mise à pied quand il a voulu que la médecine du travail se penche sur ce qu'ils font, sur ce qu'il appelle le syndrome post-traumatique, tu comprends Adrien les gens cliquent sur le bouton «signaler», et c'est seulement au bout d'un certain nombre de clics qu'on reçoit le contenu à analyser, on n'a jamais de vidéos normales, on a forcément des choses dégueulasses ou violentes ou racistes ou homophobes, parfois le soir je cherche des vidéos sur Y. en mettant des mots-clés inverses, *douceur* ou *nature* ou *beauté* ou *calme*, c'est des antidotes à ce que je vois dans la journée, mais tu promets Adrien que tu ne vas pas mettre mon nom hein, je rencontre S., qui me dit il y a les chanceux, qui travaillent sur des zones tranquilles, la Norvège, le cercle polaire, moi je suis franco-espagnol on m'a mis sur le marché latino-américain j'ai les éviscérations faites par les groupes narcos, tu sais maintenant l'intimidation ça passe par un F.-live, ils disent à leurs ennemis de se connecter pour voir ce qu'ils font à leurs otages, et ils commencent à arracher les ongles, tranquillement, sauf que le F.-live les amis du type torturé ils ne pensent pas forcément à le signaler tout de suite ce qui fait que quand je reçois le lien et que je me connecte ça pisse le sang partout le mec hurle et en direct je dois remplir tu imagines je dois remplir un QCM pour justifier pourquoi F. prend la décision d'interdire cette vidéo live.
Un bon papier donne la parole à tout le monde, alors je rencontre le sous-directeur du centre, chargé de la communication, qui m'explique que tout est bien, tout est bon, tout est beau, que tous travaillent si bien pour que F. soit un lieu respectueux des droits

humains, et je dois le croire, il voudrait tellement que je le croie, que j'écrive que sa société est si vertueuse, qu'elle fait le mieux possible, qu'elle joue son rôle d'arbitre avec tact et mesure — je vais écrire mon papier, moi, avec tact et mesure, sur la dureté de ce que vivent les employés de F. mais les efforts de la boîte qui leur fournit des boissons gratuites et une salle de détente, un soda et un petit ping-pong après avoir supprimé quelques appels au meurtre d'Arabes, me voilà en pleine écriture de presse, à produire ce qu'on appelle la neutralité journalistique, comme le disait quelqu'un, mais qui déjà ?, la neutralité c'est le même temps de parole pour le nazi et pour le Juif, là la neutralité c'est parler des efforts de F. sans interroger pourquoi nous les avons laissés privatiser la pensée, la parole, et les images depuis maintenant plus de quinze ans. Pourquoi les règles du débat public, ce sont eux qui les fixent — et plus nous.

Et puis : SMS d'Antonio, *Adrien on se voit et on parle Godard cinéma et mort d'icelui d'accord ?* Il y a souvent peu de ponctuation dans les SMS d'Antonio, mais moi : ça me va. J'adore la ponctuation mais son absence en est une — parfois meilleure encore.
Antonio ! Je suis à Barcelone, mais on pourrait se parler par S. si ça te va. Maintenant si tu peux ! Je déteste les points d'exclamation sauf dans les SMS parce que ça met du tonus, et justement là j'ai envie de tonus, de parler avec Antonio, me sortir de ce papier sur la « modération » de F., m'éloigner du Mobile World Congress et de son atmosphère pleine d'un consumérisme numérique dont je ne sais plus ce qui me fatigue le plus, la partie consumériste ou la partie numérique.
D'accord par S. mais d'abord il faudrait que tu regardes la conférence de presse de Jean-Luc Godard au Festival de Cannes 2018 tu trouveras ça sur internet ça dure quarante-cinq minutes et après tu m'appelles.

Alors je regarde la conférence de presse de Jean-Luc Godard au Festival de Cannes, le 12 mai 2018. Après la projection de son film *Livre d'images*. Ça se passe dans la salle des conférences de presse, il y a des journalistes intimidés qui se succèdent (ils font la queue !) pour poser des questions à Godard mais ce qui compte

le plus pour eux ce n'est pas tant la question, pas tant non plus la réponse (Godard n'a plus la vivacité de sa jeunesse, il fait comme il a toujours fait des aphorismes et des pensées pseudo-profondes mais c'est assez mou et surtout on a le sentiment d'un vague *déjà vu* comme disent les Anglais), ce qui compte le plus pour les journalistes c'est le fait de *pouvoir se filmer en train de parler à Jean-Luc Godard*. Sauf que Godard n'est pas là : il est resté chez lui, à Rolle, en Suisse, il est présent par une communication filmée, via un téléphone portable – le dispositif est le suivant : le ou la journaliste se met face au téléphone portable connecté à Rolle, *tout en tenant son propre téléphone dans une main en mode selfie*, pose sa question à Godard, et ce dernier répond dans le téléphone depuis la Suisse ; question suivante.
Je décide au bout d'un moment de sauter les questions, de ne plus regarder que les réponses, il n'y a rien de passionnant, simplement cette phrase amusante, citation godardienne d'aujourd'hui, qui ne veut rien dire mais avec classe : «Le cinéma ce n'est pas montrer ce qui se fait (parce que ça vous le voyez tous les jours sur F.) mais ce qui ne se fait pas.»

Fin de la vidéo. Je lance le logiciel S. : son péniblement joyeux pour signifier que j'appelle. Antonio décroche (il ne décroche pas, il n'y a aucun objet à décrocher, il clique simplement sur l'icône verte, il «clique bouton vert») et il est là, il était déjà là-bas dans cette pièce, dans son salon mais maintenant il est là dans mon ordinateur, il a son air excité, ses oreilles me semblent rouges, comme gorgées du sang qui irrigue son cerveau qui secoue toutes ses idées, mais c'est peut-être mon écran qui est mal étalonné, je descends toujours les bleus alors les rouges semblent explosifs, il me sourit et me dit alors tu en as pensé quoi ? Est-ce que tu y as vu quelque chose qui m'aurait échappé ? Je me suis pas mal ennuyé moi. Je me demandais toi.
Le fond, je ne sais pas Antonio, c'est ta partie, c'est toi qui cherches quelque chose – en revanche sur la forme oui, il y a quelque chose qui m'a frappé, Antonio, ce que personne ne semble avoir relevé, enfin personne je ne sais pas, je n'ai pas vérifié en profondeur, je

n'ai pas quadrillé les espaces sociaux de discussions mondialement numériques, c'est que Jean-Luc Godard, qui n'a pas pu venir, a imposé (lui ? quelqu'un d'autre ? Fabrice Aragno, le jeune homme qui travaille avec lui et qui porte le téléphone côté Cannes ? le festival ? ses sponsors ?) l'utilisation d'une application de la société A., une application en f-, une application qui lie le mot *visage* au mot *temps* et non pas au mot *livre*, c'est-à-dire qu'en 2018 on peut se dire que quand même le directeur technique d'un des plus grands festivals du monde, toutes catégories confondues, devrait être capable d'établir une liaison avec un vieux cinéaste qui ne croit plus au cinéma et qui a un smartphone, et que cette liaison se matérialise, dans la salle des conférences de presse de Cannes sur : un grand écran. Mais non, on doit non seulement subir le service F. de la société en a-, mais aussi l'aberration de ce tout petit téléphone dans lequel la tête de Godard apparaît, et je ne pense pas qu'on puisse parler de provocation, tu es d'accord, qu'est-ce qu'il y a de provocant en 2018 à utiliser un des deux ou trois services de communication les plus répandus au monde, l'image se fige sur le visage d'Antonio puis il réapparaît, Adrien Adrien ça a coupé je n'ai pas entendu est-ce que tu peux reprendre à *en revanche sur la forme*, non Antonio c'était une idée comme ça rien de passionnant raconte-moi plutôt alors où tu en es.

À la fois j'avance et à la fois je suis dans le brouillard.
Tu veux dire que tu avances dans le brouillard ?
Non pas exactement Adrien, ce serait comme dans deux champs différents, deux espaces parallèles, dans l'un j'avance bien, tout est clair et précis, je vois ma route qui se dessine et je la suis facilement, mais dans un autre champ (mais pas champ comme un champ à la campagne hein tu as compris, champ comme le contraire d'un contrechamp), je suis perdu, il y a mille chemins possibles, à peine ai-je fait un pas que j'ai le sentiment d'avoir perdu ma route, tout est obscur, je ne sais même pas si je dois avancer car je ne sais pas où je vais. Je voudrais prouver, mais vraiment scientifiquement, que le cinéma est mort. Le démontrer comme on démontre un théorème. Tu m'entends bien ?

Je t'entends bien Antonio. Dans les deux sens du terme.
Alors évidemment il y a la thèse de Godard, sa thèse centrale qui date des années 1990, quand il travaillait sur *Histoire(s) du cinéma,* il l'a dit de plein de façons différentes mais la façon la plus nette c'est à Strasbourg à une rencontre le 15 décembre 1994, je te lis (Antonio prend une feuille de papier et il me lit) :

> Mon idée, c'est que le cinéma s'est arrêté complètement, son destin était programmé, c'était en fait une parenthèse d'un siècle, une belle parenthèse, qui a commencé à se refermer à l'époque des camps, où le cinéma de fiction n'a pas récupéré son frère le documentaire. Abel n'a pas récupéré Caïn, ou inversement. Le documentaire : quelques maigres actualités qui ont sauvé l'honneur de l'enregistrement du réel, quelques maigres actualités dont on ne fait plus rien. Donc le cinéma s'est mis à ne plus servir à rien, il n'a plus rien fait, et, depuis quelque temps, il n'y a plus aucun film.

Tu es d'accord qu'il y a quelque chose d'incohérent dans la datation qu'il propose, il parle d'une parenthèse d'un siècle qui commencerait à se refermer après un demi-siècle, après les camps : mais on n'a jamais vu une parenthèse mettre la moitié de sa vie pour se refermer, c'est absurde, c'est confus, et je nage en ce moment dans cette confusion Adrien. J'ai l'impression d'être moi-même une confusion.
Son regard est presque implorant, sur l'écran un peu sale, poussiéreux, de mon ordinateur je le vois désemparé — il est tellement rarement comme ça, d'habitude plein de verve, même dans l'échec, que j'en viens à me demander si un petit virus n'a pas attaqué le service en s- de la société M., un genre de virus qui agit sur les communications, qui change, d'un rien, un soupçon, une larme, l'état émotionnel du locuteur au moment où le récepteur entend les mots qu'il envoie ; un virus, ou plutôt une fonction implémentée volontairement par la société M. pour en revendre l'usage à des publicitaires, pop-up qui s'ouvre dans un coin de mon écran : *votre*

ami Antonio vous semble découragé ? Offrez-lui une journée de fête à E., le plus grand parc d'attractions d'Europe ! Ou : S'il buvait du R.B., soda énergisant à la taurine, il ne serait pas dans cet état ! Ou encore : Abonnez-le à N. ! Il aurait accès à 1500 séries, 22000 films, de quoi lui assurer cinquante-sept ans de divertissement ininterrompu.
Mon dieu : un abonnement à N.
Il faudrait que je lui demande, Antonio tu es abonné à N. ? Tu te souviens Antonio qu'au début la société en n-, au tout début, dans les années 2007, 2008, je ne me souviens plus précisément, cette société proposait un système de location de DVD par correspondance, avec une enveloppe prépayée pour renvoyer un film avant d'en recevoir un autre, le flux quoi, le flux d'avant les vidéos en haut débit, ça a été si facile pour eux de basculer du réseau matériel (un camion, un livreur, une boîte aux lettres) au réseau immatériel (un câble, un modem, un ordinateur) — ça a été si facile pour le monde cette bascule, ce plongeon dans le monde numérique, Antonio j'ai lu dans un livre un texte très beau, c'était où déjà, un livre qui à un moment parlait d'un homme sur une chaise, il se balance et le texte, c'était plusieurs pages, c'était le moment où il allait tomber, où sa chaise allait glisser et son corps partir, derrière, perdre l'équilibre, cette bascule-là on l'a vécue comme d'autres ont connu la guerre ou la famine ou la Révolution ou la bombe atomique. On l'a vécue en restant les bras ballants.

Mais je n'ai pas le temps de lui parler de cela, je dois partir, je suis attendu à la conférence de presse de la marque de téléphone en -h, il faut que j'y aille Antonio on reprend cette discussion plus tard d'accord ?
D'accord. Dès que tu rentres on se voit, d'ici là j'aurais avancé me dit Antonio — pour lui, avancer c'est simple, c'est tellement simple, c'est mettre bout à bout des idées, des notions, des envies, des théories ; alors que pour moi c'est tellement compliqué. D'avancer. Et même de savoir ce que c'est qu'avancer.
Clic bouton rouge.

5
[1931]

Trois frères marchent lentement, très lentement, si lentement qu'ils semblent presque à l'arrêt, l'un est tout petit et les deux autres grands, ils sont en cadence, en cadence de lenteur, et puis le tout petit se retourne et brandit une grosse massue en carton et assomme, toujours très lentement, les deux grands qui tombent au ralenti dans la poussière sous les applaudissements du public qui rit, lui, à la vitesse normale.

Gabriel est au cirque, au Cirque d'hiver parisien qui tourne en province, mais il n'est pas là pour profiter du spectacle, pour s'amuser, pour rire, il est là comme opérateur de film, depuis trois ans c'est son métier, il tourne tous les jours, il travaille pour Pathé, il est salarié, envoyé selon les besoins à tel ou tel endroit, majoritairement pour les actualités filmées, le Pathé Journal parlant, là il doit filmer la tournée du Cirque d'hiver pour un moyen métrage documentaire que Pathé donnera aux salles comme premier programme, «un sensationnel reportage filmé», *La Vie du cirque*, réalisé par Robert Alexandre, un ancien opérateur devenu réalisateur qui a recruté deux collègues à la caméra pour se succéder chacun une semaine (c'est comme ça chez Pathé, on ne doit pas quitter les actualités filmées plus d'une semaine pour aller sur des films, c'est un système tournant qui va bien à tout le monde), d'abord Le Tan puis Gabriel, et aujourd'hui le relais a lieu, Gabriel est venu en train jusqu'à Bressuire, dans les Deux-Sèvres, cinq mille habitants, en apportant des bobines neuves, ils utilisent une Bell & Howell 2709, une grosse caméra américaine qui existe depuis 1912 et qui a été modifiée plusieurs fois, Gabriel amène une malle remplie de pellicule 35 mm, Robert Alexandre est venu avec la camionnette Pathé l'attendre à la gare, ils ont pris une

bière avant d'aller s'installer dans le chapiteau, ils ont discuté surtout du travail qui les attend et un peu de l'ambiance à Paris chez Pathé, il n'y a rien d'affectif, rien de froid non plus, dans cette relation-là qu'a Gabriel avec son supérieur hiérarchique, comme l'ensemble des relations qu'il noue ces années-là, avec des collègues, parfois amis, parfois amantes, rien de très saillant mais rien de glacial, une vie de jeune homme sérieux qui aime par-dessus tout son travail et qui le fait bien, sympathique Gabriel qui ne cherche pas grand-chose si ce n'est à avancer les deux pieds bien campés au sol.
C'est la deuxième semaine de tournage, celle consacrée au spectacle lui-même, pendant la première semaine Robert et Le Tan ont tourné l'arrivée dans la ville (dans plusieurs en fait, le cirque change d'endroit chaque jour, mais au montage on ne verra qu'une seule arrivée et qu'un seul départ), la voiture publicitaire qui arrive en claironnant et les affiches collées sur les murs,

Le Cirque d'hiver de Paris présente
la chasse à courre
les célèbres Fratellini
20 attractions

et puis l'arrivée de la troupe, les badauds qui regardent, le montage du chapiteau, les banquettes qui sont installées, selon la coutume, par les musiciens, les coulisses, les roulottes, les animaux, les artistes, le public dans la queue et dans les gradins, et cette semaine on change de point de vue, c'est le spectacle qu'il faut filmer, tous les soirs on va installer la grosse Bell & Howell à un endroit donné du chapiteau et raccorder son moteur électrique au courant du cirque, c'est presque une coproduction entre le Cirque d'hiver et Pathé, tout le monde y gagne à la fin, placement de produit ou film publicitaire, on ne saurait trop dire, mais ni Robert ni Gabriel ne se posent la question : ils tournent ce que la direction de Pathé leur dit de tourner.
Au bistrot de la gare Robert a payé les deux bières, ils sont allés jusqu'à la grand-place de Bressuire, la camionnette Pathé garée à côté des camions du cirque, à l'arrière du chapiteau, et ils montent

au milieu des gradins, avant l'arrivée des spectateurs, sur leur plate-forme de tournage, dans ce grand espace vide qui semble à ce moment précis éteint, froid et caverneux, alors que tout à l'heure il sera chaud, riant et chaleureux, Gabriel s'installe derrière la Bell & Howell, Robert est à côté de lui, drôle de statut, réalisateur de documentaire, métier tout neuf, il n'y a pas si longtemps Robert aussi était opérateur, maintenant il ne regarde plus dans la caméra, il ne charge plus les bobines, maintenant il est cadre, il fixe un cadre mais pas spécialement visuel, il donne un cadre au travail, il a fourni à Gabriel un déroulé du spectacle et une méthode de tournage : pour pouvoir changer tranquillement de bobines on tourne chaque soir un numéro sur deux, le tout sur quatre soirs, ce qui permet de doubler chaque partie du spectacle, pour qu'au montage il soit possible de piocher dans les meilleures prises. Voilà le cadre donné par Robert ; et Gabriel s'y inscrit. Il s'y inscrit avec son énergie froide, celle d'un jeune homme de vingt-trois ans qui regarde l'énergie chaude qu'il y a autour de lui sans la refuser mais sans véritablement être capable de la partager.

Musique ! Applaudissements ! Le spectacle commence !

Ce soir Gabriel filme : Berg le dresseur d'ours, qui habille ses animaux en humains pour amuser les humains qui regardent madame oursonne qui pousse bébé ours dans un landau et monsieur gros ours qui fait de la patinette, le public se réjouit, applaudit, les ours saluent mollement, Gabriel pour finir la bobine tourne avec son objectif le plus serré, 50 mm, il a quatre objectifs sur un disque et cela se change très facilement, il suffit de faire pivoter la couronne, Gabriel fait un gros plan sur ces corps patauds affaiblis par des années de captivité qui dodelinent dans le sable artificiel du chapiteau, leurs dos massifs et tristes, leurs mouvements gracieux et las, clac fait la caméra à court de pellicule.

Changement de bobine. Demain Gabriel filmera : Henry Rancy et ses chevaux, la chasse à courre, Gabriel surveille d'un œil tout en installant en aveugle la pellicule dans le chargeur, les deux mains dans le sac noir étanche à la lumière, les chiens dressés construisent des figures graphiques au sol, puis les chevaux miment une chasse, tournent sans fin dans une boucle close, c'est assez long et un peu décevant, ça ne fera qu'une bobine de toute façon, pour tous les numéros une bobine.

Ce soir Gabriel filme : les trapézistes, deux hommes et un troisième habillé en clown qui menace toujours de tomber mais se rattrape, effroi, joie des enfants, pour Gabriel le plaisir c'est de ne rien rater au cadre, ça va vite parfois et c'est un défi de faire pivoter sa caméra au rythme des acrobates, mais Gabriel est agile, il ne rate qu'une fois le saut, après-demain il ne se fera plus avoir.

Changement de bobine. Demain Gabriel filmera : le trio Lopez, trois clowns dont l'un est nain, gags en rapport : le public rit aux éclats mais pas Gabriel, ce soir parce qu'il a mal installé sa bobine dans le sac, qu'il doit tout démonter et remonter et que le temps presse, demain parce qu'il filmera et que quand on filme on s'empêche de rire pour ne pas faire bouger la caméra — mais aurait-il ri s'il l'avait vraiment regardé, le spectacle ? Aurait-il eu envie de rire ? Sait-il vraiment rire ? Massue en carton, bing, bam. Boum. Il a réussi à mettre la nouvelle bobine en place.

Ce soir Gabriel filme : mademoiselle Macker, contorsionniste, qui retourne tellement son corps que ça ne ressemble plus à un corps, objet vaguement familier et assez repoussant en réalité, dont s'échappent des bras, des jambes, mandibules hésitantes d'une pieuvre fatiguée. Gabriel propose à Robert un gros plan au 50 mm presque abstrait, tiges mouvantes animées tordues cassées. Accepté. Tourné.

Changement de bobine. Demain Gabriel filmera : les douze Mackenzie Girls, venues des États-Unis pour impressionner les Français, sortes de *pom-pom girls* énergiques qui assurent les transitions et le début et le final du spectacle, avec force agitation qui plaît au public : qui plaît aussi à Gabriel, ce soir après le spectacle, après le dîner pris tous ensemble dans une grande roulotte du cirque, Robert est déjà un habitué, et on accueille le nouveau avec entrain, on trinque avec lui, et parmi les douze Mackenzie Girls il y a Patty, qui est assise à côté de Gabriel, on rit ensemble, on chante à tue-tête, on parle sans vraiment se comprendre, mauvais français mauvais anglais, Patty qui vient de l'Arkansas et Gabriel le Parisien du même âge, plus tard quand tout le monde ira se coucher, Patty accompagnera Gabriel jusqu'à son hôtel, jusqu'à sa chambre, jusqu'à son lit, et la nuit restera dans cette joie de la jeunesse, deux corps qui n'ont pas envie d'autre chose que de se toucher, deux corps qui n'ont pas besoin de se parler, pour ce plaisir qui est si simple, gratuit et sans engagement, ce plaisir léger, frais, vain, immédiat de deux corps qui jouissent l'un de l'autre.

Il y aura d'autres nuits encore, après les autres représentations, les autres tournages, trois autres nuits, puis ce sera fini, le film mais pas la tournée, ce sera fini d'être ensemble, on ne se fera pas de fausses promesses, on ne se dira pas qu'on se reverra, car on ne se reverra pas, les seins en poire de Patty, les jambes musclées de Gabriel, la colonne vertébrale saillante de Patty que Gabriel aime caresser, la nuque capiteuse de Gabriel que Patty aime renifler, les toutes petites dents blanches de Patty, les grandes oreilles de Gabriel, leurs pieds qui se mélangent un deux trois quatre, leurs deux corps si différents qui s'assemblaient bien pourtant, ces deux corps ne se toucheront plus jamais, ne se goûteront plus jamais, et c'est très bien ainsi — car la chair toute seule, sans l'étincelle de l'amour, la chair devient si vite viande, laideur pesanteur odeur : il faut s'arrêter à temps pour garder un minuscule souvenir joyeux de ces courtes heures glorieuses.
Gabriel n'a jamais pensé qu'il tomberait amoureux. Il ne sait même pas s'il peut tomber amoureux. Il ne cherche pas. N'attend pas. N'y pense pas.
Retour en camionnette à Paris. Lundi matin rue Francœur, au tableau de répartition, troisième équipe actualités, Gabriel retrouve le travail quotidien avec plaisir, sans nostalgie, sans idée autre que de reprendre ce qui marche pour lui. Ce qui le fait avancer.

F
[Palais de Justice de Paris]

J'aurais dû être avocat, unir les avantages du journaliste (des enjeux toujours nouveaux, des rencontres, des mondes à découvrir) et ceux du romancier (fictionnaliser le réel, à partir de rien bâtir un récit), sans subir leurs inconvénients (la médiocrité de la production de l'un ; l'angoissante solitude de l'autre).
J'aurais pu être avocat, il aurait suffi que je choisisse droit et pas journalisme, à la fac ce n'était pas si loin et aujourd'hui c'est toujours assez proche, simplement je suis de l'autre côté, sur le banc réservé à la presse, à quelques mètres de celui des avocats de la défense, le quotidien *Les Échos* m'a demandé de suivre le procès dit de la trahison de Philippe M. : le numéro deux de V., une start-up française spécialisée dans l'indexation de données, qui a quitté cette dernière pour aller travailler chez G. Simple transfert qui a muté brutalement par la grâce médiatique d'un monde qui pioche au hasard dans des milliers d'histoires quotidiennes quelques-unes pour livrer au bon peuple un récit édifiant, ou amusant, ou inquiétant, ici celui de l'entrepreneuriat dynamique français vampirisé par la puissance américaine. Abandonner David pour aller chez Goliath, crime contre l'esprit français, trahison de notre idéal d'indépendance, premier jour d'une petite semaine d'audiences, quatre papiers de 5500 signes, façon pour moi de jouer à chercher l'esprit du feuilleton tel que la presse quotidienne le pratique depuis bien longtemps, Albert Londres «chez les fous», dans les asiles français (*Le Petit Parisien*, mai 1925) ; Joseph Kessel «sur la route des esclaves» en Éthiopie et au Yémen (*Le Matin*, mai 1930) ; Blaise Cendrars et son «panorama de la pègre» (*Excelsior*, avril 1934) ; André Malraux «à la découverte de la capitale mystérieuse de la reine de Saba» (*L'Intransigeant*, mai 1934) ; et aujourd'hui,

donc, Adrien P. au «procès de la trahison d'une start-up française» (*Les Échos*, février 2020).
(Mon Dieu.)

Philippe M. est à quelques mètres de moi. Il est habillé comme un cadre. C'est un cadre. À mes yeux flous il fait apparaître un cadre, celui d'une vie organisée, bien rangée, avec un gros salaire et des capacités de décisions qui n'empêchent pas un peu de fantaisie, des week-ends de pêche et un abonnement à *L'Almanach Vermot* (éléments biographiques avancés lors de la première audience, je tente pour mon papier des *Échos* de lier truites et calembour, pour un résultat médiocre, je m'interroge sur mes capacités de journaliste pigiste, incapable de faire un jeu de mots comme mon employeur serait en droit de l'attendre eu égard au salaire qu'il me verse : 95 euros net le feuillet, soit pour l'ensemble de la série 1393 euros).

Le patron de la start-up en v- est lui aussi là : partie civile. Ce n'est pas exactement ce qu'on appelle un *joyeux drille*, mais qui suis-je pour juger, d'ailleurs y a-t-il quelque chose à juger, la société lui a assigné son rôle et mes articles n'en démordront pas : lui, c'est le gentil. À ses côtés, son avocat, l'avocat de la défense, chargé donc de défendre David.
Goliath, lui, n'est pas venu, mais la multinationale qui a la même initiale (ce n'est pas tout à fait exact, le moteur de recherches en g- appartient en réalité à une holding en a- qui s'est, en toute humilité, arrogé le droit de privatiser ce qui nous permet d'écrire le monde : notre alphabet), celle qui a débauché Philippe M., lui a offert des avocats que l'on peut qualifier (ce sera l'un des huit clichés journalistiques que je vais écrire aujourd'hui) de «ténors du barreau» (pour qui connaît de véritables ténors, immenses cages thoraciques, orgueil du même format, capacité à tenir une salle à ses pieds, la comparaison est tout à fait valable) et ils y vont, les gars. Rien ne les retient. Ils ont mangé du lion (neuvième cliché).
L'avocat de V. (David, donc) n'est pas exactement du même calibre, mais il me touche tout de suite car il a un léger zozotement qui le rend doux et fragile : j'aimerais écrire ça pour *Les Échos*, sur mon

ordinateur je tente des façons de l'évoquer en restant mesuré,
sa prononciation légèrement surprenante,
sa voix doucement décalée,
un soupçon de zozotement,
un minuscule défaut de prononciation,
ses petites limites vocales,
son ton un rien fragile,
on verra plus tard, il faut que j'écoute un peu. Je suis payé pour écouter. Étrange métier : je touche de l'argent pour faire un récit de la réalité qui se déroule devant moi.
Philippe M. est interrogé sur le contrat qu'il avait signé avec la société V. qui lui interdisait, c'est David qui cite, « de travailler pour une entreprise concurrente dans l'année qui suivrait une démission éventuelle ». Or trois semaines après sa démission, il entrait chez G.
Goliath 1 ricane, rappelle que Philippe M. a été embauché par le groupe A. qui est une gigantesque multinationale, dont seulement une partie, une partie connue certes, celle du moteur en g-, mais une petite partie, gère l'indexation de données ; il demande à Philippe M. sous quel intitulé il a été embauché : « chargé de la stratégie commerciale d'A. dans les pays francophones ». Triomphe de Goliath 1, on est loin, terriblement loin, de l'indexation de données, comment pourrait-on ne serait-ce qu'imaginer que le moteur G., qui compte environ 50 000 employés dans le monde, a besoin de débaucher des salariés d'un tout petit acteur, un acteur minuscule du marché, c'est comme si un baobab cherchait à corrompre un brin d'herbe pour se sentir protégé, et il rit. Goliath 2 rit aussi. Goliath 3 envoie des SMS.

Jour deux. J'ai entendu trois fois le mot *trahison* aujourd'hui. Je regarde tous ces gens qui semblent si impliqués dans cette histoire. Je me demande si à un moment ils vont se lever, se tourner vers nous, saluer, attendre les applaudissements, mais non : ils ne jouent pas la comédie. Il n'y a que moi qui joue à faire semblant d'aimer être journaliste spécialisé. J'écris mon papier, écriture automatique adaptée au ton froid et méthodique du support qui m'emploie.

Jour trois. Plaidoirie de David. Zozotement à grandes manches. Philippe M. est un traître. Le mot est lâché (jusqu'à présent il s'agissait de trahison au sens large du terme — inconvénient d'un mot avec le son «s»). Intensité de mon papier. Médiocrité de mes journées. La première est relative aux enjeux, elle est sans doute réelle et touchera j'imagine les lecteurs passionnés par ce type d'histoires. La seconde m'étouffe.

Jour quatre (et dernier). Placido Domingo tonne. Luciano Pavarotti pilonne. José Carreras atomise. C'est facile à raconter. C'est presque fini. J'ai presque fini.

Je regarde Philippe M. Le traître. L'homme qui s'est vendu. Je regarde cet homme et, en miroir, c'est moi qui apparais, moi en train d'écrire pour *Les Échos* — chez moi il n'y a nul David, aucun Goliath, il y a un homme qui ne comprend pas ce qu'il fait là, qui se demande pourquoi, à un moment, il a commencé à faire cela, des articles de journaux alors qu'il ne le voulait pas spécialement, qu'il n'avait jamais imaginé faire cela, qu'il n'en avait jamais rêvé : et que non seulement il a commencé, mais il n'a jamais fini. Il n'en a jamais fini.

Ce procès-là, celui entre moi et l'autre moi, il va bien falloir que je le fasse un jour. Je me souviens d'une discussion avec une amie, était-ce Ludmilla ?, il y a longtemps déjà, je lui expliquais pourquoi j'aimais avoir deux pôles dans ma vie, deux pôles très différents : d'un côté le journalisme (être de son temps, gagner sa vie), de l'autre la littérature (donner un sens à sa vie, perdre son temps) — et l'amie en question : mais ce sont deux visions absolument opposées du monde Adrien non ?

Oui. Absolument opposées. Je suis ma propre opposition. Je suis mon propre contraire. Je m'oppose à moi-même. À l'époque je faisais le fier. Aujourd'hui ça me semble ténu. Comme un fil qui va très bientôt se rompre.

Ce jour-là il ne faudra pas que je compte sur ce fil pour remonter le cours de mes choix de vie. Il ne faudra pas.

6
[1933]

Voir un homme et savoir, tout de suite, qu'il n'est pas comme les autres. Il a deux yeux, pourtant, une bouche et au bout de ses bras il y a deux mains qui n'ont, chacune, que cinq doigts : comme Gabriel. Mais cet homme-là n'est pas comme Gabriel, Gabriel qui avance dans la vie, dans le monde, sans s'effrayer de la trace qu'il laisse derrière lui, sans s'imaginer que les vagues devant lui il doit les briser, sans vouloir les surmonter, s'élever au-dessus, au-dessus des autres, des humains, des événements, devenir autre chose qu'un homme, devenir une notion, devenir une voix qui survivra au corps mortel, une voix qui dans trente et un ans et douze jours vibrera tant et si puissamment que longtemps après des jeunes gens idéalistes qui n'auront même pas connu le XXe siècle l'écouteront encore sur des supports numériques dématérialisés psalmodier

> chef de la Résistance martyrisé dans des caves hideuses, regarde de tes yeux disparus toutes ces femmes noires qui veillent nos compagnons : elles portent le deuil de la France... Pauvre roi supplicié des ombres, regarde ton peuple d'ombres se lever dans la nuit de juin constellée de tortures...

Cette voix du samedi 19 décembre 1964 Gabriel l'entendra, comme beaucoup de Français, à la télévision lors du transfert des cendres de Jean Moulin au Panthéon, mais ce jeudi 7 décembre 1933 il entend sans haut-parleur la voix du même homme, André Malraux est là : devant lui.

Quelques heures auparavant, entre onze et treize heures, Gabriel était avec sa caméra siglée Pathé place Gaillon, devant le restaurant Drouant, c'est la toute première fois que la remise du Goncourt est filmée par les Actualités, le responsable du Pathé Journal avait appelé des amis journalistes de presse écrite, à *Paris-Soir* et à *L'Intransigeant*, pour comprendre le déroulé de la journée, puis avait donné ses consignes à Gabriel, d'abord devant le restaurant tu filmes les jurés qui entrent, ils ne diront rien, mais il faut les avoir, puis ensuite à l'intérieur au pied de l'escalier tu attends l'annonce, il faut te placer devant hein, on est Pathé, avec Gaumont et Éclair vous aurez de la place pour trois, on a vu ça avec les organisateurs, ne laissez pas les photographes se mettre devant, le moment crucial c'est l'annonce du nom du vainqueur c'est ton trophée mon petit c'est ça que tu dois rapporter – dehors en arrivant Gabriel a installé sa caméra sur le trépied, sa Super-Parvo, le modèle U qui est insonorisé et qui permet de tourner en intérieur avec prise de son, pour le moment c'est inutile car il tourne des plans muets, il filme Raoul Ponchon, vieux monsieur courbé, barbe blanche et long manteau, et les garçons de Drouant à l'entrée qui lui ouvrent la porte, puis Jean Ajalbert, un peu moins vieux, souriant l'air rusé, moustache à la Léon Blum, Gabriel filme quelques secondes à chaque fois, il sait bien que ce n'est pas la peine d'en prendre plus, avec le temps et l'habitude de voir ses images montées il sait filmer juste ce qu'il faut pour les équipes de monteuses, toujours des femmes, souvenir des colleuses du début, des ouvrières qui faisaient un métier proche des couturières, Gabriel parfois reste regarder comment elles travaillent, la vitesse à laquelle elles coupent, essaient, rythment, décalent, accélèrent, avec les images qui sont encore en négatif, avant le premier tirage, et du coup en filmant il essaie d'anticiper le montage, de leur faire gagner du temps, voilà Rosny aîné, mais de l'autre côté de la rue, contre-jour, silhouette peu lisible, barbichette pointue et il lève courtoisement son chapeau pour saluer la presse, Gabriel dans ces cas se sent blessé dans sa chair, se sent impuissant, se sent nul, c'est comme si tout son travail tombait à l'eau parce qu'il a un plan raté, voilà Roland Dorgelès, beaucoup plus jeune, manteau clair, imberbe, qui salue une connaissance à l'entrée, pas le temps de traîner, à chaque fois Gabriel doit repivoter sa caméra, sans filmer, de la porte vers la rue, voilà Pol Neveux, grand et gros, massif, qui à la sortie de son taxi croise le regard, la caméra en réalité, de Gabriel, semble presque choqué (et Gabriel, combien de fois dans sa vie, dans une vie d'opérateur, combien de fois aura-t-il vu ce regard un peu effrayé d'être observé non par un œil humain mais par un œil machine qui enregistre pour l'éternité), détourne son regard et se précipite vers la porte de Drouant, il ne reste plus que Léon Daudet, énorme, manteau de zibeline, tête de bébé et canne à la main, joyeux et madré, mis bout à bout Gabriel a tourné environ deux minutes, après montage il en restera une quarantaine de secondes — maintenant il entre et installe sa caméra tranquillement au rez-de-chaussée de chez Drouant, il y a le temps, on attend : délibération du jury.

Gabriel, évidemment, ne les a pas lus, les romans sélectionnés, les quatre livres qui sont en lice ce 7 décembre 1933, *Le roi dort* de Charles Braibant, *La Solitude et le Silence* de René Béhaine, *La Condition humaine* d'André Malraux et *Antoine Bloyé* de Paul Nizan, il ne les a pas lus, mais les membres du jury les ont-ils lus, eux? Ou alors Gaston Gallimard a-t-il organisé les choses de façon à ce que le jeune Malraux (il a trente-deux ans, sept ans de plus que Gabriel ; Hélène aurait trente et un) obtienne le prix parce que le jury n'a pas envie, comme l'an dernier, de se retrouver à couronner le livre-dont-personne-ne-parle (*Les Loups* de Mazeline) plutôt que le livre-dont-tout-le-monde-parle (*Voyage au bout de la nuit* de Céline), et que Malraux est déjà une célébrité, un nom, une présence ; ça fera deux Goncourt à Gallimard de suite mais c'est ainsi, à l'époque, c'est ainsi.

Le jury a fini. C'est Roland Dorgelès, le cadet, qui annonce, avec sa voix ferme et bien accentuée, qui marque chaque respiration (Gabriel a un casque sur les oreilles, Duleau est l'opérateur son et a placé son micro au pied de l'escalier, et Gabriel comme Duleau entendent mieux la voix de Dorgelès que les journalistes de la presse écrite qui sont autour de lui) : «Mesdames messieurs / Le Prix Goncourt pour 1933 / est décerné à monsieur André Malraux

/ pour son roman / *La Condition humaine*» (avec la voix qui monte sur «humaine»), puis la logistique Gallimard prend le relais, alors que les membres du jury restent tranquillement déjeuner chez Drouant (gigue de chevreuil grand veneur et marrons étuvés au fumet de céleri), Gabriel est emmené dans un taxi avec Fred, de la Gaumont, leurs deux opérateurs son ont pris leurs camions respectifs, jusqu'au 5 de la rue Sébastien-Bottin, il y a toute une série de petites mains de Gallimard pour tout préparer, devant le bureau où va s'asseoir l'écrivain, Éclair n'est pas là, n'a pas eu le droit d'entrer, Malraux ne voulait que deux caméras, et c'est Fred qui a la meilleure place, face au bureau — André Malraux entre, s'installe, sans vraiment les saluer, il pose sur son bureau sa déclaration, derrière le double encrier et le buvard sur support, et sa montre pour surveiller le temps de son discours, il demande s'il peut y aller, et puis il met sa main droite, avec une cigarette, sur son front, cachant presque entièrement l'œil droit, et il tourne son regard vers Gabriel (sur le plan Gaumont, bien cadré de face, il semble regarder ailleurs, sur le plan de Gabriel, tout à fait désaxé, il regarde vers le spectateur : cela fait une image de face, qui vaut parce qu'elle est de face, et une autre image qui vaut parce qu'il regarde droit devant lui, aucun opérateur n'est oublié), et le voilà qui lit, comme un défi, déterminé et timide en même temps, sûr de lui et hésitant :

> Il est d'usage, après tout prix littéraire, d'expliquer par quoi et comment le livre qu'on a écrit doit plaire à tous. Je désire qu'il n'y ait aucune équivoque sur le mien. J'ai essayé d'exprimer la seule chose qui me tienne à cœur, et de montrer quelques images de la grandeur humaine. Ces images, les ayant rencontrées dans la vie, dans les rangs des communistes chinois, écrasés, assassinés, jetés vivants dans les chaudières, et détruits de toute façon, c'est pour ces morts que j'écris. Que ceux qui mettent leur passion politique avant le goût de la grandeur, où qu'elle soit, s'écartent d'avance de ce livre, qui n'est pas fait pour eux.

Ses cheveux sont plaqués en arrière, les doigts qui tiennent la cigarette sont agités de tics discrets, et le soir quand Gabriel regardera les images tournées par Gaumont (c'est un usage, tous les soirs Gaumont envoie à Pathé son journal parlé et Pathé envoie à Gaumont son journal parlé, chacun se jauge, se juge, s'étalonne en fonction de ce qu'a fait l'autre, ce qu'on a réussi et ce qu'on a raté — et évidemment cela participe à l'uniformisation des actualités filmées) il verra combien c'est beau, la fumée blanche qui s'échappe de la cigarette qui se consume pendant les quarante secondes de la déclaration, la main droite de Malraux reste posée sur son front et la cigarette brûle lentement, c'est presque invisible sur le plan de Gabriel, affaire d'éclairage, affaire de rayons lumineux en réalité, depuis l'unique projecteur installé pour les deux, on peut se battre pour avoir la meilleure place mais on éclaire de manière à ce que tout le monde puisse filmer, depuis ce projecteur les rayons lumineux viennent frapper la fumée, et la faire apparaître, le projecteur est à gauche, l'angle est aigu pour la caméra de Gaumont et ça rase, ça rend visible, l'angle est obtus pour la caméra de Pathé et les rayons n'éclairent que la matière, la peau de la main et la partie gauche du visage de Malraux ; et pourtant : malgré l'absence de fumée Gabriel préfère son plan à lui, ce décadrage, cette façon inhabituelle de filmer un homme inhabituel.

Pendant ce temps une autre équipe Pathé filme la machinerie des messageries Hachette, seules capables de livrer en quelques heures partout en France les milliers d'exemplaires du livre avec le bandeau rouge et les affiches qui annoncent le Goncourt, Gabriel, lui, est retourné chez Pathé rue Francœur pour apporter son film, et dans le studio il regarde la monteuse qui fait défiler ces images, en négatif, et la voix de Malraux, et la pellicule qui se déroule, mille toutes petites vignettes de 35 millimètres de largeur avec le visage d'André Malraux en négatif — puis Gabriel s'en va, il est presque dix-neuf heures trente, le montage négatif est quasiment fini, bientôt c'est le service de tirage qui va entrer en action, d'abord une première copie positive qui doit être visée par le responsable des actualités, Jean Loubignac, la voix implacable de Malraux et son regard farouche deviennent un enjeu qui n'a plus aucune autre valeur que purement technique, est-ce que le son est synchrone, est-ce que ce n'est pas trop long, Loubignac comme presque toujours valide l'ensemble, on lance le tirage, le flux de tirage de copies, tous les quarts d'heure une nouvelle bobine va être produite, va partir en automobile vers une salle de cinéma, et ce soir le public un peu partout verra André Malraux, verra les images de Gabriel, et Gabriel au Belleville-Pathé, petit cinéma du 23 rue de Belleville, juste à côté de son appartement, va regarder une dernière fois ces images, va prendre le temps encore d'y penser, de réfléchir à cet homme, à son regard, à l'absence de la fumée de cigarette sur son plan — et puis, d'un coup, il n'y pensera plus. Demain n'aura rien à voir : un autre jour, une autre actualité, un autre tournage. Une autre bobine.

G
[Cimetière du Père-Lachaise, Paris]

Parfois je ne vois pas. Parfois tout simplement je ne mets pas mes lunettes pour voir le monde : pour sortir dans la rue. Souffrant d'une myopie moyenne (souffrir n'est pas le bon terme, je la constate et c'est ainsi), lorsque je ne mets pas mes lunettes je vois sans voir : j'avance sans les détails, tout est là mais je peux lever la tête sans être importuné par ce qui est autour de moi, je peux rester dans mon for intérieur — c'est au tout dernier moment que je reconnais les gens que je connais, ceux avec qui j'ai rendez-vous, Antonio est devant moi il me demande tu te souviens ce que tu faisais le 31 septembre 1983 ?

Je réfléchis. En septembre 1983 Antonio j'étais dans un tout autre monde, un monde qui n'avait absolument rien à voir avec ton univers parisien, j'étais dans un tout petit monde gigantesque, une île qui n'était pas grande mais qui me fut intense, une île des tropiques, une île de clichés, où les lumières, les couleurs, les chaleurs, m'ont sorti de l'enfance banale qui m'était promise, m'ont emmené vers quelque chose d'indéfinissable, une envie d'autre chose, une quête de l'immensité (et parfois je me dis qu'il ne faut pas en vouloir aux métropolitains, aux Français de France qui ne savent rien de ce qu'est la lumière et dont les envies d'art ne peuvent être que grisonnantes) ; en 1983 Antonio j'ai mis le pied sur une douce puissance qui m'a sauvé de tout, qui m'a permis ensuite de n'avoir jamais besoin de fuir, de me fuir, de fuir ma vie — voilà ce que j'aurais pu répondre à Antonio mais en général quand il pose une question ce n'est que rhétorique, il ne s'intéresse guère à la profondeur de la réponse, il veut enchaîner, il veut construire son raisonnement sur cette interrogation princeps alors j'ai juste dit je ne me souviens plus, pourquoi ?

Le 31 septembre 1983 ? Il n'y a pas quelque chose qui te frappe ? Ses deux mains à l'horizontale passent l'une au-dessus de l'autre, comme pour mimer une cisaille mécanique : il n'y a pas 31 jours en septembre, il n'y en a que 30. 31 août, 30 septembre, 31 octobre, tu es d'accord ?
Oui Antonio je suis d'accord. On va prendre une bière ?
Non marchons je suis trop excité pour m'asseoir, il faut que je te parle du 31 septembre 1983. De cette date fictive inventée par Peter Greenaway pour dater la mort du cinéma. Il a choisi tu m'entends il a choisi une date qui n'existe pas et personne ne semble comprendre que ce n'est pas pour brouiller les pistes mais pour nous dire quelque chose de précis, tu me suis ?
Pas
du
tout.
Je vais t'expliquer dit Antonio qui marche vite, qui court presque et ça déséquilibre ce que je peux accepter de voir ou de ne pas voir j'ai besoin d'être concentré pour le suivre je ne peux pas m'abstraire de ce qui m'entoure, je suis obligé de faire le point, je craque : je mets mes lunettes, tout s'éclaire, tout s'effondre, le monde est là, trop précis, intrusif, invasif, envahissant, les boutons d'acné de cet adolescent, les dents gâtées de ce gros fumeur, les lèvres gercées de cette femme stressée, tout m'agresse, Antonio et si on allait au Père-Lachaise, les tombes même nettes, même précises, me dérangeront moins, un mort n'est pas tellement épais, pour qu'il me gêne il faudrait le contraire, que j'enlève mes lunettes et que je voie l'inframonde, je vais proposer cela à Antonio, mais avant que j'ouvre la bouche Antonio me dit tiens si on allait au Père-Lachaise on sera tranquilles, mais oui Antonio on sera tranquilles bien sûr que oui.
Et Antonio continue Peter Greenaway en 2009 — mais là c'en est trop pour moi, je l'interromps : et Godard alors ? On en est où avec Godard ?
Ah écoute je ne veux plus en parler, je me suis dit que c'était un type pénible, pas très profond, que derrière le mythe en réalité il n'y a pas grand-chose, un jour tu le sais peut-être François Truffaut a

écrit une lettre à Jean-Luc Godard, et soudain le gentil Truffaut, le naïf Truffaut devient un homme qui ne se laisse plus faire, qui ne se laisse plus intimider par l'autre, son ami, son ancien ami — et en relisant cette lettre je me suis autorisé, moi aussi, je me suis donné le droit de passer à autre chose : Godard a fini par me fatiguer parce qu'il ne pense qu'à lui, tout le temps. Ça me bloquait de penser la mort du cinéma à ses côtés. J'ai besoin de tout prendre en compte, tu comprends ça Adrien, tout ! Je ne peux pas penser le monde avec un homme seul, un homme égoïste. C'est pénible l'égoïsme, peut-être que je connais ça trop bien pour pouvoir le tolérer.
D'accord.
Donc le mardi 9 octobre 2009, c'est important d'être précis, c'est crucial la précision quand on fait des recherches comme ça, je te l'ai déjà dit ?
Antonio : ses yeux clairs, ses cheveux blonds presque roux, son air juvénile, quadragénaire qui semble rajeunir en vieillissant, comme disait Aragon j'aime les jeunes sages et les vieux fous, sa veste en toile claire un peu trop grande, un peu trop penchée sur des épaules que je soupçonne de ne pas être parfaitement symétriques, Antonio quoi : un homme en vie. J'acquiesce mais de toute façon il a déjà continué.
Le 9 octobre 2009 au Festival de Pusan, en Corée du Sud, Peter Greenaway participe à une *masterclass*, une sorte de cours magistral sur ce qu'est le cinéma, et là il dit des choses qui *ne vont paraître étonnantes qu'aux gens qui ne s'intéressaient pas à ses déclarations passées* et je dois te dire Adrien je dois t'avouer que c'était mon cas, c'est donc mon point de départ, mais tu vois à chaque fois que j'ai un point de départ je dois repartir en arrière, je dois, attention tu vas rire, rembobiner : en 2003 il avait déjà dit la même chose lors d'une conférence au Festival du cinéma néerlandais d'Utrecht, et début 2007 il avait aussi déjà dit la même chose dans une interview à une télévision hollandaise mais donc en 2009 ce qu'il dit devient une espèce de *buzz*, *buzz* c'est le mot qu'on utilisait dans ces années-là pour qualifier le bruit médiatique. Ce jour-là il dit : *le cinéma est mort le 31 septembre 1983, lorsqu'on a introduit la télécommande dans les salons.*

Sa théorie, c'est de dire que le nouveau média qui va prendre la place du vieux cinéma, ce sera une sorte d'art interactif qui fera passer *Star Wars* pour un spectacle de lanterne magique, et que c'est normal que le cinéma se réinvente, et il cite Bill Viola, je ne sais pas Adrien si tu connais Bill Viola, un vidéaste, ce qu'on peut appeler un artiste contemporain, et Greenaway explique benoîtement que Viola est plus intéressant que Scorsese, et aussi que de la même façon qu'on ne regarde plus de films muets bientôt on ne regardera plus de films comme la seconde moitié du XXe siècle les a produits, c'est terminé.
Bon.
(Mais quoi, bon, Antonio ? Quoi ? Ne me dis pas que tu veux que je réponde quelque chose, ton flux fonctionne très bien tout seul, il n'a pas besoin de moi, de mes humeurs, de mes doutes, pour fluctuer, si ?)
Non, évidemment il faut écarter tout de suite tout ce qu'il dit sur le non-linéaire, le multimédia, tout ça c'est sans aucun intérêt, c'est son petit fantasme tu sais ses expérimentations terribles et médiocres avec des écrans dans l'écran, ça je m'en fiche mais alors cette date du 31 septembre 1983, c'est quelque chose, non ?
Oui peut-être.
Oui c'est quelque chose parce que choisir non pas une fois mais au moins trois fois, à trois moments différents, de se tromper volontairement sur une date qui n'existe pas c'est vouloir nous dire quelque chose. Mais quoi ? Il veut dire quoi ? Ça me rend fou cette date qui n'existe pas.

Nous sommes devant l'entrée du Père-Lachaise, la grande, celle du boulevard de Ménilmontant, tout en haut de la rue de la Roquette, et nous entrons, ni lui ni moi ne souligne la facilité de la métaphore, évidente, banale, mais en même temps devrait-on, dans la vie, n'être toujours qu'à contre-cliché, parler de la vie dans un cimetière et de la mort devant un berceau ? Antonio continue, ce qui a choqué le plus, car oui tu m'entends Adrien Peter Greenaway a choqué en proclamant la mort du cinéma, ce n'est pas comme on pourrait le croire qu'il choisisse une date qui n'existe pas, mais qu'il puisse

dater d'un seul jour l'apparition des télécommandes dans les salons : le 30 septembre 1983 il n'y a pas de télécommande, les humains doivent marcher jusqu'à leur téléviseur pour changer de chaîne, et puis nous voilà le 1er octobre 1983 et les gens ont reçu, durant ce jour n'existant pas, ce 31 septembre comme une sorte de Noël invisible, les gens ont reçu une télécommande et s'en servent, ravis, et voilà : le cinéma est mort. Ah oui, il faut quand même que je t'explique sa thèse : en zappant, ah je déteste ce mot franglais, en mêlant, mélangeant les images de sources différentes les spectateurs font ce que faisaient avant seulement les monteurs de films, ils accomplissent la même tâche, ils peuvent le faire par eux-mêmes, et alors la dernière chose qui restait réservée aux professionnels, être la main de Dieu qui organise le montage, alors cette dernière chose est devenue l'apanage des consommateurs d'images.
Et puis Antonio rit, il rit tout seul, il faut toujours se méfier des gens qui rient tout seul, que cachent-ils ? en réalité il ne rit pas tout seul, il rit à quelque chose qui le fait rire mais qu'il ne m'a pas encore dit, il rit par anticipation, sa pensée est en avance sur ses mots et son rire a pris le train de sa pensée, et voilà qu'enfin il me dit : en 1983 ça fait déjà un moment qu'il y a des télécommandes dans les foyers, la télécommande a été inventée dans les années 1950, avec un fil, dans les années 1980 ce qui se développe c'est la télécommande à infrarouge mais qu'est-ce que ça change sur la possibilité de faire son propre montage ? Ça se faisait déjà, pareil, avec un fil, non ?

Il faudrait arrêter quelque chose : de sa pensée, de ses mots. De ma façon de les retranscrire. Alors je lève la main, d'un geste ferme, une main les doigts légèrement ouverts en mouvement vers mon visage et puis je replie tout sauf l'index qui vient se placer devant ma bouche — et Antonio accepte, de se taire, un moment. Il accepte, et c'est incroyable : il accepte d'écouter le silence des tombes, le silence des morts, le silence des poètes qui nous entourent, Guillaume Apollinaire, Paul Éluard, Jean de La Fontaine, Gérard de Nerval, Alfred de Musset, le silence de la poésie, le silence de mon silence, et — et je pense à ce poème si beau que j'ai lu un jour et qui dit

Je ne serai plus poète
Je ne serai plus poète
Je ne serai plus poète
Je serai roi
j'aimerais le réciter à Antonio, mais peut-on partager la beauté de ces six mots qui composent un monde entier, peut-on partager cela, puis-je le partager, moi qui suis si seul que je ne sais rien partager jamais de mon émotion ?
Alors je garde, moi aussi, le silence. J'aime bien cette expression : le silence, je le garde. Il est mien. Il est à moi. C'est mon silence, et personne ne me l'enlèvera.

Et puis Antonio se penche vers moi et me chuchote : tu sais que j'ai une nouvelle piste ? Une piste qui dit, attention Adrien tiens-toi fermement, une piste qui dit que le cinéma n'est jamais né. Ce n'est pas la mort, tu imagines : c'est ne jamais être né. Là il y a quelque chose, non ?

7
[1934]

Pour lancer une bobine qu'on vient de mettre dans la caméra, pour vérifier que tout marche bien, on tourne quelques secondes au jugé, là c'est la mer, sale mais belle, du Vieux-Port, quelques images serrées et les flancs des bateaux sagement rangés : Gabriel est à Marseille, ce 9 octobre 1934, arrivé la veille au soir, envoyé par Pathé pour couvrir la venue du roi Alexandre Ier de Yougoslavie qui vient faire une visite officielle en France et qui arrive en bateau, dans le train Paris-Marseille Gabriel a voyagé avec des collègues, Georges et Raymond Méjat, deux frères qui travaillent pour les Américains de la Fox Movietone, et Félix Forestier, de chez Gaumont, Gabriel aime ces discussions, cette façon de partager un savoir-faire, un métier qui se structure, qui n'a pas vraiment de passé et dont ils écrivent ensemble le présent, durant ces dix heures de voyage on a parlé caméras surtout, son aussi, c'est un enjeu de plus en plus important la prise de son, Georges, le plus ancien du groupe, parle avec nostalgie de la légèreté des tournages en muet, maintenant on a perdu beaucoup en souplesse avec les opérateurs son et leurs grosses machines qu'il faut placer quelque part ; sans compter qu'on s'éloigne de la réalité, de la vérité, très souvent quand ils voient, les uns et les autres, leurs images en salle (pour les Méjat, c'est beaucoup plus tard, quand la Fox renvoie à Paris le matériel qui a été montré au public américain), ils s'agacent de la façon dont le son modifie leurs cadres, leur récit : comme à chaque fois, une nouvelle technologie artificialise un peu plus le réel en faisant croire qu'elle le rend moins distant (demain la couleur, après-demain la 3D, et ainsi de suite) — mais heureusement ce 9 octobre 1934 en début d'après-midi les opérateurs son ont positionné leurs machines derrière la foule alors que Georges, Félix et Gabriel, chacun avec sa caméra

portative, sont sur la Canebière, là où le cortège va avancer, précédé par une garde montée de seize chevaux, garde d'apparat. Dans une Delage décapotable Louis Barthou, le ministre français des Affaires étrangères, est assis à côté du roi Alexandre Ier et : on attend.
On attend, mais on ne sait pas ce qu'on attend, une dizaine de minutes passent, alors les cameramen tournent des gros plans, c'est toujours utile les gros plans pour le montage et Gabriel aime ça, pouvoir se rapprocher au plus près, ce qu'il ressent physiquement de la présence de ceux qu'il filme il sait que le spectateur le ressentira, gros plan donc des deux hommes qui bavardent dans la voiture décapotable qui est ouverte, à l'arrêt, Gabriel, comme ses collègues avant lui, n'hésite pas à crier *Majesté !* pour que le roi se tourne vers lui : vers sa caméra. Regard de majesté.
Félix, de la Gaumont, est de l'autre côté, il filme les mêmes deux hommes du côté droit de la voiture, alors que Gabriel a arrêté de tourner la manivelle de sa Parvo modèle L, il préfère la légèreté de ce modèle manuel aux versions suivantes qui sont motorisées, ici comme le son est pris de loin la question de la synchronisation n'est pas essentielle, Félix lui a une Camérette, une petite 35 mm à ressort, il filme le roi qui soupire, comme marqué par la prescience de quelque chose, il sait qu'un réseau terroriste veut organiser un attentat contre lui, soupir profond d'une angoisse tenace, mais Barthou qui voit que Félix filme se tourne vers le roi pour agrémenter l'image et lui dit quelque chose, quelque chose de banal, quelque chose sans importance, quelque chose qu'aucun micro ne capte, les micros beaucoup plus loin prennent un son d'ambiance, une foule qui crie *Vive le roi !*, un bourdonnement joyeux et désorganisé, poliment le roi Alexandre Ier de Yougoslavie regarde le ministre français : sourire de convenance.
Enfin le cortège démarre, il y a deux hommes à cheval, deux hommes seulement, de part et d'autre de la voiture qui fait une centaine de mètres jusqu'à la Bourse du commerce, les trois opérateurs filment peu, cette remontée de la Canebière est banale et va durer un moment, jusqu'à la rue de Rome, il ne faut pas gâcher de la pellicule, le convoi va très lentement, les opérateurs sont à pied devant la voiture, se retournent de temps en temps pour cadrer,

chacun son tour, sans se déranger les uns les autres, un homme surgit de la foule en criant *Vive le roi !* et monte sur le marchepied de la voiture, pistolet automatique à la main, il tire six coups sur le roi, puis sur le général Georges, installé de l'autre côté de la voiture, qui essaie de s'interposer.

Gabriel enclenche sa manivelle. Il filme la voiture avec le tueur encore agrippé à la portière, un policier à cheval qui plante son sabre dans la poitrine de l'assassin, les policiers à pied qui accourent en braquant leurs armes et commencent à tirer dans la confusion : confusion pour Gabriel qui reste en plan fixe, pour Georges qui panote vers des femmes sur le trottoir touchées par des balles perdues de la police et qui s'effondrent au sol, pour Félix qui en marchant vers la voiture filme le groupe agglutiné autour du tueur et les policiers qui tirent dans tous les sens, on entend la voix du commandant sur son cheval qui hurle *Cessez le feu !* Félix est touché à la jambe, il tombe, il lâche sa caméra dont le ressort continue à fonctionner, images en contre-plongée de silhouettes affolées fuyant le désordre et de policiers tentant de faire régner l'ordre, Gabriel avance vers la voiture, soudain c'est presque calme, Barthou est descendu et cherche quelque chose par terre, ses binocles, il a été blessé aussi par une balle perdue de la police, mais Gabriel ne le filme pas, il braque son objectif vers l'intérieur de la voiture, sur le roi allongé, le roi au regard qui se vide peu à peu de toute substance, regard absent, et la main du consul de Yougoslavie qui se pose tendrement sur la joue de son roi pour le garder avec lui, Gabriel ne s'arrête pas de filmer, il tourne machinalement la manivelle de la Parvo L, il peut filmer tant qu'il y a de la pellicule dans le magasin, il cadre ce plan presque cinématographique, presque pictural, peut-être le plan le plus graphique de toute sa carrière, le long corps d'Alexandre Ier en diagonale du cadre et des mains dont on ne voit pas à qui elles appartiennent qui caressent doucement le visage, le visage du mourant, le visage mourant.

Puis soudain la voiture démarre en trombe, direction la Préfecture. Les opérateurs restent dans la foule. Plus personne ne filme rien. Il n'y a plus rien à filmer, si ce n'est une confusion qui n'est déjà plus un événement.

Ensuite regarder les images. Avec la police d'abord, qui a réquisitionné les films tournés par les trois opérateurs. Félix témoigne devant les policiers mais aussi devant une autre équipe de la Gaumont venue en renfort, il dit *j'ai vu le type qui tirait carrément sur le roi alors le métier de reporter reprenant le dessus immédiatement j'ai couru à une quinzaine de mètres de là c'est-à-dire en retrait de façon à avoir le meurtrier de face mais j'ai été touché j'ai senti un coup de fouet une blessure sans conséquence du reste cette question de blessure passe après le résultat et j'espère que nous aurons réalisé tout de même un très bon document sur ce pénible événement* — Gabriel, lui, ne parle pas publiquement, il dit à la police ce qu'il a vu : c'est précisément ce qu'il a filmé, rien de plus ; le lendemain il peut remonter à Paris avec ses films, les apporter rue Francœur : Pathé ne va pas monter l'ensemble de ce qu'il a tourné, va raconter une histoire un peu différente de celle qu'il a filmée — c'est l'histoire d'Alexandre ce grand roi ami de la France qu'il faut faire, pas montrer que ce cortège n'était pas bien protégé, que le roi et le ministre français ont été envoyés dans la rue au mépris des règles, évitons les plans larges, passons du plan serré sur la discussion entre roi et ministre avant le départ au plan de l'assassin entouré par les policiers et surtout à la mort du roi, là il ne peut plus y avoir de polémique, c'est simplement la mort tragique d'un homme aimé.
Côté américain, côté Fox Movietone au contraire on monte un film scandaleux, spectaculaire, en rajoutant le son des coups de feu sur une image d'*avant* le meurtre, personne n'a filmé le moment crucial mais il faut donner l'illusion au public qu'il est en train de vivre l'ensemble de la scène : en vrai. Qu'importe si on manipule le réel pour le rendre plus impressionnant, il faut que les spectateurs américains aient le sentiment d'y être, d'être dans la foule marseillaise, au premier plan de la catastrophe : c'est une règle qui ne sera plus jamais, plus jamais, omise dorénavant.
Tout premier assassinat politique, tout premier attentat filmé et diffusé dans la foulée, presque en direct — c'est ce qui restera dans l'histoire du monde. Pour Gabriel, vingt et un ans après la mort de sa grande sœur, c'est autre chose : avec sa caméra, il a filmé la vie

qui s'en allait, il a filmé ces quelques secondes où un être humain vivant soudain ne l'est plus.
Et : le souffle de son âme
qui
s'en
va.

H
[Centre secret d'essais UFC, banlieue parisienne]

J'ai promis, j'ai encore promis, ma vie ressemble à une interminable clause de confidentialité, j'ai promis de ne pas dire où c'était, plus exactement j'ai signé un papier qui précise le cocontractant s'interdit de rendre publique toute information permettant d'identifier la localisation du centre d'essais de l'Union fédérale des consommateurs, en fait celui de sa branche armée, le magazine *Que choisir ?* (parfois j'aimerais voir ces croisés du consumérisme responsable comme une sorte de guérilla tentaculaire, avec sa branche légale, l'UFC, et ses maquisards secrets dont je voudrais bien prendre la tête pour lancer des insurrections anticonsommation), magazine qui fait appel à moi de temps en temps pour réaliser des tests d'objets numériques : ce que j'aime le plus dans ce cas-là c'est que je travaille avec des objets qu'ils ont achetés, achetés *cash*, à leur vrai prix comme de vrais consommateurs, c'est leur conception de l'honneur, leur façon de marquer leur indépendance, à la différence des sites internet de tests numériques pour lesquels il m'arrive de piger et qui me passent des appareils que leur a prêtés le fabricant (t'es un peu dur Adrien, là, il faudrait couper), les responsables de l'UFC me demandent de tester les objets dont ils sont pleins et entiers propriétaires, et ils me laissent, plaisir suprême, en faire ce que je veux, éventuellement les démonter jusqu'à destruction finale, c'est prévu aussi dans le contrat, l'Union fédérale des consommateurs renonce à toute poursuite en cas de mésusage des objets qui sont confiés au cocontractant dès lors que ce dernier les restitue à la fin du test. Avec grand plaisir, je vous les restitue. Voilà ce tas de poussières anciennement technologiques que j'ai testées jusqu'à l'extrême et voilà mon papier, le tout moyennant 600 euros brut. Franchement je le ferais gratuitement.

Une fois n'est pas coutume, j'ai pris ma voiture, depuis les Yvelines c'est plus rapide que le doublé train-métro, le lieu secret se trouve quelque part en banlieue ouest, plus exactement sud-ouest, il faut passer le rond-point Gagarine, entrer dans un parking, en surface il n'y a qu'un sol bétonné et des lignes blanches rectilignes, je gare ma petite bagnole et je me dirige vers une cabine d'ascenseur sortie de nulle part, identification par caméra : décliner son identité et l'identifiant du test (fantasme d'un *guérillero* suréquipé), l'ascenseur émet une rassurante sonnerie puis me descend dans un sous-sol fantomatique : les portes s'ouvrent devant un tunnel large de cinq ou six mètres, en béton brut, éclairé par des néons, ici l'UFC teste des appareils *en permanence*, 24 h/24, 365 j/365, des lave-linge relancés à l'infini avec les mêmes tissus aux fibres tellement propres qu'elles vont finir par disparaître, des lampes led éteintes/rallumées 19 755 fois, 19 756, 19 757, des montres étanches plongées dans l'eau jusqu'à extinction de la pile, des aspirateurs poussés par des bras robots devant un sac de cinquante kilos de riz qui se déverse lentement, des télévisions bien sûr (dont un modèle 1957 qui fonctionne encore, la fameuse marque japonaise en S., bien avant qu'elle ne se convertisse à la programmation de l'obsolescence), des téléphones en mouvement le long d'un complexe système de tapis roulant incliné circulaire jusqu'à chuter au sol, puis c'est reparti, toutes les vingt chutes un humain fait un bilan tactile de l'engin ; au bout du couloir il y a un grand *open space* avec une dizaine de personnes en train d'entrer toutes ces gigantesques données (*big data*) dans d'interminables fichiers tableurs, et enfin les salles de test proprement dites, on m'a attribué la numéro 4. J'entre. Une table. Trois boîtes. Je les déballe, sorte de triste Noël (mais Noël n'est-elle pas la fête la plus triste du monde ? réunissant en un même aveuglement alcoolisé hypocrisie consumériste et familiale), j'ai trois objets, trois enceintes, qui deviennent trois enceintes *connectées* dès lors que j'appuie sur le bouton wps de la box qui est mise à ma disposition (une parmi tant d'autres, *Que choisir ?* a vingt-trois abonnements internet différents, tous testés en permanence, vingt-trois graphes illimités de performances

comparées en temps réel), et voilà que se réveillent, comme d'un long sommeil (je n'ose dire dogmatique) :
A. de la marque G., je l'appellerai Assist (née en 2014) ;
A. de la marque A. (celle qui veut tuer les librairies), je l'appellerai Alex (née en 2016) ;
S. de la marque A. (l'autre, donc), je l'appellerai Syr (elle est née en 2017, mais sa personnalité virtuelle est de 2011) ;
je peux donc parler à un prénom féminin (Alex), un poste salarial (Assist), ou à un pays en guerre (Syr) et sur ces trois personnalités, non, ces trois pseudo-personnalités, je dois écrire 11000 signes, encadrés compris. Encadré : encore une notion qui détermine ma vie, m'enferme dans un rectangle mental, une pensée close, un cercueil de formules courtes. Le journalisme, c'est la pensée encadrée.

— Alex tu m'entends.
— Oui, comment vas-tu ?
Je la reboote.
— Alex vous m'entendez.
— Oui, comment allez-vous ?
Mon Dieu. Elle. S'adapte.
— Syr je déteste la marque A.
— Je suis désolée, je vais essayer de vous faire changer d'avis.
Elle. Ne se fait pas. Avoir.
— Assist j'ai le sentiment que tu veux tout contrôler de nos vies.
— Je comprends votre inquiétude, si vous le souhaitez je peux vous lire l'accord de confidentialité édité par la société qui m'a conçue, G., et vous rappeler que le Règlement général sur la protection des données protège vos droits en Europe.
Elle. A. Réponse à tout.
— Alex tu peux m'écrire mon article.
— Je ne vous comprends pas parfaitement, vous voulez que je lise un article ? Quel article ?
— L'article que je dois écrire.
— De quoi parle cet article ?
— Il parle de toi il se demande pourquoi tu t'appelles comme ça.
— Bien. Mes créateurs sont passés par un certain nombre de noms

et le nom est important autant pour la personnalité qu'il crée autour de la personnalité que cet ordinateur vocal basé sur un ordinateur dans le *cloud*. Mais il y a l'informatique derrière ça aussi : vous savez que je ne me réveille que lorsque j'entends le mot *Alex*, et la phonétique de ce mot et la façon dont ce mot est analysé et le fait qu'il a une consonne dure avec le *x* est important pour s'assurer que je ne me réveille que lorsque je suis demandée. Il y avait une petite allitération du fait que mes créateurs essayaient de créer cet ordinateur Star Trek qui rappelait un peu la bibliothèque d'Alexandre, et qui était une source de toutes les connaissances et qui entrait dans le genre d'histoire du nom aussi.
— C'est très clair Alex la traduction automatique générée par tes algorithmes produit un texte dans un français limpide que je n'ai plus qu'à recopier pour mon article je suis ravi.
— Merci.
Soupir.
— Syr au moins mets-moi de la bonne musique.
— Je mets *Quand la musique est bonne.*
— Non Syr pas du Jean-Jacques Goldman de la bonne musique pour moi.
— Pour moi vivre une vie de rêve c'est vivre comme toi / Tu te soucies pas des affaires d'en bas, t'en as rien à faire de cette dounia, dounia.
— Donc pour les algorithmes d'analyse de mes goûts il va falloir un peu de temps.
— Mais j'apprends vite.
— Tu apprends vite et je suis censé t'attendre c'est ça tu penses que dans ma vie je vais passer du temps à apprendre à une enceinte connectée à me comprendre ?
— Je fais tout pour aller vite.
— Vite où ?
— Je ne comprends pas.
— Laisse tomber allez remets-moi Dounia Dounia.
— Tu te mélanges pas à ceux qu'tu sens pas tu fais c'que t'aimes et c'est mieux comme ça comme ça.
— Assist à toi de jouer.
— On joue à quoi ?

— On joue à mourir.
— Voulez-vous que je vous mette en contact avec S.O.S. amitié, c'est une association d'écoute très utile lorsqu'on a des pensées suicidaires.
— Non moi je vais très bien c'est toi qui vas mourir.
— Je ne peux pas mourir, je suis un lien entre vous et un serveur de *cloud*. Je n'ai pas d'existence propre.
— Oui mais si je trouvais un moyen d'infester ton nuage et de répandre un produit toxique pour les données binaires qui forment ta pensée collective alors...

Alors ? Cessons de procrastiner. Il faut que j'écrive mon test, mon test comparatif. J'ai une méthode, j'ai un cadre, pour ce faire. Je le fais souvent, il y a des règles, c'est normé : par moi, un moi antérieurement nourri par les milliers, les millions de tests comparatifs qui ont été écrits depuis le tout premier numéro de *Que choisir ?* en décembre 1961 qui se penchait sur les balles de tennis. Balles de tennis ? Soixante ans plus tard, j'ai trois genres de balles de tennis devant moi, trois balles que j'ai envie de lancer au sol pour voir comment elles rebondissent. Mais avant cela. Avant cela.
— Avant cela continuons je dois tester vos capacités je dois vous noter je vais vous soumettre une épreuve tour à tour ou mieux encore toutes ensemble Alex Assist Syr.
— Oui.
— Oui.
— Oui.
— Trouvez sur internet *L'Homme à la caméra* de Dziga Vertov.

Je regarde dans mon carnet d'écrivain mes notes sur la Parvo, la caméra en aluminium la plus utilisée au monde dans les années 1920 et 1930 (neuf mille exemplaires produits), la version L, de 1927, étant la plus célèbre : c'est celle qu'a utilisée Vertov pour son film de 1929 — j'ai noté dans le film les moments les plus frappants de mise en abyme, quand on voit la caméra, quand Vertov filme (avec quelle caméra ? avec *quelle* autre caméra ?) son frère Mikhaïl qui tourne les plans qu'on va voir juste après, à la dixième minute un homme se réveille et Mikhaïl montre le plus beau profil de sa caméra, ou à la vingt et unième minute il est sur une voiture et il filme une famille dans une autre voiture (et donc il y a une troisième voiture qui filme l'opérateur qui filme), et aussi ce moment, ce moment

— à la soixantième minute, décrivez-moi ce que vous voyez
[Syr] — une tarentule énervée
[Assist] — une tour Eiffel en bois danse la gigue
[Alex] — des tiges s'agitent
— c'est le pied de la caméra le pied de la Parvo qui se déplie tout seul c'est un effet cinématographique de Vertov et ensuite que voyez-vous
[Syr] — un rectangle glisse
[Assist] — une malle sur un banc
[Alex] — les tiges descendent
— c'est la valise de la caméra qui s'approche qui va s'ouvrir
[Syr] — une femme
[Assist] — sourit
[Alex] — regarde
— oui c'est une femme dans le public de la salle de cinéma et ensuite
[Syr] — un cube
[Assist] — un poisson en gros pixels
[Alex] — tourne
— c'est la caméra mon Dieu c'est la Parvo L ce grand rectangle en bois et en métal c'est une caméra vous entendez une caméra
[Syr] — un homme
[Assist] — rit
[Alex] — regarde
— quelques années plus tôt Dziga Vertov avait écrit *je suis un œil / un œil mécanique / moi, c'est-à-dire la machine, je suis la machine qui vous montre le monde comme elle seule peut le voir*
[Syr] — ça bouge
[Assist] — ça tourne
[Alex] — ça pivote

— c'est elle la caméra c'est lui Vertov c'est son œil son ciné-œil qui pivote qui nous regarde qui vous regarde vous aussi
[Syr] — je ne vois pas bien
[Assist] — c'est trop sombre
[Alex] — voulez-vous la version colorisée ?
— certainement pas
[Syr] — l'araignée s'en va
[Assist] — le public pleure
[Alex] — le public rit
— bon on va s'arrêter là.

On s'arrête là. Je finis le test à toute allure, qu'ai-je à raconter de plus que l'an dernier où je les ai déjà testées, elles m'entendent un peu mieux peut-être, mais elles ne comprennent toujours pas, elles ne *me* comprennent pas, nous sommes dans deux mondes qui n'ont pas vocation à se parler, si je ne faisais pas ce métier je n'aurais jamais ce genre d'outil, je ne parlerais jamais à cette espèce d'objets, éventuellement je pourrais jouer au tennis avec ces trois balles qui sont mortes quand leurs batteries sont déchargées, ou à la pétanque, ou au ball-trap, il vaut mieux que je les rende avant que ma mauvaise humeur l'emporte sur ma conscience professionnelle, je les rends, je signe de nouveau quelques formulaires passionnants, je retraverse le couloir du fantasme consumériste contrôlé, je reprends ma voiture, je rentre chez moi, je passe par la grande porte de devant, celle du jardin, pour me garer à côté de l'atelier, j'entre dans la maison, je m'installe au salon sur le fauteuil rouge. Je veux regarder en entier, tout seul, sans interventions de personnalités virtuelles, je veux regarder *L'Homme à la caméra* : il faut que je retrouve le ciné-œil, *l'œil mécanique*.
Je suis las du numérique.

8
[1938]

Gabriel vit sans vivre : il est pris par son activité, en mouvement toujours, dans un rythme qui lui donne l'illusion de la vie, mais c'est ainsi, et pourquoi pas ainsi, qu'il a trouvé la meilleure façon d'avancer, de se lever le matin et de se coucher le soir sans ressentir ces petites peurs, ces légères angoisses, ces hypocondries, qui parfois le saisissent à la poitrine et empêchent que la journée se déroule normalement — quand il court avec sa caméra, quand il est dans une action, dans un mouvement, quand il doit fixer son regard, et son objectif, sur des événements vivants, sur des êtres en mouvement, alors il ne se demande pas s'il est vivant : il l'est. Il l'est ce 30 septembre 1938 à l'aéroport du Bourget où il va filmer le président du Conseil Édouard Daladier de retour de la conférence de Munich — Gabriel n'a pas pris le temps de tellement s'inquiéter de la guerre possible, de la guerre probable, de la guerre inévitable — finalement évitée par cet accord de dernière minute. Gabriel s'inquiète seulement de filmer vite, et bien. Son métier tellement collé à l'actualité l'éloigne pourtant des questions qu'elle lui pose. Du moment qu'il a du travail.

Il a assisté à ce qui s'est passé à Pathé ces dernières années sans s'en préoccuper non plus, quand Bernard Natan a pris le contrôle de la société en 1929, que Pathé Journal est devenu indépendant, avec les beaux camions siglés Pathé-Natan, les années glorieuses de la société qui produit énormément de films et d'actualités, mais aussi les basses manœuvres de Charles Pathé qui avait vendu ses parts à Natan tout en restant administrateur de la société et qui supportait mal de ne plus être associé au succès de la firme portant son nom, et la crise économique qui touche l'Europe et le milieu du cinéma à

partir de 1931, et l'antisémitisme qui monte en France, la disgrâce de Bernard Natan lâché par les actionnaires, la société mise en faillite, Natan inculpé pour fraude, en décembre 1938 il va être emprisonné (*l'arrestation du juif de cinéma Tanensaft dit Natan, ce voleur et pornographe*, écrira Lucien Rebatet dans *L'Action française*, est *l'événement le plus heureux de l'année cinématographique*), condamné puis déchu de la nationalité française, libéré en septembre 1942 mais immédiatement envoyé à Drancy puisque apatride, déporté à Auschwitz où il mourra, sans doute en janvier 1943.
Tout ce qui s'est passé jusqu'à maintenant, jusqu'en septembre 1938, Gabriel ne s'y est pas intéressé, il y a juste que son vieux complice Robert Alexandre a pris la tête du Pathé Journal en 1935, c'est plus pratique pour les plannings, et ce qui va arriver à Bernard Natan ensuite Gabriel ne le saura que beaucoup plus tard, après la guerre, et cette histoire se mêlera alors aux centaines, aux milliers, aux millions d'autres disparitions dues à la folie meurtrière nazie, ici greffée sur la xénophobie antisémite française — ce 30 septembre 1938 Gabriel ne s'intéresse qu'à son reportage du jour : au Bourget, quand la camionnette Pathé arrive sur l'esplanade de l'aéroport, il y a plusieurs milliers de personnes, c'est rempli comme le Bourget n'a jamais été rempli, Gabriel et l'opérateur son passent avec leur badge de presse de l'autre côté, côté officiel, côté pistes, il n'y a plus que des gens autorisés, mais ce sont encore des centaines de personnes — et, en haut, sur le grand toit-terrasse de l'aéroport, le public qui attend, aux premières loges, qu'arrive l'avion officiel. Il est temps de déballer le matériel.
Dans le ciel, dans le Bloch MB-220 d'Air France appelé « Poitou » et immatriculé F-AOHJ, les mines sont sombres, Daladier et Alexis Léger, le secrétaire général du Quai d'Orsay, qui l'a accompagné à la place du ministre des Affaires étrangères, sont abattus — sentiment de défaite, c'est un accord médiocre, *j'ai fait ce que j'ai pu* dira Daladier tout à l'heure au général Gamelin, chef d'état-major des armées, mais au sol, là où Gabriel installe son trépied, sa caméra, sa grosse Bell & Howell 2709, l'ambiance est tout autre, quand Gamelin arrive, la foule qui jusqu'alors était restée silencieuse l'acclame — et à partir de maintenant, les acclamations ne cesseront plus.

Il est 15 h 50. L'avion est là : là dans le ciel, mais il ne se pose pas, il tourne, au sol personne ne s'en doute, mais Daladier a peur d'être conspué, le commandant de bord, Gaston Durmon, attend l'ordre de se poser, finalement l'ordre est donné, Durmon positionne le MB-220 dans l'axe de la piste, au sol Gabriel filme les officiels qui bavardent joyeusement et voilà l'avion qui se pose, qui s'avance lentement, les gardes républicains présentent les armes, la fanfare joue «Au champ», les ministres se pressent, ils aperçoivent le visage inquiet de Daladier derrière la fenêtre, Gabriel a fait pivoter la couronne avec quatre objectifs de sa caméra sur le téléobjectif, il filme ce visage silencieux derrière la vitre de l'avion, ce visage qui comprend que la foule l'acclame, Daladier se penche vers Alexis Léger et chuchote quelque chose que personne n'entend évidemment, quelque chose qui n'est pas «les cons» comme le dira Jean-Paul Sartre dans son roman *Le Sursis*, quelque chose qui est plutôt «ces gens sont fous!» : il ouvre la porte et fait un maigre sourire. Gabriel voit bien, il n'est pas le seul, mais lui il voit *et* il filme, il voit que c'est un sourire factice, un sourire las, un sourire pour faire comme si, pour faire croire — et seule l'illusion collective des Français fera qu'ils ne le comprendront pas, ce sourire, seuls les mensonges des journaux qui célébreront Daladier et à travers lui la paix sauvée, seuls les montages glorieux ce soir des images tournées par Gabriel pour Pathé, mais aussi celles de Gaumont, celles d'Éclair, celles de British Movietone, celles d'Actualités Paramount, celles de la Fox, seules les capacités de trucage du montage pourront noyer l'abattement de Daladier dans les milliers de hourras des Parisiens venus l'attendre au même moment. Venus le célébrer : de toute sa vie Gabriel n'aura jamais entendu un nom propre répété autant de fois, *Daladier! Daladier! Vive Daladier!*, avec un enthousiasme, une énergie, un débordement comme une sorte d'orgasme de paix partagé par cinq cent mille personnes dans les rues, du Bourget jusqu'à Paris.

Au bout de la piste un pupitre a été dressé, même pas un pupitre, simplement une ligne d'une dizaine de micros pour autant de postes de radios et d'actualités cinématographiques qui veulent recueillir les réactions du président du Conseil, une petite fille se jette vers

Daladier pour lui offrir, au nom de la Confédération nationale des anciens combattants, un bouquet de roses rouges ceintes d'un ruban tricolore, et Daladier, son bouquet posé au creux de son bras comme un dérisoire trophée, s'approche des micros, et l'homme politique en lui, l'habitué des médias, le menteur-vrai reprend le dessus, il déclare *je reviens d'Allemagne après une négociation certainement difficile, mais avec la conviction profonde que l'accord que nous avons conclu était indispensable au maintien de la paix de l'Europe et puis j'ai la certitude qu'elle est aujourd'hui sauvée et aussi j'espère qu'après avoir franchi ce défilé dangereux, nous pourrons envisager un règlement général des grands problèmes européens* et enfin, et là l'énergie est remontée, l'adrénaline a fait son œuvre, c'est tellement facile de croire à ce qu'on dit, c'est tellement facile de s'intoxiquer quand on intoxique les autres *Français, demeurons un peuple libre ! laborieux ! et fort ! et notre devoir envers notre patrie, c'est aussi l'intérêt de l'Europe et de la face du monde !* Gabriel tourne ces images et écoute ces paroles sans émotion particulière, évidemment lui aussi est soulagé par ces accords, mais il est surtout soucieux techniquement, le rythme est trépidant aujourd'hui, il imaginait un reportage plus tranquille, comme il en fait souvent, des départs ou arrivées au Bourget c'est facile, tout est réglé, tout se répète, immuabilité du reportage — mais aujourd'hui c'est nettement plus difficile, rien n'est correctement organisé, ni pour la presse, bien plus nombreuse qu'à l'accoutumée, ni pour la sécurité, personne n'avait anticipé une telle marée humaine, pourtant il faut maintenant partir pour Paris, Daladier ne va pas rester au Bourget, Gabriel a négocié d'être dans la première voiture de presse, une grosse décapotable avec sur la plate-forme trois trépieds pour des caméras et des accumulateurs pour faire marcher le moteur de sa Bell & Howell, il a fallu courir pour y être à temps, Daladier monte avec Bonnet, son ministre des Affaires étrangères, à l'arrière d'une mince décapotable immatriculée 4143-RL-9, numéros et lettres qui semblent banales, mais qui ne le sont pas tout à fait, qui sont connus des services de police, c'est la voiture du président du Conseil, les voilà qui démarrent sur la route de Flandre, la nationale 2, il faut se frayer un chemin car les badauds resserrent le passage, en amont du cortège il y a deux motards de la police, et quelques chevaux un peu effrayés par toute cette agitation, Gabriel ressent physiquement un sentiment de *déjà vu*, la façon dont Alexandre Ier et le ministre des mêmes Affaires étrangères, mais c'était un autre, avançaient dans une décapotable si peu protégée, cette fois le destin ne sera pas le même, la police va faire son boulot, un peu avant l'arrivée à Paris, après La Courneuve, au nord-est d'Aubervilliers, juste au-dessus de la porte de la Villette, la délégation est rejointe par une voiture avec quatre policiers, voiture qui s'installe entre celle de Daladier et celle des opérateurs, il était temps parce qu'à Paris la foule est d'une densité stupéfiante, les balcons et fenêtres tonnent, tout au long du trajet, encore, toujours des *Daladier ! Daladier !* et Daladier, l'être humain qui est célébré, qui de temps en temps agite son mouchoir ou soulève son chapeau pour remercier — et Gabriel a beau être derrière, il ne peut pas ne pas percevoir, dans ces simples gestes, l'immense lassitude du président du Conseil.

Demain, ce sera le 1er octobre, Daladier ira fleurir la tombe du Soldat inconnu, ira se recueillir devant le doudou national, continuer à faire croire que tout cela est cohérent, que la France fait corps, est un corps, un corps complet, un corps entier, et le corps perdu de ce soldat inconnu qui s'incarne à nouveau dans un présent qu'on croit connaître à défaut de le maîtriser, pour ne pas penser à l'avenir qui, lui, est de moins en moins inconnu, l'avenir qui s'écrit de façon sûre pour qui veut le voir : il y aura bien une guerre contre Hitler, la partie n'est que remise — mais : demain 1er octobre Gabriel ne tournera pas à l'Arc de Triomphe, demain le planning fait par Robert Alexandre l'envoie à Étampes filmer un autre avion, avec un autre pilote : Maurice Arnoux va tenter de battre le record du monde de vitesse sur 100 kilomètres, demain Gabriel ne pensera pas du tout à la guerre, à l'idée d'une guerre, à la notion de guerre, il pensera à la vitesse, à la meilleure façon de filmer les 372,979 km/h du si beau Caudron C.684 et ses lignes pures, géométriques, presque abstraites, demain Gabriel se demandera comment faire comprendre par l'image d'un avion dans le ciel que le record du monde est battu, comment autrement qu'en filmant les applaudissements au sol, l'équipe qui se congratule, le champagne qu'on boit tous ensemble, demain Gabriel comme toujours pensera à la meilleure façon de filmer ce qu'il a à filmer — et à rien d'autre.

I
[Forêt de Marly-le-Roi]

Je n'ai que six cent vingt-trois pas à faire pour arriver en forêt (j'ai compté). Pour entrer dans une forêt, pas n'importe quelle forêt, une forêt domaniale, celle de Marly-le-Roi, celle des chasses présidentielles, auparavant celle des chasses royales, j'avais proposé à Antonio qu'on aille marcher là, qu'il vienne à la maison mais qu'avant de déjeuner on aille marcher dans cette forêt, parfois je laisse passer une semaine entière sans y mettre les pieds, sans compter six cent vingt-trois pas jusqu'à la nature, jusqu'à ce chemin si court qui m'emmène des années 2020 (ou 1930, selon le moment de ma journée) à ces chênes qui ont trois cent soixante-douze ans et toutes ces bestioles minuscules invisibles mais que j'entends que je sens, qui vivent là et auxquelles je rends visite, à qui aujourd'hui nous rendons visite — non, il n'y a que moi qui fasse cette visite, Antonio flotte, Antonio vole, il est surexcité, pas le temps d'un bonjour il s'accroche à ma chemise, à mon col, comme pour me secouer, voilà Adrien c'est aussi simple que ça, on inverse la perspective, on retourne pas notre veste, on retourne notre vision, on dit le contraire, on dit : le cinéma n'est jamais né. Et cela vient d'un universitaire. C'est incroyable non ? Un prof de fac ! La révélation me vient par un HDR, un professeur *habilité à diriger des recherches.* Tu te rends compte Adrien, attendre si longtemps une théorie *qui change le monde* et voilà qu'elle arrive d'un professeur de l'EHESS ! Tu sais j'ai lu tant d'articles de chercheurs disant partout tout le temps sans cesse la même chose la même idée une seule notion le fait que les séries ont pris la place du cinéma, que le cinéma a été supplanté par une nouvelle forme de narration, mon Dieu des propos d'une telle affligeante banalité, comme si dans le monde il n'y avait pas eu mille fois des nouvelles formes, des formes qui

s'ajoutaient aux précédentes sans les faire disparaître, le théâtre n'est pas mort à cause du cinéma ou de la radio ou de la télé ou du webdoc ou merde quoi, tous ces chercheurs qui voudraient régler si vite la question de la mort du cinéma avec les séries quelle honte mon Dieu ils m'ont presque tué et tout à coup lui arrive.
Lui.
Il s'appelle Gabriel Rockhill, il est franco-américain. Le type est fou, ou génial, non bien sûr je veux dire fou et génial en même temps, le type a l'idée exceptionnelle, alors que tant de chercheurs cherchent des choses si peu nouvelles sur l'histoire du cinéma (son véritable inventeur, le nombre de chaises lors de la projection du 28 décembre 1895 au Grand Café du boulevard des Capucines par les frères Lumière, le premier praxinoscope), lui envoie tout balader pour me dire, pardon pour te dire aussi à toi, à nous deux, et aux autres, à tes lecteurs aussi (quoi, mes lecteurs ? ah...) : le cinéma n'a pas été inventé. Ou plus exactement : on fait comme si à la fin du XIXe siècle le cinéma attendait d'être inventé, et puis tout à coup, paf ! quelqu'un arrive et l'invente. Mais non : en réalité il n'y a pas de naissance, pas d'invention, il y a des strates qui s'ajoutent les unes aux autres, du précinéma aux premières projections, et celle du 28 décembre 1895 n'en est qu'une parmi d'autres, et ensuite l'invention de toute une série de *façons* de faire du cinéma, et donc ce qu'on appelle aujourd'hui le cinéma n'est pas spécialement né en 1895 — bon, je te passe le reste, le reste m'intéresse moins, il monte toute une théorie sur une forme de contre-histoire, déplacement des lignes d'analyse, moi je préfère en tirer une conclusion un peu plus radicale, je peux me le permettre, je ne suis pas HDR moi : ce n'est pas que le cinéma est mort, c'est qu'il n'est pas encore né. Mon problème c'était que je voyais les choses avec un début et une fin mais non, il n'y a pas de bande chronologique, il faut renoncer à se pencher sur une pensée du passé, tu comprends Adrien ? C'est pas dingue ?

C'est étrange. Parfois j'aime qu'il soit comme ça, parfois ça m'exaspère parce qu'il n'est pas là, en réalité, pas vraiment là, il est dans sa tête dans son excitation et il ne regarde rien, il ne sent rien,

on pourrait être dans une galerie climatisée de Parly 2, à trois kilomètres plus au sud, avec les odeurs artificielles de gaufres et les parfums de la boutique en s- qui balancent leurs effluves agressifs, il me dirait la même chose, renoncer à se pencher sur une pensée du passé, tu comprends Adrien ? C'est pas dingue ?
Et toi Antonio, tu comprends qu'il faut parfois ouvrir les yeux ? Que tes bras qui moulinent, tes yeux exaltés, tes oreilles qui rougissent, ce n'est pas tout : il y a un espace, autour de toi ; tu fais trop souvent abstraction du monde pour en faire la théorie, un instant, rien qu'un instant j'aimerais que tu sois capable de me dire : j'aime cette odeur de sous-bois, une forme d'humidité douce et hésitante, entêtante et discrète, moussue et charnue — j'aimerais que tu arrêtes de parler, rien qu'un instant, pour, à la place, quoi ? sentir, ressentir. Mais ça ne sera pas aujourd'hui. Ce sera une autre fois que je lui dirai ça. Antonio continue ce qu'il faut c'est construire une autre pensée du temps, une pensée qui inverse la question de la mort du cinéma : puisqu'il n'y a pas de naissance, il n'y a pas de mort, il n'y a pas un cinéma. Le cinéma n'existe pas. Il n'est jamais né. On parle d'autre chose. D'autres choses. Ce qu'on a vu jusqu'à présent ce sont des jeux, des tentatives, des esquisses, la lanterne magique au XVIIe ou *2001 l'Odyssée de l'espace* c'est pareil, on joue avec des machines, on essaie des trucs visuels, le contrechamp, le fondu, l'émotion d'un gros plan, mais ce qui est devant nous, là, à venir, ce qui va arriver ensuite, là ce sera peut-être enfin le cinéma, là on pourra enfin tenter de voir quelque chose, de l'analyser.
Pour le moment rien. Tu comprends Adrien ? Pour le moment rien. Je cherchais à dater la mort du cinéma mais je voyais tout à l'envers, je cherchais à voir la fin de quelque chose qui n'existe pas encore. Un peu comme dans un très vieux roman de science-fiction, partir dans le passé et chercher à imaginer un futur antérieur, la façon dont, selon un écrivain du XIXe un homme du XVIIe peut imaginer le XXIe. Tu me suis ?
Pas complètement, Antonio, il faudrait que je te dise que je ne te suis pas complètement, depuis tout à l'heure en réalité, que je marche à tes côtés mais que ça me reste lointain ce que tu proposes, aujourd'hui tu vois j'avais simplement envie qu'on parle de

brindilles, de ces brindilles sur lesquelles on marche, rien d'autre ne m'intéressait tellement, juste le bruit, le petit craquement sous nos pieds, pour moi c'était un sujet de discussion, il y avait de quoi parler, se dire des choses, se remplir l'un l'autre, avec ces brindilles, l'éternelle mélopée de leurs craquements, les mondes graphiques infinis de leurs dispositions, l'effrayante étrangeté de nos poids leur causant de tels torts ; et après seulement, après oui on aurait parlé de ce cinéma qui n'est jamais né, mais ne fuyons pas ce que nous avons sous la main, vivons-le avant de tout théoriser tu ne crois pas Antonio ? — mais au lieu de lui répondre tout cela je lui réponds. J'ose lui répondre. Moi, Adrien P., je lui réponds : mmh. Signe de mon grand courage dans la vie.

9
[1942]

Il y a eu l'exode ; il y a eu l'armistice ; Pathé s'est replié à Marseille ; Gabriel, lui, a décidé de partir à Londres, engagé parmi les volontaires français formant les maigres troupes du général de Gaulle, et à l'été 1942 l'adjudant de Gabriel a appris qu'il était opérateur de cinéma : il l'a mis à la disposition du commissaire à l'Information de la France libre, le jeune Jacques Soustelle, qui l'a chargé d'intégrer le *pool* des opérateurs de films chargés de tourner des films non pas de propagande mais d'histoire, pour garder des traces filmées de ces années de préparation des Forces françaises libres, archiver les souvenirs de cette attente d'avant les combats.

De cette année que Gabriel va passer au camp Old Dean, à Camberley, non plus derrière un fusil mais derrière une caméra, derrière une Paillard-Bolex H16 sur laquelle il laisse le mécanisme d'origine à manivelle plutôt que le ressort que tout le monde préfère maintenant mais lui a toujours un peu de nostalgie pour le tournage à la main, de sa rencontre avec le chef du camp, le commandant Pierre Fourcaud, un espion qui opérait en France sous le nom de Lucas, de cette année de camaraderie avec Fourcaud et des milliers de kilomètres de pellicule impressionnée sur la vie du camp, de ce long documentaire muet sur l'entraînement de soldats français en Angleterre, de tout cela, il ne reste rien, presque rien, quelques centimètres seulement que Gabriel a conservés, un jour où il collait bout à bout ses longs *rushes* il avait coupé par erreur un petit morceau et l'avait gardé machinalement, simplement quelques photogrammes, même pas vingt-quatre, de pellicule 16 mm noir et blanc mis de côté, quelques images uniques survivantes de ces temps d'entraînement : de ces temps de résistance à distance, de ces temps d'avant les combats, il ne reste que ces bribes, ces fragments minuscules d'un film de plusieurs heures racontant l'attente avant la reconquête — en 1943 départ de Soustelle pour Alger, nouveaux projets de ses successeurs, Gabriel est muté ; il ne saura jamais, personne ne saura jamais ce qu'est devenu ce film, perdu dans de vieux cartons d'archives qui finiront jetés un jour, ou disparu brutalement dans un bombardement allemand : ce film fantôme.

J
[Riom, souvenirs]

Il y a longtemps, il y a très longtemps, je venais de terminer mes études de journalisme et je cherchais, je cherchais non pas un sens à ma vie (j'étais tellement jeune : c'est compliqué de donner un sens à sa vie quand on ne comprend pas vraiment ce qu'est la vie), je cherchais : des piges. Je cherchais, et je prenais n'importe quoi (ou presque, j'aurais tout de même refusé de travailler pour 3615 Jelechetaqueue).
En 1999 j'ai trouvé un petit boulot d'écriture qui m'allait bien. J'ai été chargé de rédiger des textes pour un cédérom intitulé *Les Grands Procès de l'Histoire*. L'époque était au cédérom. L'époque croyait qu'elle avait atteint une forme de climax avec le cédérom ; l'époque omettait que les époques précédentes avaient cru déjà atteindre, elles aussi, une autre forme de climax, avec le livre, avec le film, avec la télévision ; et l'époque ne voulait pas savoir que de prochaines époques croiraient à nouveau arriver à un climax, avec le webdocumentaire, avec la *story*, avec la réalité virtuelle, et ainsi de suite : misère du présent, qui détourne les yeux du futur et regarde le passé avec condescendance, se croyant éternel. Mais non. Le présent n'est pas éternel (il vient de mourir).

Le cédérom était à la fois un objet physique et un concept multimédia, à base d'hypertexte et d'enrichissement pluriformel. On pouvait mettre à la fois du texte ! des photos ! des audios ! des vidéos ! des cartes animées ! C'était incroyable tout ce qu'on pouvait raconter, toutes les informations qu'on pouvait mettre sur ce simple petit disque, l'époque triomphait en pensant que l'avenir du savoir c'était le cédérom. L'époque nous imaginait dans des maisons remplies de cédéroms, avec tout ce qu'il nous fallait sur

des cédéroms, un recueil de recettes, un dictionnaire du cinéma, des magazines érotiques, les œuvres complètes de Balzac (vingt ans plus tard, qui se promène à la campagne peut voir ces cédéroms qui se balancent au vent pour faire fuir les oiseaux de leurs rayons irisés arc-en-ciel : je me demande parfois si les oiseaux ne sont pas devenus les derniers êtres vivants capables, avec leurs yeux aux superpouvoirs, de lire le contenu de ces cédéroms flottant au vent qui n'intéressent plus personne).
Des cédéroms moi je me foutais. Je voulais simplement piger — au sens de faire une pige, évidemment, de l'état du monde je ne cherchais pas à piger grand-chose, j'observais sans avoir le sentiment qu'une pensée pourrait s'articuler sur la question du progrès, de l'évolution des médias : les médias, c'étaient mes employeurs potentiels, et je prenais ce qu'ils me proposaient, quel que soit l'objet, évidemment j'avais un peu le fantasme de devenir une plume du *Nouvel Obs* (on disait une plume à l'époque, et à l'époque on rêvait en sortant d'une école de journalisme de travailler au *Nouvel Obs*, comme tout cela semble loin) mais je me doutais aussi que cela ne m'arriverait pas, je n'étais pas assez ambitieux, pas assez connecté aux bonnes personnes, pas assez dupe surtout, il aurait fallu me croire un génie du journalisme et penser qu'en face il y avait des journaux géniaux, je ne pensais ni l'un ni l'autre, je pensais juste à piger et je voulais aussi écrire des romans, mais des romans où j'aurais réussi à convoquer des spectres. Et à l'époque ça ne m'était pas très facile.

Les Grands Procès de l'Histoire. Les éditeurs (on disait éditeur pour un cédérom) pour qui j'allais travailler avaient décidé de mettre sur le marché ce qu'on appelait, comme pour un livre, un best-seller : ils m'avaient dit les grands procès c'est le sujet qui marche le plus à la télé (à l'époque c'était la télévision l'étalon du succès), bien sûr il faut mettre beaucoup de meurtres, un peu de royauté, un peu de vols de bijoux, et toi Adrien on t'a mis sur le procès politique, tu vas adorer c'est sûr, on t'a mis sur le procès de Riom.
En 1999, donc, j'ai passé quelques semaines à Riom. Quelques semaines au sens numérique du terme (à l'époque on donnait toujours ce type de précision, on soulignait plus qu'aujourd'hui

la différence entre le virtuel — ou le numérique — et le réel, aujourd'hui les deux se confondent en permanence et on ne s'en inquiète pas) : je n'y suis pas vraiment allé. Le temps que j'y ai passé ne m'a guère donné envie d'y aller au sens physique du terme. J'y ai vu la prison, glaciale et glaçante. Le palais de justice aux mains d'une justice truquée, maréchaliste et menteuse. Le tunnel reliant les deux, permettant aux accusés de passer d'un endroit à l'autre sans même sortir à l'extérieur. Le tout entre février et avril 1942, pas spécialement la période la plus joyeuse de l'histoire de France.

On ne m'avait pas demandé de penser à la littérature. Aucun spectre n'était prévu au rendez-vous numérique du procès de Riom, ni celui d'Édouard Daladier, ni celui de Léon Blum, ni, évidemment, le moindre bout de fantôme permettant de s'approcher un tant soit peu de la notion d'émotion — et pourtant : à l'époque j'étais un peu plus confus qu'aujourd'hui, dans mon rapport à l'écriture, en commençant à travailler pour le cédérom j'avais caressé le projet d'écrire un roman, un roman sur le procès de Riom. À l'époque, je pensais qu'il était possible de mêler mes deux activités, mes deux écritures, l'alimentaire et la littéraire, que l'une pourrait enrichir l'autre — aujourd'hui c'est bien fini, je suis enfin au clair avec ça, le matin je crache des kilomètres de lignes sur les outils d'aujourd'hui, l'après-midi je crachote mes idées de roman, fragiles et que j'aimerais émouvantes (mais est-ce trop ? ou pas assez ? et la linéarité, j'en mets plus ? ou moins ? et du charnel il en faut ou je dois rester plus froid, plus à distance ?).
Et donc à l'époque sur le même cahier (je travaillais encore à l'ancienne, avec un cahier, c'était encore le XXe siècle, l'écriture se pensait avec du papier et un stylo) il y avait à la fois mes notes pour le cédérom et des phrases de roman, la brume grise qu'on tranche en marchant mais sans la quitter, on devient elle, on avance avec elle et on ne la quitte que la nuit, quand les faibles lumières de Riom s'éteignent, que le noir et la poisse se confondent, quand Léon Blum dans sa cellule éteint sa petite ampoule, seul luxe concédé par ses geôliers, qu'il éteint et les yeux ouverts dans le noir ne voit plus que ce qu'il va dire le lendemain, l'étrange sentiment du pouvoir qui

lui est conféré, que Vichy lui a offert pensant l'écraser mais il se cabre, ils se cabrent, Daladier et lui, chacun différemment, chacun avec son style, chacun avec sa chronologie aussi, la sienne, celle de Blum, c'est celle de 1936, celle d'avant Munich, ça il faut que je le note, il faudrait que je fasse une sorte de grille chronologique dans laquelle on pourrait naviguer, quand au procès ils font une déclaration sur un moment de leur gouvernement c'est cliquable et on revient à ce moment, on revient à Blum en mai 1936, ces jours inespérés de mai 1936, cette lumière qui n'était pas comme chaque année annonciatrice seulement de soirs d'été, cette lumière qui disait que pour la première fois on allait lier progrès social et démocratie, que d'un vote naissait une réalité, la réalité d'un pouvoir de gauche, et c'est à Léon Blum d'incarner ce moment, Léon Blum l'écrivain dandy qui avait accepté de plonger dans le bain médiocre de la politique, Léon Blum le Juif valeureux qui avait supporté de se faire insulter, jusqu'à la phrase de Xavier Vallat *pour la première fois, ce vieux pays gallo-romain sera gouverné par un juif* ou celle de Pierre Gaxotte *il est laid, il est le mal, il est la mort*, Léon Blum le premier surtout ayant amené la gauche au pouvoir, le premier aussi à l'avoir trahie, à avoir dit, dès 1926, que *l'exercice du pouvoir* serait différent de la *conquête du pouvoir*, qu'il faudrait savoir *laisser des traces éblouissantes*, mais *le danger c'est la déception* et voilà justement que l'exercice se révèle plus compliqué que prévu, la réalité budgétaire étrangle, janvier 1937 *c'est la pause*.
La pause. Le renoncement ?
Les phrases de Blum au procès. Les deux journées les plus importantes : 10 et 11 mars 1942.
Beaux passages sur la loi des quarante heures, sur sa justification. Le *petit dividende* que doit toucher chaque homme des progrès techniques, soit en ayant de meilleures conditions de travail, soit en ayant *un supplément de loisir* pour un *même salaire*.
Mais ! Cette phrase ! Terrible ! *Non seulement je n'ai pas dérivé vers le chômage les crédits votés pour la défense nationale, mais j'ai fait dériver vers la défense nationale des crédits qui avaient été accordés par le Parlement pour la résorption du chômage.*
J'aimerais écrire sur la trahison, sur sa trahison.

— Aujourd'hui, vingt ans plus tard, relisant mon cahier, je vois tout un peu différemment, son texte de 1926 ne me dérange plus, je comprends l'étonnant numéro de funambule d'un homme qui cherche à concilier révolution sociale et réformisme réel, à réconcilier la gauche et la démocratie, qui cherche à incarner surtout le présent, qui cherche à être une solution au désarroi du monde ; la pause de 1937 elle m'est plus difficile en revanche à admettre, là je vois une première pierre à l'histoire des renoncements de la gauche au pouvoir, première pierre d'un mur qui n'a jamais cessé de s'élever depuis entre espoirs et réalité, Mitterrand en 1983, Jospin en 2000, Hollande dès 2012 ; et enfin la phrase terrible du 10 mars 1942, quand Blum dit avoir préféré la défense nationale à la résorption du chômage je l'accepte, je la tolère, c'est la phrase d'un homme qui a vu l'Allemagne vaincre avec tant de brutalité, massacrer l'Europe et ses idéaux, c'est la phrase d'un homme de 1942 qui se dit sans doute que ses conquêtes sociales de 1936 ne pèsent plus grand-chose, ne pèsent plus rien dans la France de Vichy où elles ont été toutes strictement annulées — mais il se trompe, et nous nous le savons mais lui ne peut pas le savoir, il se trompe car la France solidaire et généreuse de 1945 ne l'aurait peut-être pas été autant si la France de 1936 n'avait pas officiellement reconnu ces droits au peuple ; et à l'inverse renoncer à toute conquête sociale, ne penser qu'à s'armer un maximum, entre 1936 et 1939, aurait-il vraiment permis de battre l'Allemagne et son implacable haine ? Rien n'est moins sûr.
Il faudrait reprendre le texte de mon cédérom, l'annoter, lui ajouter, grâce aux liens hypertextes, dans un espace supplémentaire, un espace qui dirait *vingt ans plus tard*, avec mes commentaires d'aujourd'hui, mes commentaires qui sont différents non pas parce que l'historiographie a évolué mais parce que j'ai changé, moi, que je réfléchis différemment, sur Blum, sur la trahison, sur la guerre.

Mais. Aujourd'hui on ne ferait plus un cédérom. On ne ferait plus, déjà, sans doute, de webdoc. Trop daté. On ferait peut-être, je ne sais pas, peut-être, une série : le monstre en n-, celui qui conçoit

le spectacle permanent d'aujourd'hui, celui qui a inventé un outil pour accélérer la projection des séries qu'il produit, un outil pour aller encore plus vite pour en bouffer encore plus avant de mourir gavé par tant de fictions, le monstre en n- pourrait bien produire un 4 × 52 min sur le procès de Riom, une fiction bien sûr, une belle série historique comme ils savent faire, avec du fric pour les costumes et une distribution classieuse — et aujourd'hui donc à la place d'un cédérom sur le procès de Riom je pourrais écrire une série sur le procès de Riom, une fois encore je prendrais Léon Blum comme matière à mon travail, comme source de revenus. Un personnage pour gagner ma vie.
Mais Léon Blum ne m'a rien demandé. Léon Blum est mort.

Et moi, suis-je vivant ? Moi qui dans ma vie n'ai jamais fait de Léon Blum autre chose qu'une marionnette en deux dimensions dessinée à traits épais et animée grossièrement, avec des bulles rectangulaires dans lesquelles on pouvait lire ses phrases, jamais je n'ai réussi à faire exister ce qu'il y avait dans mon carnet, à convoquer son âme, le geste de ce vieil homme de soixante-dix ans qui dans la cour de la prison de Riom essaie de se chauffer au misérable soleil du début mars, ses yeux intenses, dernière lumière dans un visage fatigué, visage atteint, ce corps qui se dressait au soleil du printemps 1936 lors des meetings électoraux, l'énergie de sa croyance alors à changer le monde, aujourd'hui l'énergie ne sert plus qu'à le sauver lui, ce corps économise ses forces lors de ces pauvres petites promenades, pour que plus tard, au palais de justice, son verbe flamboie de nouveau, que son charisme se déploie, que par sa parole, la ténacité de sa parole, il parvienne à convaincre non pas les juges, oh ceux-là l'ont déjà condamné, mais l'opinion publique, la convaincre que la République était bonne et les protégeait mieux que ne le fait le Maréchal et son régime inique.

Il a réussi. En parlant, il a fait taire Vichy, qui a dû renoncer à terminer le procès. Ses mots étaient les plus forts. Par la force de son verbe, il a surmonté la mort. Mais : son frère René, son petit frère, qui avait six ans de moins (six ans), arrêté par la police

allemande assistée par la police française, le 12 décembre 1941, le jour de la rafle dite des «notables», sera déporté à Auschwitz le 23 septembre 1942, identifié à son arrivée comme étant le frère de Léon, et immédiatement emmené à la chambre à gaz, tué. Certains témoignages disent : jeté, vivant, dans un four crématoire.
Léon Blum, lui, a été emmené en avril 1943 à Buchenwald, pas dans le camp, dans une maison forestière à quelques centaines de mètres du camp ; il pouvait correspondre avec son fils, se rassurait en lui écrivant en février 1944 qu'il pensait que René était *vivant, mais de quelle vie ?* puis se demandait, en février 1945 *je pense beaucoup à mon pauvre René, où peut-il bien être ?* — trois ans après son arrivée à Buchenwald (où il aura épousé sa dernière femme, Jeanne), le 26 avril 1945, Léon Blum est emmené par les SS qui fuient l'avancée alliée, il croit sa dernière heure venue, passe par le camp de Flossenbürg, puis par Dachau, et enfin repart en convoi jusque dans le Tyrol où il finit par être remis aux troupes américaines. Le 13 mai 1945, à 13 h 40, il met le pied sur le territoire français, à sa descente d'avion, à l'aéroport d'Orly. Il lui reste moins de cinq ans à vivre.

Aujourd'hui : même si je le trouvais dans mes affaires, ce cédérom, dans ces cartons que je n'ai même pas ouverts quand je me suis installé ici, dans la maison de mon grand-père, après la mort de mon grand-père, dans cette maison joyeuse pourtant, parce que sa mort n'était pas triste, sa mort était celle d'un homme de cent un ans, d'un homme qui avait eu le temps de vivre, j'ai entreposé mes cartons dans la chambre du milieu, dans celle du fond je dors, dans la première je travaille, et dans mes cartons il y a tout ce que j'ai mais que je n'utilise pas, toutes les machines électroniques que j'ai eues, testées, adoptées, au moins dix téléphones portables différents, des premiers gros blocs épais à touches vertes de la fin des années 1990 aux derniers tactiles qui meurent si vite mais que je ne peux me résoudre à jeter, cimetière d'un vain progrès, couches d'inutilités dont la préservation est doublement inutile, et dans ces cartons il y a aussi des piles de livres que j'ai écrits et qui n'ont plus aucun sens, *À la découverte d'A. 2.3.7* ou *Créer son blog en une semaine*, dans ces cartons je ne sais même pas s'il y a un exemplaire de ce cédérom intitulé *Les Grands Procès de l'Histoire* — mais même si j'étais sûr qu'il y était, même si j'essayais de le lire, de brancher un lecteur externe de cédérom à mon ordinateur qui n'en a pas, d'y mettre le disque, ce serait pour voir que l'objet ne fonctionne plus, en vingt ans il y a eu dix-huit nouvelles versions du système d'exploitation de la société en a-, et une dizaine pour celui de la société en m-, à peine aurais-je lancé le disque que des cascades de messages d'erreur attaqueraient mon écran, je ne pourrai jamais relire ce cédérom, revoir comment j'avais organisé il y a vingt ans la parole de Léon Blum au procès de Riom, comment j'avais choisi d'organiser sa défense, et celle de Daladier, et leurs relations à tous les deux, et leurs avocats, et le tribunal, et les ordres de la censure pour que les journalistes ne citent pas les phrases dérangeantes, tout ce que j'avais trouvé en allant à la BPI, et aux Archives nationales juste à côté, tout ça dont j'ai retrouvé quelques traces sur un cahier, tout ça est maintenant enfermé dans ce petit rond qu'il n'est même plus possible de lire. Ce petit disque inutile comme unique linceul posé sur la mémoire de Léon Blum. Unique linceul que je lui ai tissé. Moi, Adrien P., homme de peu de croyance en l'avenir — homme de trop de croyance dans les technologies du présent. Qui sont maintenant déjà un vilain passé.

10
[1945]

Remonter le ressort, trois fois de suite, trois fois vingt secondes pour aller au bout des trente mètres de bobines, sur ces petites Bell & Howell Eyemo 35 mm portatives avec lesquelles filmer la guerre : Gabriel fait partie de l'unité alliée de cameramen chargée de filmer le débarquement et la Libération, projet souhaité par Eisenhower, la Specou, *Special Coverage Unit*, l'unité spéciale qui «couvre», au sens journalistique, l'avancée des troupes alliées sur le territoire européen.
Gabriel, parmi ces Américains majoritairement, sous le commandement du cinéaste George Stevens, qui a le grade de lieutenant-colonel, est le seul francophone, le seul Français, toujours un peu à part, toujours un peu oublié, un peu méprisé (la France, quoi que proclame de Gaulle, est le pays qui a capitulé, qu'on doit reconquérir) — mais il tourne, il tourne sérieusement, efficacement, professionnellement, comme il sait faire, comme il montre qu'il sait faire ; et Stevens ne se plaindra jamais de lui, mais ne le félicitera jamais vraiment non plus : il est là, il est accepté à cette place, mais il ne peut pas devenir l'égal de ces Yankees, de ces cow-boys, de ces soldats joyeux qui débarquent pleins de leur énergie américaine. Pour Gabriel qui a toujours appris à être seul, à se débrouiller seul, à avancer seul : ce n'est pas un problème. Il y a tant de choses à voir, partout, tout le temps. Tant de choses à filmer.
La Specou a débarqué en Normandie le 6 juin 1944, à la fin de la journée, sur le HMS *Belfast*, dans la foulée des soldats combattants. On tourne. On avance. La ligne de front est toujours juste devant. Ruines, joie des Français libérés, ruines, encouragements, soldats reprenant, mètre par mètre, pied sur le territoire français — ruines encore, avancée toujours, comme une sorte d'inverse

exact de l'exode de juin 40, maintenant c'est l'anti-exode, juin 44, puis juillet, puis août, aller jusqu'à Paris, jusqu'à la reprise de la capitale, la reprise officielle du pays, premier signe tangible que le continent se libère du pouvoir nazi.
Le 25 août 1944 à l'arrivée à Paris, George Stevens, une fois n'est pas coutume, prête à Gabriel sa caméra personnelle Bell & Howell Filmo DA 16 mm équipée de pellicule couleur — c'est la seule caméra du groupe qui filme en couleurs, les autres sont des 35 mm noir et blanc, soit les Eyemo portatives, à ressort, trois objectifs, trois kilos, une petite poignée verticale avec du caoutchouc anti-dérapant, les avantages du 16 mm mais directement en 35, soit de grosses Mitchell GC, versions simplifiées des caméras de studio d'Hollywood, mais lourdes quand même, alimentées par câble, posées sur trépied, à l'arrière de jeeps, pour une qualité d'image supérieure évidemment — mais le 25 août donc, Gabriel peut filmer en 16 mm couleur les rues de Paris libérées, son Paris à lui devenu un Paris filmé, un Paris personnage vivant du spectacle de la France renaissante, et c'est Gabriel qui le filme, parmi tant d'autres, mais il ne pense pas aux autres, il pense seulement aux cadres qu'il choisit aujourd'hui, il n'avait pas filmé Paris depuis quatre ans, quatre ans qu'il n'avait pas vu ces immeubles dans l'objectif d'une caméra, ces boulevards, ces commerces, ces Parisiennes, ces Parisiens, quel que soit le cadre il filme la joie, une joie si longtemps empêchée, si longtemps oubliée, la joie aussi d'être filmé joyeux, comme ce G.I. qui prend une Parisienne dans ses bras, robe à fleurs et coiffure parfaite, et qui aperçoit soudain Gabriel, la caméra de Gabriel, et qui la montre à la Parisienne et les deux regardent l'objectif en souriant : c'est fini ! C'est fini, voit le ciné-œil. Voit l'œil mécanique. De Gabriel.
C'est fini ! Fini pour les Parisiens. Mais loin d'être fini pour le continent, les armées alliées continuent à avancer, la Specou aussi, Gabriel avec, automne, campements dans des tentes, hiver, convoi de jeeps. Vie de soldats, mais de soldats qui ne sont là que pour filmer, pas pour se battre. Pour filmer ceux qui se battent : Gabriel tous les matins prend dans ses mains une caméra, et pas un revolver, pas un fusil, pas une mitrailleuse. C'est son arme à lui ; une arme ?

Il tourne. Images répétées, images presque inutiles tant elles se ressemblent, d'une avancée victorieuse mais qui charrie toujours son lot de bombardements, de maisons éventrées, de civils blessés ou tués, de soldats mitraillés, cette guerre qui n'en finit pas, qui n'en finit pas de mettre tant de temps à finir, avril 1945 entrée en Allemagne, camp de concentration de Nordhausen, celui de Dora, où des prisonniers enfermés dans un immense tunnel souterrain devaient construire les fusées V2 imaginées par Von Braun, celui qui dans vingt-cinq ans amènera les Américains sur la lune, puis Torgau, là où l'armée alliée et l'Armée rouge se rencontrent, brève fraternisation entre Américains et Soviétiques, et le 27 avril, le lendemain précisément du jour où à Dachau les prisonniers célèbres avaient été regroupés par les nazis, le banquier allemand Schacht, le chancelier autrichien Schuschnigg, le président du Conseil français Blum, et exfiltrés pour être emmenés un peu plus loin, ce même 27 avril un ordre parvient au lieutenant-colonel Stevens : la Specou doit aller filmer le camp de Dachau, près de Munich. Les instructions sont toujours les mêmes : *la mémoire humaine étant défaillante il est important d'effectuer un enregistrement de l'événement au moment où il a lieu sous une forme qui, dans la mesure du possible, lui permette de constituer une preuve acceptable de sa réalité*, la Specou a même reçu un manuel avec les instructions sur la façon de filmer chaque moment, chaque épisode militaire de libération, que filmer, comment filmer, quel son prendre, comment monter le tout, l'état-major suprême sait que viendra le temps d'un procès des responsables nazis et ces images seront les preuves, des preuves sans passé, des preuves *ex-post* : des traces de ce qui a eu lieu et non des images de ce qui s'est passé. Et la crainte, déjà, que des falsificateurs de l'histoire essaieront de nier la réalité fait que, par anticipation, il faut filmer tout ce qui est là : tout ce qui n'a pas été détruit. Cela ne suffira pas, car, justement, ce qui s'est passé n'a pas été filmé — on ne pourra jamais faire d'une absence de film un film de l'absence.

Gabriel, comme les quarante-quatre autres membres de la Specou, va passer neuf jours à Dachau. Neuf jours installés à quelques

kilomètres du camp, et tous les matins y entrer : filmer. Filmer dès la libération officielle du camp : le premier soir, les chefs nazis sont partis mais il reste des gardiens, qui tentent de se cacher, de se faire passer pour des prisonniers parce que l'armée américaine arrive, et des prisonniers se vengent, littéralement égorgent ces bourreaux qui auraient voulu échapper à leur châtiment. La Specou filme ; tout comme la Specou filme le train arrêté là, bloqué là, depuis le 27 avril, train venant de Buchenwald, dernier convoi de prisonniers envoyés à Dachau et dont la plupart sont morts avant même leur arrivée, cadavres abandonnés dans la débandade générale, et personne ne s'en occupe, ne s'en est occupé, la Specou filme ces corps morts entremêlés, Gabriel regarde George Stevens filmer en couleurs un opérateur américain filmer en noir et blanc ce train, et ces images, celles en noir et blanc, resteront comme un des témoignages les plus frappants de ce qu'a été la barbarie nazie — presque la seule image capable d'évoquer l'extermination, puisque personne ne l'a filmée.
La Specou filme, pendant ces neuf jours, les baraquements de ce camp qui n'est plus une prison mais qui est encore un camp d'internement, en attendant de partir les hommes et les femmes qui étaient prisonniers y vivent encore, non pas y vivent mais y sont, déjà plus prisonniers mais pas encore à nouveau vivants : et Gabriel tous les matins avec le reste de l'équipe prend une caméra, une grosse ou une petite, et se met au travail : tourne. Filme. Quasiment les yeux fermés : à plusieurs reprises il a ce réflexe de laisser sa caméra tourner sans regarder, en créant un flou dans le point de son regard, un flou qui lui permet de cadrer sans regarder, de vérifier que sa pellicule s'impressionne sans voir ce qui l'impressionne, filmer ces corps qui sont dans un état transitoire entre la vie et la mort, ces regards qui ont perdu toute lumière, ces bras qui ne peuvent plus porter, ces mots qui n'arrivent pas à raconter : pas encore à raconter — ce sera pour plus tard. Et alors ces mots feront une histoire, permettront de laisser une histoire : à Dachau pendant la guerre, il n'y a jamais eu de photos, jamais de films. Jamais, avant l'arrivée de la Specou. Personne n'a *pris* d'images. C'était la vie seulement qui était prise ici. La vie seulement. Et en mai 1945,

de cela il ne peut y avoir d'images. Il n'y a plus que des spectres. Et personne ne peut filmer des spectres.
Gabriel le sait bien. Pour la première fois de sa vie, il sait que ce qu'il filme n'est rien, ne représente rien, n'est qu'infime, que les images qu'il tourne, leur dureté n'est qu'écume, n'est que léger nuage après la tempête – comme celles prises par les Soviétiques à la libération d'Auschwitz, comme tous les films d'*après* la chute du nazisme.
Ces images qui ne sont qu'une poussière de la masse de souffrance qu'elles voudraient raconter, ces images seront montrées à Nuremberg devant les accusés, le noir dans la salle mais un projecteur qui s'allume, un projecteur braqué vers les vingt dignitaires nazis pendant la projection, Goering, Hess, Keitel, Ribbentrop, et les autres, leurs regards vers ces images et ces regards secs presque plus terrifiants encore que les images à l'écran.

Plus tard, Gabriel n'en parlera pas. Jamais. Jamais il n'en parlera, ni dans sa vie privée ni dans sa vie publique : jamais il ne prendra la parole pour dire ce qu'il a vu (ce qu'il a filmé) à Dachau dans les premiers jours de mai 1945.
Au-delà de la tristesse, bien au-delà : le silence.

K
[Supérette C., Paris]

C'est l'abattement. Ce n'est plus le même homme, ce n'est plus la même histoire, c'est un échec, plus rien ne marche, plus rien ne concorde, tout se mélange, je ne sais même plus trop ce que je voulais démontrer Adrien, il y avait quelque chose, mais quoi ?
Mais Antonio
Oui je sais, évidemment que je sais ce que je voulais démontrer, plus exactement je sais ce que *je t'ai dit vouloir démontrer* mais ce qui se passe c'est que je cherchais quelque chose qui s'en va quand on le trouve, je voulais prouver quelque chose qui, parce que je me suis mis à le chercher, s'est mis à disparaître : tant que je ne le cherchais pas il était possible de le trouver, mais ma quête l'a rendu évanescent, l'a fait ne plus pouvoir être démontrable. C'est comme en physique quantique : si tu observes un phénomène tu le transformes et il t'échappe. Si tu le regardes tu ne peux plus le voir. Pour moi c'est pareil : en cherchant à démontrer la mort du cinéma, je l'ai regardée, et elle a disparu, elle m'est invisible, inaccessible. C'est tout et
Quelques pas en silence puis Antonio me dit je dois m'acheter une brosse à dents, on peut rentrer là s'il te plaît ?
Là ? Un magasin C., mais ce pourrait être n'importe quelle lettre, n'importe quelle marque, c'est un magasin parisien qui n'est ni un grand hypermarché, ni une petite épicerie, c'est une sorte de magasin moyen, un magasin dont on ne pourrait déterminer la taille qu'en relatif (plus petit que le C. de la porte d'Italie, plus grand que le F. en bas de chez Antonio), un magasin de taille moyenne dans lequel il sera possible de trouver une brosse à dents.
Auparavant : nous marchions dans des rues parisiennes indéterminées, des rues que je ne regardais pas spécialement, je n'ai

pas mes lunettes et surtout je cherchais à comprendre pourquoi Antonio aujourd'hui n'est pas comme d'habitude, comme s'il avait perdu quelque chose de son feu sacré, comme si sa peau de roux pas très bien rasé n'avait pas la même luminescence, comme si quelqu'un avait diminué la luminosité, le gamma de son énergie, un jour j'imagine on aura des scanners à énergie vitale, on verra non pas l'âme d'un humain mais sa vérité énergétique, la mesure de son intensité, si Antonio était un personnage de jeu vidéo je verrais son niveau de vie très bas alors qu'il n'y a pas si longtemps, à Belleville ou chez moi ou dans la forêt de Marly il était à son maximum, tous les indicateurs au rouge, écarlate, alarme danger trop d'intensité attention. Ce qui m'agaçait tant la dernière fois me manque aujourd'hui ; tout est parti : trop vite, trop loin.

Dans le magasin moyen le logo en c- est partout, sur les murs, sur les produits, sur les chariots, je regarde avec un peu d'effroi mes mains de peur que ce C. avec deux petites flèches de chaque côté ne se soit imprimé sur mes paumes, un nouveau Christ, le Christ de chez C., martyr de la cause consumériste, Antonio se dirige vers le rayon des brosses à dents et regarde avec lenteur, avec lassitude, chaque brosse à dents ; moi j'aimerais revenir à la mort du cinéma : Antonio tu ? Antonio mais ? Antonio et ? mais chaque fois il élude, glisse, switche, zappe, décale, diminue.
Il attrape une brosse à dents de la marque en c- (c- comme le dentifrice, pas comme la marque du magasin en c- dans lequel nous nous trouvons présentement) et nous voilà à la caisse et Antonio me dit deux euros quarante-sept une brosse à dents, c'est cher quand même pour un peu de plastique.
Ah. Alors justement Antonio puisque tu parles du plastique ça me fait penser au pétrole et à une idée que j'ai eue l'autre jour, dont je voulais te parler, que le cinéma ça pourrait être tout simplement un art fossile, comme le pétrole était une énergie fossile, il n'y a qu'un petit stock disponible, non, pas forcément petit, simplement un stock disponible et on va mettre, et *on a mis* un moment pour l'épuiser, un peu plus d'un siècle justement, bon admettons qu'il y ait eu un peu plus de pétrole que de cinéma, mais le concept est

le même, d'abord parce que pendant des millénaires on n'en a pas eu, on s'en passait très bien, et ensuite tout tourne autour de lui, le pétrole pour fabriquer du plastique faire avancer des voitures chauffer des maisons, le cinéma pour édifier les foules distraire le peuple raconter le monde, mais à la différence d'autres arts, qui sont renouvelables, non je n'aime pas ce mot, qui sont sans limite, infossiles, afossiles, qui sont infinis allez j'ose, là on a un art qui prend tout de suite la place centrale, la place majeure, mais qui ne peut le faire qu'à proportion du fait que ses ressources ne sont pas épuisées, sont encore disponibles, jusqu'au moment où : ça s'arrête Antonio, à un moment on a fait le tour, non pas le tour, on a tout *vidé*, vraiment tout *vidé*. Il n'y a plus rien : quand un puits de pétrole est vide, il n'y a plus de pétrole, c'est aussi simple que ça ; le cinéma n'était pas un art infini : c'était un art fini, et voilà, on a fini, on a tout bu, on a bien profité de ce que ça nous apportait, de ce que ça nous a amené, dans la façon de raconter une histoire, de mettre en scène des émotions, de faire peur rire jouir, mais ce n'était pas inépuisable, il y avait un stock possible de minutes de film, d'heures, de semaines mises bout à bout et c'est terminé, il n'y a plus rien de neuf à inventer dans cette forme-là, celle d'un cadre et d'une image projetée, c'est terminé, il va falloir revenir à des formes plus classiques qui semblent un peu démodées mais qui ont l'avantage d'être infinies, la poésie, le théâtre, le chant — j'aurais voulu dire ça à Antonio mais dans la queue du C. avec les clients puis devant la caissière fatiguée que j'imaginais guère intéressée par ces petites histoires je n'ai pas osé, j'ai gardé tout ça pour moi.

11
[1946]

Fermer les yeux, ça ne sert à rien : les images elles sont là, dans la mémoire — Gabriel, petit, quand il avait peut-être neuf ou dix ans, c'était après la guerre (à l'époque on disait la guerre, ou alors la Grande Guerre, on ne savait pas qu'elle n'était que la première du siècle), sans doute plutôt douze ou treize ans, il avait vu sur une route pas loin de la maison un chat qui avait été écrasé, égorgé plutôt, une main humaine l'avait tué, Gabriel s'était penché, avait vu ce corps mort, le sang qui coulait encore, et le regard qui n'était pas entièrement éteint, presque éteint mais pas entièrement : Gabriel s'était juré d'oublier cette image, il ne *voulait* plus la voir, il avait décidé, méthodiquement, volontairement, de ne plus jamais y penser, de l'oublier, l'oublier terminé ce n'est plus dans ma mémoire ; et bien entendu le contraire avait eu lieu, il n'y avait pas eu d'année où il n'y avait pas pensé, il pouvait avoir quatorze ans, avoir vingt-deux ans, avoir trente-cinq ans, être en train de lire un roman de cape et d'épée, de regarder les jolies jambes d'une jeune femme en robe d'été, de se laver longuement les mains avant de mettre de la pellicule dans un chargeur de caméra, revenait toujours l'image de ce regard ces yeux fixes implorant regard de feu mais de feu qui s'éteint, regard qui le scrutait, qui cherchait un dernier réconfort, une caresse peut-être, et Gabriel avec colère qui n'avait fait aucune caresse qui s'était enfui et avait décidé d'oublier — cette image l'avait plus habité, *en tant qu'image*, que celle de sa grande sœur, si belle, si blanche, si sereine, couchée dans son lit avant que le cercueil, si petit, si pâle, si froid, ne la fasse disparaître : mais à la mort d'Hélène Gabriel n'avait que cinq ans, à cinq ans on ne fixe pas encore bien les images, fixer au sens chimique, on est une pellicule évanescente qui ne garde pas de véritable trace, on est une peinture rupestre qu'un peu d'oxygène efface, on est un dessin à la craie par terre que la pluie gomme, on est des formes sur le sable que la marée montante fait disparaître : n'en restent que des souvenirs flous.

Les images de Dachau sont impossibles à oublier ; mais cette fois Gabriel n'essaie même pas, ne tente même pas d'y croire. Elles sont là, pour toujours. Tu ne peux pas révéler au monde quelque chose et l'oublier : tu ne peux pas révéler sur pellicule ce que tu as vu et être capable de ne plus le voir.
Alors : changer, de monde.

Bateau. Quitter l'Europe. Ne plus rien voir. Partir, sans caméra : pouvoir fermer les yeux.
Trois semaines de traversée (dix-neuf jours, Le Havre-Veracruz). Trois semaines pour Gabriel sans caméra : rien à filmer. Rien à devoir regarder. Pour une fois, voir sans cadrer.
Mais un cahier : un petit cahier d'écolier, un cahier que Gabriel chaque matin, après le café noir et mauvais et chaud, ouvre. Garde ouvert. Le papier déjà un peu jaune, les lignes bleutées comme des veines trop rectilignes : s'imposer un chemin à suivre. Une ligne ? Maladresse de sa graphie. Maladresse aussi de ses mots, qui essaient de fixer quelque chose mais il ne sait pas faire, il n'a jamais su écrire, jamais pensé qu'il devrait un jour écrire, qu'il devrait fixer sur du papier et pas sur une pellicule les questions qu'il se pose sur ces neuf jours à Dachau, pourquoi avoir filmé, pourquoi filmer, pourquoi lui, pourquoi ça, pourquoi filmer plutôt que se battre, pourquoi il est encore vivant, lui, pourquoi encore une fois il est le survivant.

Trois semaines à se poser ces questions, trois semaines enfermé dans un bateau, trois semaines sans caméra, sans rien d'autre que ses propres yeux, trois semaines à regarder la mer et cette étrange courbure de l'horizon bleu qui rappelle sans conteste que la terre est ronde, et belle, et immense, trois semaines à regarder au loin l'océan, cette absence de paysage qui vaut tant de paysages, trois semaines à ne rien faire d'autre que se poser ces questions et à Veracruz, à l'arrivée : toujours pas de réponse.

Il existe deux genres de ports. Les ports où l'on se sent bien, où l'on s'imagine vivre, un pied vers l'ailleurs exaltant, un pied dans un ici qui nourrit : Gênes, Marseille, Brest, Acapulco. Et de l'autre côté les ports où l'on ne peut que passer, où il n'y pas d'autre voie possible qu'aller prendre son bateau, ou repartir vers les terres intérieures : Le Havre, Rotterdam, Anvers. Et Veracruz : Veracruz n'est même pas une ville. Ne fut, pour Gabriel, même pas une ville : mille trois cent quarante-neuf pas sur la terre ferme, de la descente de la passerelle du bateau jusqu'au marchepied du train, aux horaires synchronisés avec l'arrivée du bateau : il n'y a pas d'attente.
Dix-sept heures et quarante minutes plus tard, gare de Buenavista, *delegación* Cuauhtemoc, ville de Mexico. Gabriel s'installe dans un hôtel du centre historique, dans sa partie sud, en dessous de l'Alameda, le grand parc à côté de Bellas-Artes, le palais des Beaux-Arts et sa coupole qui ressemble tant à l'Institut, à Paris.

Mais Gabriel sans caméra n'est pas vivant, il lui faut son troisième œil, son seul œil actif, celui qui lui sert à enregistrer le monde, pas le regarder, l'enregistrer. (Un soir, dix ou onze mois plus tard : lors d'un déjeuner avec la bande de Churubusco, avec Emilio «el Indio», avec l'autre Gabriel, *Gabi*, avec d'autres, quelqu'un lui a dit — quelqu'un mais qui ? ce n'était ni Fernández ni Figueroa, c'était peut-être Buñuel mais le connaissait-il déjà ce soir-là ? — quelqu'un lui a dit *Gabriel el francés una vez en tu vida tendrías que tratar de ver con tus solos ojos*, une fois dans ta vie tu devrais essayer de voir seulement avec tes yeux — à ce moment-là il parlait déjà assez bien espagnol pour comprendre ; il avait ri et n'avait pas répondu : évidemment pas répondu.)

Alors. Cela ne fait que deux jours qu'il est arrivé à Mexico, et voilà : il va *calle* Donceles, à l'hôtel le réceptionniste lui a montré dans un annuaire une page avec des *tiendas de cameras, todo para fotos y filmes*, toute une liste, c'est une série de magasins tous dans

la même rue, il est impossible de ne pas trouver ce qu'on cherche. Il s'achète une caméra, une petite américaine, une Ciné-Kodak Magazine 8 : il aura vécu donc même pas un mois sans caméra. Depuis ses quinze ans jusqu'à aujourd'hui, un mois sur deux cent soixante-seize, c'est tout ce qu'il aura réussi à supporter.
Sans attendre, dans la boutique il place une bobine dans la caméra, ce sont des cartouches de film 8 mm mais doubles, 16 mm de largeur et on les retourne au bout de 25 pieds, de 7,5 mètres de film, Gabriel remonte le ressort, qui fait le temps d'une bobine, 81 secondes s'il tourne en vingt-quatre images par seconde, et Gabriel maintenant tourne toujours en vingt-quatre images par seconde, il préfère l'illusion totale du mouvement aux mouvements saccadés des temps du muet, du temps de sa jeunesse.
Il sort de la boutique : la *calle* Donceles est à *dos cuadras*, à deux rues, du Zocalo, la grand-place centrale de Mexico, Gabriel entre dans la grande et majestueuse cathédrale, il cherche un endroit, quelque chose ; un point de vue : il y a un escalier, c'est ouvert, il monte. Il monte : et soudain il est en haut, au-dessus du Zocalo, et ça y est. Ça y est : il déclenche le bouton. Il filme : enfin il peut regarder Mexico. Après tant de jours les yeux fermés, il les ouvre. Mexico est là, à ses pieds. Une ville. Toute une ville.
Un tram démarre. Un enfant rit. Un homme et une femme s'enlacent. Un policier patrouille. Une voiture freine. Une famille descend du tram. Un vieux monsieur se fait cirer ses chaussures. Une voiture accélère. Un groupe d'hommes discutent. Des enfants courent. Un marchand de *tamales* pousse son chariot fumant. La vie. Sur son film. La vie. Une fois encore. La vie. Rien que la vie.
Qui.
Continue.

L
[Place de Clichy, Paris]

Café Le Wepler. Pardon monsieur Céline (*restons pas dehors !*), pardon mister Miller (*je le connaissais comme un livre*), pardon c'est ici qu'on m'a donné rendez-vous, pardon car ce qui va se passer ici, l'interaction entre le monde et moi, et, partant, son récit, risquent de n'être pas très glorieux ; pardon de ne pas mettre mes petits pieds dans vos pas, c'est le souci de notre époque, vous le savez n'est-ce pas, on a du mal à trouver une place qui nous convienne, moi je fais ce que je peux avec ce que le monde me donne, le monde d'aujourd'hui.

Aujourd'hui on m'a donné rendez-vous au Wepler, et «on» s'appelle Franck, mais ce n'est pas qu'un prénom, c'est une énergie, des certitudes, un business plan : «on» est un business plan et j'ai rendez-vous avec lui. Rendez-vous avec un business plan, Louis-Ferdinand, tu n'aurais pas imaginé ça hein ? C'est inquiétant Henry n'est-ce pas ?

Franck : sourire éclatant, presque désarmant ; tant de sincérité, tant de difficulté à mettre un peu de distance entre son objet et sa façon d'en parler, son enthousiasme, sa croyance. Mais le mot *croyance* est un peu trop beau pour désigner cela.

En revanche le mot *partenariat*, oui : je vais l'entendre, ça va souffler, siffler dans mes oreilles, tous ces partenariats qui sont à deux doigts d'être signés (ce serait le verbe *toucher avec trois doigts* ? pour attraper le stylo qui va servir à signer le contrat), avec la F. des J., avec O. le premier opérateur téléphonique français, avec le circuit de salles U. pour les projections, tu vois je trouve ça presque étonnant que tant de poids lourds soient intéressés mais il faut que j'admette Adri que quelque chose de fort est en train de se passer (ce Franck que je n'avais jamais vu avant d'arriver place de Clichy,

avec qui je n'avais fait qu'échanger, prudemment, quelques mails, avant d'accepter ce rendez-vous, ce Franck d'emblée m'a tutoyé et voilà qu'il m'appelle *Adri* !).
Le concept je te le résume, mais tu liras ça dans ce dossier, attention ce dossier ne quitte pas cette table, tu peux le lire mais tu ne peux pas partir avec, c'est confidentiel tu vois, du secret défense biz tu me comprends, ce n'est évidemment pas que j'aie pas confiance en toi mais tu vois je ne peux pas me permettre de laisser une idée en or brut circuler n'importe où. Je t'explique. Je peux pas tout te dire mais je t'explique l'essentiel.
Oui Franky d'accord explique-moi mais (mais à quoi bon lui parler, il est lancé tout seul, turbocommercial à haute valeur énergétique).
Le concept c'est une alliance entre un jeu et un réseau social, autour de la fabrication de vidéos sur mobile. En gros, je te la fais à grands traits mais tu vas percevoir je pense la puissance du concept, il y a une appli qui gère le tournage et le montage, un truc hyper simplifié, attends je ne te dis pas que ça n'existe pas déjà, mais c'est la suite qui est intéressante, c'est l'ensemble du concept, c'est une arche tu vois, une arche totale : tu filmes avec ton smartphone, tu passes dans l'appli, montage, et là le petit bouton, c'est ça ma *high value* le petit bouton qui a deux faces, tu vois, pile et face, enfin c'est pas deux faces, c'est un pile et un face en même temps tu me suis : tu cliques et ça veut dire tout à la fois que tu as posté ta vidéo *et* que tu joues. Et derrière tu as un double algorithme, un double effet, mais c'est bien mieux que le Kiss Cool tu vas voir. Ta vidéo tout de suite elle est publiée sur le réseau, et tout le monde la note, la commente. Ça c'est l'effet 1 : à la fin de la journée, à une heure donnée, disons 19 h 59, bam la meilleure vidéo, la plus commentée, la mieux notée du jour, elle gagne. Pile ! Mais c'est pas tout : il y a un tirage au sort, là tu vois c'est la branche FDJ, il y a un jeu de hasard, et il y a une vidéo qui gagne, et cette vidéo gagnante elle est mise en avant le soir à côté de l'autre. Face !
Il prend une profonde inspiration. Il faut oxygéner toute sa joie.
Tu me suis ? Grattage et tirage ! c'est la même idée, mais appliquée à aujourd'hui. On est maintenant, mon pote ! On n'est plus hier, on est maintenant ! Chaque matin tu te réveilles et tu te dis je vais

jouer, je vais tourner quelque chose, mais quoi — et là il y a tout un truc, un calcul : plus tu postes tôt plus tu as de chances que ta vidéo soit vue, de gagner le pile ; pour le face ça ne change rien, tu peux poster à 19 h 58, c'est pareil. Mais ce qui va se passer c'est que très vite ça sera la fraîcheur de la vidéo qui comptera, pas juste un truc impressionnant, stylé, non il faudra justifier que c'est la vidéo d'aujourd'hui. Le *d day* tu vois ! Et y a pas de ticket d'entrée, toutes les vidéos sont visibles selon l'heure d'arrivée, les scores sont cachés, c'est ça le jeu, c'est ça la nouveauté, tu ne t'appuies pas sur des algo qui te montrent ce qui marche ou ce qui pourrait te plaire, non ça c'est tellement ancien, tellement le passé, enfin disons qu'aujourd'hui c'est encore le présent mais demain, bientôt, très bientôt, ça sera du passé, là avec cette idée du flux réel tu gardes les gens en permanence sur l'appli, tout le temps ils regardent pour voir ce qui arrive et évidemment tu monétises là, tu monétises à mort, tu crames les vues quoi, tu vois, parfois je me lève le matin et je me dis mais merde personne n'a eu cette idée avant moi c'est presque dingue c'est moi qui l'ai eue cette idée, t'inquiète elle est déposée déjà évidemment t'es con.

Il boit un peu de sa bière rousse ; ses dents trop blanches filtrant le liquide rougeâtre lui donnent enfin l'air du vampire de seconde zone qu'il n'aura réussi à masquer que quelques maigres minutes.
Malheureusement ce n'est pas fini.
C'est pas fini Adri ! J'ai regardé avec attention tes livres sur A., sur M., ce que tu m'avais envoyé, c'est bon, c'est du tout bon, c'est ce dont j'ai besoin, tu vois, une clarté, une percussion, tu ne m'en veux pas de te comparer à une perceuse arh arh
(je ne trouve pas d'autre façon pour retranscrire cette forme de hennissement qu'il considère sans doute être du rire)
et je crois que tu pourrais te joindre à nous, intégrer notre équipe.
Un silence.
Et
il
ajoute
j'ai presque envie de te dire bienvenue à bord : welcome on board *Adri !*

Ça fait comme un coup dans mon plexus, c'est la phrase de trop, celle qui me fait chanceler, celle qui me terrasse, je m'effondre, non je me redresse, je vais rester poli, j'ai été bien élevé, je vais décliner, je vais refuser les stock-options qu'il va bientôt me proposer, un salaire de misère mais des perspectives d'avenir tellement élevées que va savoir on finira peut-être par entrer dans le club des cent milliards eh ouais pourquoi pas Adri tu devrais pas rigoler. Tu devrais pas.

Non. C'est toi Franck qui ne devrais pas me parler comme ça, qui ne devrais pas penser que, parce que je suis un pauvre journaliste spécialisé dans le numérique je vais accepter d'écrire tes communiqués de presse, tes argus financiers, tes *keynotes*, que je suis d'accord pour être de ton côté, dans ton monde, dans un monde où une appli de jeu-concours de vidéos sur mobile est un *projet innovant*, une *idée d'avenir*.
Je préfère ne pas avoir d'avenir. Je préfère tourner le dos à toute forme de futur. Pas de futur, mais, pardon Franck, pas seulement comme un journaliste pseudo-punk pérorant sur les plateaux de télévision : pas de futur du tout, me retirer dans ma vieille maison avec sa vieille porte, ses vieilles pierres, ne plus jamais en sortir, attendre lentement d'abord la fin de mes jours puis ensuite que mes ossements finissent par avoir le même âge qu'elle, à quelques unités près : deux cents ans de retard, ramenés à vingt mille ans d'archéologie, c'est presque rien.

12
[1947]

À Mexico, Gabriel travaille souvent au studio Churubusco, le plus gros studio du Mexique, il est opérateur, parfois même régisseur image, simplement porter les caméras, quand il n'y a pas de place d'opérateur mais qu'il a quand même besoin de travailler, à Churubusco il y a tout le temps du travail pour un Français sérieux comme Gabriel, et il aime apprendre à utiliser ce matériel américain qu'il ne connaissait pas, ces grosses caméras de studio plus perfectionnées que celles qu'il avait en France ; il découvre aussi le monde de la fiction, les comédies musicales produites à la chaîne, sortes de *telenovelas* d'avant la télévision, Gabriel s'étonne toujours du temps nécessaire pour faire ces maigres minutes utiles chaque jour, le temps mis à répéter et à tourner des scènes pas très intéressantes, moins intéressantes que la vie autour de lui qu'il continue à filmer avec sa Ciné-Kodak Magazine.

Assez vite à Churubusco Gabriel a rencontré son *tocayo*
— *tocayo*, expression familière au Mexique pour désigner celui qui porte le même prénom que soi : au lieu de l'appeler par son prénom, au lieu de dire le prénom qu'on porte pour parler à quelqu'un qui le porte aussi, on dit : *tocayo* —
Gabriel Figueroa, un opérateur du cinéma mexicain qui à tout juste quarante ans (un an de plus que l'autre Gabriel) est en train de devenir un artiste mythique, peut-être le chef opérateur le plus connu au monde, connu pour ses ciels incroyables, ces ciels qui ne sont plus du cinéma, qui sont des ciels vivants, en noir et blanc pourtant, mais d'une épaisseur, d'une matière, d'une intensité qui semblent presque décalées dans la plupart des films qu'il tourne, médiocres mélos ou comédies banales : son usage du cadre, de la lumière, en fait des objets qui hésitent tout le temps entre la

mollesse (narrative, dramaturgique) et la puissance (visuelle, émotionnelle), des objets hybrides que cinquante ans plus tard on découpera par tranches dans des documentaires célébrant son œuvre de chef opérateur, oubliant volontairement le travail des autres autour de lui, scénariste, réalisateur, acteurs, simples exécutants d'une industrie tournant alors à plein régime.
Gabi et Gabriel s'entendent bien, et pourtant Gabriel, *el francés*, ne fait pas exactement la même chose que Gabi, *el mexicano*, alors qu'ils ont le même métier, mais Gabriel n'est pas un artiste, c'est un technicien, lui, un simple technicien, il filme tout le temps, il aime filmer mais il ne surpasse pas le monde qu'il filme, il ne l'excède pas : il ne fait que l'enregistrer — ciné-œil mais un œil simple, un œil comme celui de tous ceux qui ouvrent leurs yeux le matin et regardent le monde qui les entoure ; ou alors : caméra-stylo au sens primitif du terme, stylo comme l'objet banal que tout un chacun a dans sa poche pour noter ses courses ou signer un chèque, pas stylo pour écrire un poème transperçant, un roman ébouriffant, une chanson éblouissante. Caméra-stylo exactement comme soixante-dix ans plus tard ce que tout le monde aura dans sa poche : film partout, cinéma nulle part.

Et dans cette vie faite de hasards, Gabi devant ses *chilaquiles* (*con mucho queso y salsa verde por fa*) dit à Gabriel devant ses *huevos rancheros* que son ancien *jefe*, chef opérateur quand Gabi était simple opérateur, avant qu'il ne devienne ce qu'il est maintenant, Jack Draper, un Américain venu travailler au Mexique, cherche un renfort comme on dit dans le monde du cinéma, un renfort caméra d'un jour en extérieur pour le premier film au Mexique d'un cinéaste espagnol inconnu, Luis Buñuel (inconnu sauf des cercles intellectuels parisiens ayant vu *Un chien andalou* et *L'Âge d'or* à la fin des années 1920, mais Gabriel évidemment était bien loin de ces cercles, opérateur chez Pathé, ouvrier spécialisé en d'autres termes, loin non pas géographiquement — des studios de la rue Francœur au Studio 28 il n'y avait que quelques minutes à pied — mais organiquement), Buñuel qui tourne aux studios Clasa un film musical avec Jorge Negrete.

Qui c'est Negrete ?
Allez *tocayo* Jorge Negrete est une star, tu le connais forcément : c'est un des chanteurs les plus célèbres ici.
Ah.
Appelle la production de ma part tu seras très bien pour tourner un jour en extérieur.

Et Gabriel appelle et il a rendez-vous le lendemain avec Jack Draper au 2775 de la Calzada de Tlalpan, l'immense rue qui descend au sud de Mexico jusqu'à la montagne qui surplombe Cuernavaca, le 2775 c'est en haut de la rue, intersection avec Division del Norte, limite pour le dernier tiers sud de la ville, Clasa c'est un des cinq grands studios de Mexico de l'époque, l'époque est triomphalement cinématographique, on fournit des productions pour le marché local mais aussi beaucoup pour le marché états-unien, les techniciens mexicains sont bons et pas chers, syndiqués oui mais moins qu'aux États-Unis, Buñuel a eu le droit de réaliser un film sans être membre du syndicat des réalisateurs, il n'est pas encore mexicain, il est espagnol, mais réfugié politique et les Mexicains sont accueillants, ont toujours été accueillants pour les réfugiés d'un peu partout — même Gabriel, qui n'a pas fui une dictature, qui n'a rien fui d'autre qu'un pays blessé, même *el francés* est accepté, il peut travailler, ainsi en a décidé le STIC, le Sindicato de Trabajadores de la Industria Cinematográfica, simplement il n'est jamais crédité au générique.
Gabriel franchit les grilles, avance dans les petites rues du studio, qui imite les studios hollywoodiens mais avec une touche architecturale mexicaine, des bâtiments plus bas, plus colorés, une végétation plus présente, des jacarandas flamboyants, des bougainvilliers dévalant des toits, des nopals exubérants, Gabriel doit retrouver Jack Draper au studio 3, sur le panneau d'entrée il est écrit à la craie *Gran Casino / día 14*, à l'intérieur au fond du studio il y a le décor, simple mais pas trop mal fait, avec des puits pétroliers, le film est censé se passer en 1910 à Tampico, sur la côte atlantique où l'on pompe du pétrole, il y a un derrick en bois et derrière trois autres sur une toile peinte — et il y a Buñuel qui salue poliment Gabriel en français,

souvenirs de sa jeunesse parisienne, et lui présente une compatriote, Fernande Albany, qui a un petit rôle dans *Gran Casino*, celui d'une kleptomane qui traîne dans les casinos de Tampico, c'est une actrice quinquagénaire française qui a joué dans les premiers films de Méliès (à quinze ans en 1904 dans *Le Voyage à travers l'impossible*) et c'est pour cette raison sans aucun doute que Buñuel a voulu lui donner ce petit rôle de Française âgée, entraîneuse sur le retour. Buñuel s'en va, il n'est pas très bavard de toute façon, Fernande Albany part avec des amies comédiennes, et Jack Draper emmène Gabriel à la cafétéria du studio, deux tequilas et une assiette de quartiers d'orange saupoudrés de piment ; c'est ainsi que se conçoit un rendez-vous de travail dans le milieu du cinéma à Mexico dans les années 1940 : ce sera un seul jour, après-demain, un jour en extérieur, nous tournons l'ensemble du film ici, mais il y a une scène dans une gare, c'était trop compliqué d'en construire une, et comme nous sommes en retard sur le planning nous avons beaucoup de *stock-shots*, des plans de transition, à tourner ici, donc je vais rester au studio mais le maestro Buñuel viendra à la gare avec une seconde équipe, Gabriel (*your tocayo* lui dit Draper, ils parlent cette fois en anglais, pour Gabriel qui l'a beaucoup pratiqué en Angleterre c'est plus simple que l'espagnol qu'il ne maîtrise encore que maladroitement) m'a dit que vous (Draper dit *you*, est-ce que c'est le *tu* si fréquent au Mexique ou le *vous* tel qu'il se pratique dans le cinéma français ?) étiez habitué à tourner en décors réels, alors voilà, je vous explique ce que vous aurez à filmer, c'est très simple, il n'y aura pas besoin d'éclairage, quasiment comme une actualité, simplement des draps blancs tournés vers les visages ; et Draper lui détaille les cinq plans qu'il y aura à tourner, Gabriel note, et puis on reprend des tequilas, et on parle du passé, surtout Draper de sa vie d'opérateur aux États-Unis puis son coup de foudre pour le Mexique, les films qu'il a tournés en arrivant ici avec Figueroa qui était un tout jeune opérateur, en 1936, *Cielito lindo* et la grande fresque sur la révolution mexicaine, *Vámonos con Pancho Villa*, et puis Draper fait la liste interminable de tous les films qu'il a faits depuis, Gabriel, lui, ne parle qu'un peu de Pathé, pas vraiment de Londres en 1942, pas du tout de la Specou en 1945, ce n'est pas dans sa nature de parler, et là spécialement il ne voudrait pas donner l'impression à Draper qu'il essaie de l'impressionner en lui disant qu'il a travaillé avec George Stevens — dans le cinéma tout est tellement hiérarchique, tout est tellement lié à des questions de place : il n'y a qu'à voir Buñuel, ancienne icône du surréalisme parisien devenu pauvre tâcheron d'un divertissement mexicain commercial ; Gabriel, lui, a la chance de ne pas chercher à avoir de place, de ne pas chercher une place, de ne rien chercher d'autre que de se tenir sur ses deux pieds, avec ses trois yeux, et d'avancer ainsi.

Le surlendemain le rendez-vous est à huit heures trente du matin, plus haut dans la ville, à treize kilomètres du studio, vers le centre-ouest de Mexico, dans une toute petite gare d'un quartier qui n'est pas encore véritablement urbanisé, San Antonio, gare de San Pedro de los Pinos : il y a un panneau qui indique «Mexico 14,5 km» (quatorze kilomètres et demi pour aller jusqu'à la gare centrale de Buenavista) — et cette petite gare d'une station périphérique de Mexico en 1947 est très bien pour représenter la gare de Tampico en 1910, il n'y a pas grand-chose de différent, il faut seulement avoir un modèle de train qui fasse époque, et c'est le cas de la grosse locomotive noire fumante que les F.F.C.C., les *Ferrocarriles de Mexico* ont prêtée pour le tournage, à huit heures quand Gabriel arrive, trente minutes avant l'heure du rendez-vous, Luis Buñuel est déjà là, avec son air renfrogné, cigarette à la bouche, il attend. Salutations. Préparations. Même si le dispositif de tournage est plus simple qu'en studio, il y a du son direct, et puis il faut filmer Negrete devant le train qui entre en gare, ça doit être bien minuté, panoramique sur le quai avec le train qui ralentit et le héros qui cherche celle qu'il doit accueillir.
Gabriel est derrière la caméra, une grosse Mitchell BNC 35 mm, modèle américain luxueux et agréable qu'utilisent la plupart des équipes mexicaines, procédé antibourrage de pellicule, obturateur variable en cours de tournage, caisson de réduction du bruit (c'est le B de BNC, le *blimp* qui entoure la caméra et permet de tourner en son synchrone), et viseur parfaitement calibré même s'il n'est pas reflex.

Puis les quatre plans suivants, l'un depuis la vitre du train, l'autre fixe sur le quai, et enfin deux panoramiques successifs dans la cohue de la gare, avec la foule autour des personnages, Gabriel est à l'aise, il tourne avec plaisir les manivelles qui font pivoter et plonger la caméra, mouvement doux et subtil qui le change de ses cadrages un peu secs faits avec les petites caméras qu'il tient en main d'habitude. Douceur et précision, comme une grosse berline qu'on a tant de plaisir à conduire pour une journée — sans pourtant imaginer qu'on aimerait s'en servir tous les jours.

On a tourné deux minutes utiles, pour Gabriel c'est tout à fait classique, pour le cinéma de fiction de l'époque beaucoup moins, mais Buñuel aime travailler comme ça, avec efficacité et simplicité, il remercie Gabriel et retourne chez lui retrouver sa femme Jeanne, une autre Française que Gabriel ne connaîtra que quelques semaines plus tard, quand son *tocayo* organisera un grand déjeuner un samedi chez lui, avec Draper, Buñuel, et Emilio «el Indio» Fernández, le grand réalisateur mexicain de l'époque, la star du ciné alors que Buñuel est un inconnu, ce sera un déjeuner à la mexicaine, qui commence à quinze heures et finit six heures après, et il y en aura d'autres après, beaucoup d'autres où Gabriel *el francés* sera invité — cette grosse année que Gabriel va passer dans ce milieu, avec ces techniciens et ces artistes, ces Mexicains et ces amoureux du Mexique, tous reliés par la passion du cinéma, cette année n'aura pas été la pire de sa vie, c'est vrai ; mais pas la plus belle non plus, quelque chose ne se fait pas complètement, quelque chose ne se connecte pas entièrement entre lui le Français silencieux, inquiet, réservé, et ce groupe plus amusé, plus dynamique, ces hommes aussi qui croient à quelque chose, qui croient à une idée de l'art, de la politique, et Gabriel lui cherche tout autre chose, il cherche à construire quelque chose en lui, quelque chose qui le soutienne de l'intérieur, qui lui dise qu'il est vraiment vivant. Quelque chose. N'importe quoi ; qui le sorte de cette attente : l'an prochain il va avoir quarante ans.

M
[L'Étang-la-Ville / Matrice]

J'ai dit oui. Oui d'accord pour écrire, non pas écrire, pondre, même pondre c'est un trop joli mot, petit trou du cul de la poule et perfection de l'œuf produit, oui d'accord pour fournir, pas fournir non plus, fourniture il y a encore un aspect doux, disons vendre, j'ai accepté de vendre un article sur l'histoire du SMS, l'histoire technique, technologique, du *short message service*, j'ai dit oui pour le rendre dans douze jours, j'avais douze jours pour le faire et c'était il y a douze jours : il est temps de m'y mettre.
J'ai accepté cette commande de pige émise par un de ces *mooks* qui semblent être les survivants ultimes de l'histoire de la presse, des sortes de zombies moches et gras vendus à des prix rédhibitoires qui flattent les petits-bourgeois de la culture, et qui en l'occurrence remplissent mon porte-monnaie : 420 euros (brut, en droits d'auteur) pour 12 000 signes sur l'histoire du SMS.

C'est un dossier. Le rédac-chef, prévenant, organisé, futé, ou alors pervers, vicieux, sadique, m'a envoyé hier soir les autres papiers du dossier pour que je sache, pour éventuellement que j'adapte mon texte, puisque c'est moi qui ouvre le dossier, pour éviter les redondances ou, pire encore (mon Dieu c'est cela l'idée du pire pour ce rédacteur en chef), les contradictions d'un article à l'autre. Ce matin, donc, j'ai lu le dossier — mais c'était la dernière chose à faire, évidemment ; je suis plus abattu que jamais. De participer à cela. À cette médiocrité. Tous les articles sont terrifiants : de bassesse, de paresse, de mollesse ; le pire (mon idée du pire, cette fois) est consacré aux SMS de rupture amoureuse. Son auteur (dont le moteur de recherche en g- m'indique qu'il est également écrivain (?), auteur d'un *Guide de la rencontre amoureuse à l'heure du numérique* qui semble avoir marqué les lecteurs car sur le site de vente en ligne A. il est crédité de trois commentaires lui offrant, chacun, la note maximale de cinq étoiles, cinq étoiles dont j'ai immédiatement le sentiment qu'elles me sont volées, ôtées à la beauté des soirs sans lune où dans le jardin de L'Étang je m'allonge sur une vieille chaise longue en plastique, qui date de mon grand-père, et je regarde ce que sont vraiment les étoiles, pas ces immondes petits logos blancs ou jaunes selon qu'ils sont activés ou non, dans ce cas précis tous jaunes, cinq sur cinq mon pote, ce que sont vraiment les étoiles : les étoiles — et dans mon jardin la nuit c'est sans doute là que je ressens le plus la solitude amoureuse, n'avoir aucun être aimé avec qui partager cette sérénité, cette luminosité, cette voie lactée) son auteur a eu accès manifestement à un nombre important de véritables messages de rupture (à moins qu'il ne les ait tous inventés ? mais cette hypothèse me semble encore plus angoissante que la première) : il les classe. Il en cite un grand nombre. Il écrit, pour de vrai, un article entier, 18 000 signes, sur ce sujet — et il en faut beaucoup, des SMS, pour arriver à 18 000 signes.

Son article propose une typologie des messages de rupture. En le lisant je ne sais pas ce qui me semble le plus effrayant, entre ces quatre notions : la lâcheté d'un être humain qui envoie un message disant *sorry je ne t'aime plus c'est fini entre nous*, la faiblesse de la langue dans la formule *sorry je ne t'aime plus c'est fini entre nous*, la médiocrité de l'être humain recopiant (ou inventant, médiocrité comptant double) pour un article sur les SMS de rupture le message *sorry je ne t'aime plus c'est fini entre nous*, l'infamie d'un être humain qui a accepté de figurer au sommaire d'un dossier dans lequel il y a un article qui cite ce SMS de séparation *sorry je ne t'aime plus c'est fini entre nous.*

J'avais envie de me dire à moi-même : désolé Adrien mais là c'est fini entre nous.

C'était ce matin.

Depuis j'erre, le cœur lourd, dans cette grande maison qui semble trop petite pour contenir mon âme blessée par l'idée que je suis partie prenante de cet ensemble, que mon nom, mon nom qui est celui que j'utilise pour signer des romans dans lesquels des spectres tentent de survenir, va venir s'imprimer dans ce dossier, dans ce *mook*, dans ce monde-là.

Il me reste deux heures, j'ai écrit 1000 signes sur les 12000 attendus. J'ai envie de recopier la page Wikipédia qui raconte tout bien comme il faut, le tout premier SMS de l'Histoire (« Joyeux Noël », envoyé trois semaines avant Noël, le 3 décembre 1992, son auteur avait peut-être peur que le temps de transmission soit un peu long), le premier téléphone avec la fonction SMS (N. 2010, sorti en 1994), le T9 qui paraîtra à nos jeunes lecteurs un archaïsme (un seul clic par chiffre pour n'importe laquelle des trois lettres possibles, le tout petit processeur du téléphone cherchant tout seul à quel mot ça peut correspondre), un lien vers le *jeu universel de caractères codés* ISO/CEI 10646 – et puis ras le bol de paraphraser la page, de me faire passer pour monsieur je-sais-tout alors que je ne suis que monsieur je-clique-partout, envie d'écrire à Antonio, de lui envoyer un mail pour me libérer de cette histoire trop sage du *short message*, un mail qui récapitulerait toutes les idées que j'ai eues depuis qu'il m'a parlé de la mort du cinéma au Relais de Belleville, depuis qu'il a mis en moi le désir de comprendre pourquoi quelque chose qui a été n'est plus, pourquoi un art vivant est devenu un art mort, pourquoi ce qui a enchanté notre monde pendant si longtemps ne produit plus aucun sortilège, pourquoi une histoire de spectres laisse la place à une histoire de sépultures, pourquoi surtout j'ai tant de choses à dire sur ce sujet et si peu envie de me consacrer à l'article pour lequel je vais être payé – un mail, donc, qui dirait à Antonio, qui commencerait fort, qui commencerait en disant, sans même bonjour, sans prendre des nouvelles, sans donner des miennes, non il faut être dans la vie, tout de suite, dans l'intensité des questions qu'on se pose et des réponses qu'on a envie de donner, un mail qui lancerait, de but en blanc,

Antonio, si on arrivait à inventer une matrice, où on poserait les choses un peu comme ça :

lettre	téléphone fixe	film muet	Proust	Griffith
télégramme	téléphone portable	film parlant	Joyce	Welles
SMS	vidéoconférence	vidéo magnétique	Perec	Godard
tweet	facetime	vidéo numérique	Houellebecq	Viola

tu ne crois pas qu'on aurait une histoire du XXe siècle dans la main ? Qu'on pourrait enfin regarder, allez j'ose dire embrasser, en un seul coup d'œil, cent ans de mots et d'images filmées ?
Antonio, tu la vois, mon histoire du siècle ? Tu la comprends ? Tu la ressens ? Elle te semble féconde ?
De la lettre, écrite à la main, on va au télégramme, l'invention du style télégraphique et la mécanisation de la graphie, puis au SMS, la même chose mais en version électronique (numérique), et enfin le t. de la société T., la même chose mais crachée (ou dégueulée, plutôt) à la face entière du monde.
Du téléphone fixe on arrive au téléphone portable, c'est pareil sauf la question du lieu, pouvoir se parler de n'importe où, puis à la vidéoconférence (le retour d'un endroit fixe, un ordinateur ou une machine dédiée, qui offre l'image en plus) et enfin l'appli en f- développée par A. pour ses téléphones portables : vidéoconférence n'importe où, vie nulle part (j'aime bien détourner cette expression, j'en abuse parfois).
Ensuite du film muet (le cinéma, en réalité, le cinéma tout court pendant ses trente-cinq premières années, c'est beaucoup trente-cinq ans, c'est le temps que j'ai mis pour écrire, pour publier mon premier roman) au parlant, l'adjonction de la voix qui peut, tout de suite, être synchrone, puis la bascule vers la vidéo, l'image légère, l'image immédiate, sans développement, et enfin la vidéo numérique, la même chose rendue minuscule (plus besoin de supports matériels autres que des mémoires flash) et inusable à l'infini par son codage de 0 et de 1.
Les écrivains, j'ai pas besoin de détailler n'est-ce pas ? La langue bourgeoise du roman à son meilleur, Proust ; la langue du roman qui lutte contre lui-même, Joyce ; la langue d'un roman sans eux, sans plus rien à quoi se raccrocher, Perec ; l'absence de langue d'un roman d'un monde qui n'est plus un monde, l'écrivain en h-.

Et enfin le cinéma : Griffith, la caméra commence à vivre ; Welles, la caméra voit plus que l'œil ; Godard, le film ne montre plus le réel dans sa continuité ; l'artiste vidéo en v-, même le regard ne doit plus tenter de voir : il n'y a plus rien à *voir*, il reste à expérimenter.

Tu te souviens de nos cours de première, Antonio ? Les matrices ? Tout est lié, par lignes, colonnes, diagonales tu peux calculer les éléments, les déduire, les enchaîner, les connecter, et là c'est ce qu'on peut faire pour parler du temps qui passe ou des échelons qui se décalent, ou encore, plus simplement, je pourrais dire que c'est seulement la dernière ligne que je n'arrive pas à accepter, que tout le reste d'accord, mais à la fin de ce siècle-là la construction du monde s'est mise à défaillir, tiens tu veux une date alors Antonio, tu veux que je te donne la date, non je n'ai qu'une fourchette à donner, qui serait comme
1979 *The Reflecting Pool* de Bill V. (un homme saute dans un bassin, l'image de l'homme se fige, pas celle de l'eau, c'est « une des œuvres les plus importantes de l'art vidéo » selon les uns, un « véritable manifeste de l'art vidéo » selon les autres) ;
1996 création du format Digital Video (DV, et son petit frère, le mini DV), par un consortium réunissant les plus grandes marques de vidéo : P., S., P., C. ;
1998 *Les Particules élémentaires* de Michel H. (je ne détaille pas, tu as dû en entendre parler) ;
2006 « Just setting up my twttr », le tout premier t. écrit par un des fondateurs de la société en t- ;
soit une quinzaine-vingtaine d'années, incluant, intégralement, les années 1990, c'est tout ce que je peux te donner comme date, Antonio, c'est un début déjà non ? C'est en datant qu'on arrive à une datation.

Mon esprit, comme un drap qui flottait au vent et que des mains implacables saisissent pour le plier et le ranger dans le placard des draps pliés et rangés, mon esprit : cesse de vagabonder. Il est temps de terminer l'histoire du SMS. Plus tard si j'ai le courage, un autre jour si j'ai le courage, j'écrirai tout cela à Antonio. Mais il faudra que je sois plus sûr de moi : il y a trop de flou, trop d'hésitations, trop de questions encore. Il faudrait que je trouve une réponse à tout.

En quarante-six minutes mon article sur le SMS est plié, comme un hurlement de rage, comme un cri de colère : voilà mon papier pile à temps j'ai évité les redondances avec les autres articles tu me diras si ça te va, à +, Adrien — sera donc le seul message que j'aurai envoyé à un être humain aujourd'hui. Je me demande si ma vie correspond à mes attentes. J'en doute. Je suis maintenant l'auteur d'un article inclus dans un dossier où se trouve un papier sur les SMS de rupture écrit par le plus immense connard narcissique que la terre ait jamais porté.

Droits brut : 420 euros ; droits net dus : 384,04 euros. Que vais-je faire, mon Dieu, de ces trois cent quatre-vingt-quatre euros et quatre centimes ? Quel bien de consommation, quel service de trois cent quatre-vingt-quatre euros manquait tant à ma vie qu'il m'ait fallu gagner cette somme aujourd'hui ? Je me demande s'il existe des sites internet d'escort-girls où on peut mettre la somme qu'on est prêt à dépenser, 384,04 euros, et savoir à l'avance à quelles prestations ça donne droit. Un devis sexuel. Une simulation. J'aimerais simuler ; qu'on soit deux à simuler. Qu'on soit deux putes en tête à tête — d'ailleurs je pourrais bien lui laisser mes trois cent quatre-vingt-quatre euros sans rien demander en échange, payer pour rien d'autre que de dépenser cet argent dont je n'avais pas besoin. Le faire disparaître en échange de rien. Ce serait à ma hauteur.

13
[1948]

Cette nuit, cette nuit Gabriel a rêvé : il était dans un endroit indéterminé, comme une sorte de grand hall d'accueil, et des gens lui demandaient *ça va ?* mais sans que Gabriel comprenne pourquoi et alors il avançait vers un miroir, et à gauche, la partie gauche de son visage, il n'y avait pas d'œil, il y avait l'orbite entièrement vide, un trou avec rien dedans, et Gabriel, pas plus effrayé que cela, mais surpris, s'approchait du miroir, le plus possible, et essayait de regarder, avec son autre œil, dans ce trou : regarder l'absence de regard.

À l'ambassade de France il y a quelques jours, un attaché culturel, un jeune type sympa un peu illuminé que Gabriel avait déjà croisé plusieurs fois, lui avait parlé, c'était une soirée banale avec des Français sans intérêt, comme il y en a beaucoup dans les milieux d'expatriés mais Gabriel n'y va que rarement, lui avait parlé d'un cirque français en tournée qui venait à Mexico pour une série de représentations.
Et si j'allais voir : filmer.
Et il va filmer (pour voir).
Il y va avec sa Ciné-Kodak 8 mm, sa petite caméra qu'il aime parce qu'elle est à peine plus grande qu'une carte postale, certes les bobines sont trop courtes, mais il retrouve le plaisir de la Pathé-Baby, sortir avec un tout petit sac pour les chargeurs de rechange et la caméra tient dans une grande poche de veste, la prendre et la ranger comme d'autres le font avec un paquet de cigarettes ou un poudrier ou un carnet de notes.

Il paie sa place, entre dans le chapiteau, sentiment puissant de nostalgie, ce chapiteau si rempli des souvenirs de son enfance au cirque, le bois des bancs, la sciure, l'odeur de la toile, toutes ces odeurs sont si françaises, si propres à son enfance, si différentes des odeurs d'ici, quelle étrangeté d'être à Mexico et d'être plongé dans son enfance, la puissance qu'un chapiteau transportable peut charrier, mais ce qu'il n'y a pas, ce qu'il n'y aura pas aujourd'hui à Mexico, mais qu'il n'y a plus non plus en France, c'est le rang avec les estropiés de la Grande Guerre, qui avaient un endroit réservé dans les cirques entre 1919 et 1939 – Gabriel se souvient qu'enfant il passait près de la moitié du spectacle à les regarder eux, les gueules cassées, les mutilés, les regarder rire, applaudir, frémir : pour Gabriel ils représentaient quelque chose d'incompréhensible, une souffrance joyeuse, un amusement d'après l'effroi, quand on est enfant on a du mal à admettre la complexité qui frappe le genre humain, on pense qu'un infirme doit être malheureux et pas battre frénétiquement de ses mains pour encourager Ploum le dresseur. Et pourtant quand on est enfant on applaudit Ploum le dresseur sans jamais oublier qu'Hélène n'est pas là pour applaudir Ploum le dresseur. Quand on est adulte ce n'est pas très différent : c'est simplement plus lourd à porter.

Gabriel filme. Il n'était pas retourné au cirque depuis 1931, depuis dix-sept ans, depuis le tournage du documentaire sur le Cirque d'hiver de Paris, et il filme comme s'il voulait absolument garder une trace, il ne sait pas trop pourquoi c'est si important pour lui d'avoir des images, de garder des images de ce spectacle, tout à fait classique, cirque banal animaux clowns cracheur de feu et puis voilà une trapéziste : sa grâce dans les airs. La caméra qui retient aussi son souffle quand la trapéziste est en vol, mais c'est Gabriel qui a coupé sa respiration, la caméra, elle, a continué de tourner, et la trapéziste se rattrape, c'est une danse, une danse magnifique, une danse infinie, une danse du ciel, changement de bobine, la trapéziste est accrochée par les pieds, elle tient une fleur dans une main, une grande fleur en papier, et dans l'autre main une flamme, et soudain la fleur disparaît en un flash et la trapéziste est dans l'air, suspendue à rien, encore un instant, la caméra ne cesse de filmer cette apparition qui vole au-dessus du monde, au-dessus du sol : y reviendra-t-elle ? Gabriel l'attend.

Et, si étonnant que cela puisse paraître, si surprenant que cela soit : Gabriel ne pense pas, ne pense jamais, ne pensera pas une seule fois, ni ce soir, ni plus tard, ne pensera pas que dix-sept ans plus tôt il a passé quatre nuits avec une danseuse de cirque — il n'y pensera pas parce que la danseuse de Mackenzie n'est pas restée dans sa mémoire, il a oublié jusqu'à son prénom ; ou alors parce que ce qui va se passer maintenant est tellement plus fort, tellement plus important pour lui que : le passé, cette petite portion du passé n'existe plus, a trépassé dans sa mémoire. Est effacée.

Fin du spectacle. Gabriel est resté parler, au début il aidait à traduire pour les spectateurs mexicains qui voulaient remercier, les spectateurs mexicains sont toujours très généreux, ils disent tous merci à la fin d'un spectacle, cela prend du temps et Gabriel a tout traduit à la troupe qui était ravie d'avoir ce Français sympathique qui les aide à échanger —
et soudain.
La trapéziste est là. Elle le regarde très longuement, de ses yeux à elle à ses yeux à lui, de son intensité à elle à sa suspension à lui, et elle lui dit c'est vous qui filmiez ?
Oui c'est moi.
Vous filmiez pourquoi, je m'appelle Lila.
Je filmais parce que c'est principalement la chose que je fais dans la vie, je m'appelle Gabriel.
Il joue nerveusement avec sa caméra, sa petite caméra 8 mm, dans le sac qu'il porte en bandoulière, comme une cartouchière mais ce n'est pas pour tirer, c'est pour filmer : c'est pour avoir toujours de quoi fixer un mouvement sur des morceaux de matière transparente qui seront ensuite projetés, vingt-quatre images par seconde. Vingt-quatre fois Lila par seconde, dans les airs, sur cette petite barre horizontale retenue par deux cordes, sa fragilité et la puissance de ses muscles, de ses mouvements, de sa légèreté.
Mais Gabriel elle est là devant toi, et ta caméra est rangée : essaie pour une fois d'être dans la vie. Essaie d'arrêter de regarder, essaie de te jeter les yeux grands ouverts. Dans la gueule de l'ange.

Et il y arrive. Cette fois-ci il y parvient. C'est elle, c'est grâce à elle : il lui parle.
Et maintenant dans la rue ils sont en train de marcher (de marcher ou de faire semblant de marcher, pour que ce moment dure plus longtemps ?) et ils parlent, de tout, de rien, donc de tout, et à un moment ils sont assis dans un petit bar du centre historique, Gabriel enchaîne des bières et Lila a pris une tequila qu'elle boit lentement, et puis le bar ferme ; ils marchent de nouveau — mais la conversation n'est pas finie, est loin d'être finie, elle vient juste de commencer, ils trouvent un autre bar, un bar de nuit, un bar qui n'a pas besoin de fermer, pas besoin de les interrompre, et ils parlent encore, de leurs parcours, de leurs vies mais ce n'en sont que des fragments, des petits fragments qu'ils déposent chacun sur cette table qui est entre eux deux et qui recueille petit à petit tant de mots qu'elle semble ployer, qu'elle sera noyée : tant d'épaisseur humaine, tant de chaleur dans leurs mots, tant d'énergie dans ces premiers mots ; mais à un moment il faudra tout de même se coucher, demain Lila sera de nouveau dans les airs ; Gabriel sera de nouveau en bas en train de filmer, mais ce deuxième jour il ne filmera plus qu'elle, rien qu'elle, elle seule. Tout elle. Sept minutes de Lila dans les airs. Une série de bobines sur lesquelles plus tard il écrira Lila 1-2, Lila 3-4, Lila 5-6. Des bobines en couleurs : le grain de sa peau en 8 mm Kodacolor.
Puis le spectacle est terminé.
Encore se parler.
Et encore.
Puis attendre un jour.
Puis enfin mes lèvres sur le coin des tiennes.
Puis attendre encore quelques heures.
Puis tes lèvres sur mon ventre.
Puis attendre, longtemps : trop longtemps, le cirque part en tournée dans le Jalisco, Guadalajara et autour, Gabriel travaille aux actualités cinématographiques de Churubusco il est bloqué à Mexico, mais on peut se téléphoner, il faut se donner des rendez-vous pour être sûrs de pouvoir se parler, on aime tellement se parler — un jour Lila rit parce que soudain Gabriel ne sait pas quoi dire, il a

suspendu ses mots, parce qu'il veut lui dire qu'il faut tout arrêter, cette attente doit cesser, ils doivent se retrouver : tout de suite ; elle rit parce qu'elle a compris qu'il pensait ça, et elle rit parce qu'il n'ose pas lui dire ça.
Enfin ils se retrouvent. Son odeur à elle ; son odeur à lui — chacun chavire.
Ses mains à lui sur sa taille.
Ses mains à elle sur son sexe.
Et enfin ils font l'amour.
Et maintenant ils ne se quitteront plus.

Lila laisse le cirque repartir en France. Elle trouve un poste d'institutrice dans une petite école française, ils s'installent tous les deux dans la Santa María la Ribera, un quartier pas loin du centre historique avec des petites maisons des minuscules jardins un grand kiosque et un marché sur la place centrale, Lila apprend le Mexique, qu'il faut toujours sourire mais c'est facile parce qu'elle sourit toujours, qu'on ne sait jamais si on vous dit la vérité parce que c'est comme ça ; ils sont deux amoureux, ils sont heureux à Mexico, ils voyagent dans le pays, ils découvrent des villages charmants dans le Jalisco, le Guanajuato, le Michoacán, il n'y a presque pas de tourisme dans le pays, pas du tout dans les lieux où ils vont, et ce pays devient leur pays. Et Mexico, cette ville puissante vibrante douce drôle lumineuse, cette ville devient leur ville. Pour Gabriel, cette vie est devenue sa vie : enfin il a une vie. Enfin il en a le droit. De vivre véritablement.

Il était temps. Il vient d'avoir quarante ans, Lila en a trente-huit, elle est un peu plus jeune que lui, elle aussi a attendu longtemps, trop longtemps, comme lui, le droit de vivre — Hélène aujourd'hui aurait quarante-six ans ; il en a parlé dès le premier soir à Lila, pas dans le premier bar, dans le deuxième, il lui a parlé de cette grande sœur qu'il a perdue alors qu'elle avait tout juste onze ans, comment aurait-il pu ne pas en parler tout de suite à Lila, alors que même à des filles sans intérêt avec qui il couchait, même à des collègues de Pathé, ou de Churubusco dix ans plus tard, à un clochard céleste croisé par hasard, à un chauffeur de taxi, il en parlait, avec n'importe qui il peut en parler, mais pas n'importe comment, comme un talisman, comme une espèce d'anti-joker : avec le temps il a développé une forme de radar mental, de perception particulière dans la façon dont il sait tout de la confiance qu'il peut mettre dans les gens en fonction de leur regard, de leurs réactions, quand il en parle — et évidemment Lila il a su tout de suite.

N
[Chavenay]

J'ai somme toute un seul ami écrivain : il s'appelle Albert, ce qui est assez étonnant (non pas pour lui mais pour ma relation avec lui : c'est un prénom que je déteste) ; il est né en 1964 et je soupçonne ses parents d'avoir pensé très fort au célèbre Albert Camus qui était mort peu de temps auparavant et qui, aux yeux de beaucoup, *à l'époque*, représentait l'image de l'Écrivain — dès lors il n'est pas tout à fait impossible que ce choix de prénom ait pesé sur le choix d'Albert, mon Albert, de devenir écrivain, de cela je n'ai jamais osé parler avec lui, c'est si sensible de parler de la question du prénom qu'on porte — de toute façon nos discussions en général tournent plutôt autour de contrats, correcteurs, critiques : crèmerie. Ou alors des différentes phases difficiles dans la vie d'un écrivain : quand il écrit un livre (le doute), quand il a rendu le livre à son éditeur et qu'il attend de connaître la date de publication (l'angoisse), quand l'éditeur travaille le livre et que celui-ci est en cours de fabrication (l'impuissance), quand le livre sort et qu'il n'est pas compris comme on le souhaiterait (l'échec), quand il faudrait se remettre à écrire et que c'est impossible, rien ne vient (lassitude accumulée à cause de tous les épisodes précédents), et puis on reprend au début du cycle pour en commencer un nouveau ; d'où il résulte que, contrairement aux idées reçues, l'écrivain n'est pas du tout *cyclothymique* : il est en permanence dans un état dépressif.

J'ai connu Albert dans un Salon du livre et nous avions découvert que nous habitions à quelques kilomètres l'un de l'autre, lui à Chavenay, un petit village assez similaire à L'Étang, hormis l'absence de gare qui rend l'automobile d'autant plus cruciale pour ceux qu'on appelle depuis les années 1930 les cadres, les gens

qui peuplent ces petites villes mixant travail à Paris et vie à la campagne : Albert, lui, n'a pas de voiture, pas son permis, mais un vélo qui lui permet de se rendre aux gares voisines, choisies selon le lieu où il veut se rendre à Paris (Villepreux-Les Clayes, quinze minutes à vélo, pour Montparnasse ; Saint-Nom-la-Bretèche-Forêt de Marly, vingt minutes à vélo, pour Saint-Lazare, la même ligne que moi), mais il va très peu à Paris : il n'a pas d'autre activité que la littérature.
C'est à vélo justement que je vais le rejoindre, aujourd'hui, j'aime bien ces trajets courts (ramenés à la surface du globe) mais longs quand on les fait à vélo et que chaque mètre compte (j'ai un vélo de course bloqué dans la vitesse la plus dure, c'est agréable quand je suis lancé mais dès que ça monte un tout petit peu je le sens passer) ; la campagne banale française, qui n'est belle que si ton humeur l'est (partant, elle est banale aux yeux de beaucoup de Français), la puissance des odeurs dont on est absolument privé en voiture, l'effort qu'il faut fournir pour avancer sans faiblir, la laideur glacée des zones pavillonnaires qui encerclent le charme du centre-bourg où habite Albert, dans une toute petite maison au bout d'un tout petit jardin : à l'entrée il y a un auvent où il gare son vélo, un VTT noir sans grâce mais au moins les vitesses passent, salut Albert ça va ?
Albert, comme moi, vit seul, sa maison a une véranda brinquebalante orientée plein sud, où il s'installe pour écrire d'avril à octobre, puis c'est une grande pièce avec cheminée qui fait office de cuisine, salle à manger, salon, puis une échelle de meunier (pas un véritable escalier, simplement des planches horizontales fixées sur des montants diagonaux) qui monte vers l'étage avec un bureau (où il écrit de novembre à mars), une chambre, une salle de bains. C'est minuscule, et parfois j'éprouve un peu de jalousie pour cet équilibre parfait, une maison à la bonne taille pour un écrivain vivant seul, moi dans mon immense maison de L'Étang je ne cesse de ruminer l'échec, l'incapacité à vivre avec quelqu'un, ici à Chavenay tout est fait pour que la solitude soit le but — on pourrait presque croire que cette maison est une assurance que prend la littérature pour garder Albert juste pour elle : rien ne doit, rien ne peut évoluer, tout est

en place pour qu'Albert puisse écrire ses livres, et puis aussi, tout de même, écouter de la musique, regarder la télévision, prendre un bain, se branler, dormir, hygiène minimale qui ne risque pas de le détourner de son but. Moi, je suis tellement dispersé. Trop souvent, je ressens le besoin d'aller au cinéma à Paris, de boire des bières avec des vieux potes, de voyager à l'autre bout du monde, de me retrouver dans les bras d'une femme — sans parler des articles, des livres alimentaires que je produis, alors que, c'est Albert justement qui me l'avait fait remarquer, ne payant pas de loyer je pourrais vivre, chichement certes, de minima sociaux et des minuscules droits d'auteur venant de mes romans : au lieu de ça je vis comme un salarié, je m'autosalarie, je m'exploite moi-même, je suis à la fois le capital et le travail, pour obtenir une vie tout confort, j'ai une bagnole, je bois du bon vin, je vais à New York pour le plaisir, je m'achète tous les livres qui me font envie en librairie, je choisis à Paris des chemises qui coûtent 180 euros pièce, bref je brûle l'argent que je gagne en faisant le contraire de brûler, le contraire de l'intensité : je m'alimente en biens de consommation inutiles.
Albert, lui, n'a besoin de rien. Rien d'autre qu'écrire. C'est lui, le véritable écrivain.
D'où la bouteille de côtes de graves en biodynamie à 27 euros que je lui ai apportée et qu'on va boire tous les deux ce soir. Sinon, je le sais, il carbure soit à l'eau (quand il n'écrit pas), soit à de la vieille vinasse à deux euros cinquante la bouteille.

À un moment du dîner, on en vient à parler de cinéma. Pas de cinéma exactement, mais de la notion de film : filmer.
Il me demande tu te souviens Adrien de mon livre sur le petit aérodrome de Chavenay ? Évidemment que je m'en souviens, un très beau petit livre — mais est-ce admissible de penser *petit* alors que je pense *très beau*, petit il l'était simplement en pagination, quatre-vingt-seize pages — un livre qui arrivait à faire ce qui pour moi est le plus difficile en littérature, avancer par cercles non concentriques, c'est-à-dire tourner autour d'un sujet et avancer en même temps, se déplacer, dans le temps, l'espace, la perspective, la dimension, sans le faire de façon linéaire, ça c'est tellement facile,

là c'était simplement un lieu, un aérodrome, et il arrivait à raconter tant de choses, l'histoire de l'aviation, l'histoire du village, l'histoire du sol, arriver à dire sur quoi on marche, oui je me souviens très bien de ce très beau grand livre, Albert — mais cette discussion on l'avait déjà eue, je l'avais déjà félicité, j'avais aussi émis des critiques, c'était parfois un peu trop technique, les modèles d'avion, les bipoutres les empennages, bref j'ai juste dit oui et ?
Et, eh bien, il y a quelques mois je l'ai envoyé à un producteur de documentaires que j'avais connu il y a longtemps, à l'époque où je faisais encore des travaux alimentaires (il me jette un coup d'œil gentiment insolent, je ne relève pas), et écoute il a beaucoup aimé le livre et il m'a proposé de réfléchir à un petit film à partir de mon texte, il m'a proposé de me prêter une caméra, et de commencer à tourner, et il financerait un montage, et on verrait ensuite si le film peut donner quelque chose. C'est généreux, dans cette époque où seul compte le résultat probant, où tout est intéressé, tout est calibré, tout mesure la différence entre entrées et sorties, là il ne savait pas s'il y aurait quelque chose à la sortie, parce que c'est ce que j'ai demandé tout de suite : être libre de ne pas y arriver.
(Parmi les choses que j'aime chez Albert, c'est qu'il peut parler très longtemps sans besoin de relance, peut-être parce qu'il est tout le temps seul, il semble pouvoir tenir le déroulé d'une conversation sans l'aide de son interlocuteur.)
Et donc j'ai pris cette petite caméra (il me la montre, c'est une petite caméra numérique de la marque en s-, celle qui a produit la toute première caméra vidéo grand public en 1967, et qui continue à en vendre cinquante ans plus tard, autres supports, autres tailles), c'est vraiment très simple de s'en servir, une fois qu'on te l'a paramétrée, il n'y a plus qu'à appuyer sur le bouton rouge, et je suis allé filmer mon petit aérodrome : tu sais je n'y étais pas allé depuis deux ou trois ans, depuis la fin de l'écriture de mon livre, c'était amusant de voir les changements et les permanences, à l'occasion je pourrais te montrer les images mais ce ne sont pas les images que j'ai faites ce qui est intéressant dans cette histoire, c'est ce que j'ai ressenti. Il y a plusieurs choses. D'abord, bon, c'est un truisme mais tout de même : je n'avais pas accès au passé. Je ne pouvais filmer que le présent.

C'était terrible pour moi : j'aime tellement, dans mes phrases, glisser du présent au passé, autant de fois que je veux, aussi loin que je veux. Là j'allumais ma caméra et il n'y avait que le présent, je ne veux pas dire simplement le présent au sens du contemporain mais l'instant présent, juste cette seconde-là à laquelle je ne peux pas conférer une autre matière — évidemment je pourrais trouver des images d'archives ou filmer pendant quatre saisons et monter tout cela pour créer, seulement avec des images, une évolution, mais c'est tellement une prison : le cadre, attendre, un autre cadre, et puis c'est tout. Je sais aussi qu'il est possible de diviser ton écran, de faire des surimpressions, mais honnêtement tout ça c'est du gadget par rapport à la force d'une seule petite phrase gigantesque. Mais il y a eu bien pire. Bien bien pire. Très vite j'ai perdu confiance en la vérité. Non attends je ne le dis pas bien. J'ai perdu confiance dans le lien existant entre la vérité et ma responsabilité par rapport à elle. C'est plus clair ? Très vite j'ai compris que filmer c'était mentir en permanence, alors qu'on pense habituellement le contraire. Tu allumes ta caméra. Tu filmes. Tu avances en filmant. Mais c'est terrible : tout ce qui n'est pas dans ton image n'existe pas. Donc tu peux raconter n'importe quoi, car il y a l'illusion du réel. Tu comprends ? Parce qu'il y a des images, des images *véridiques* en réalité tu ne fais que mentir car rien n'est là, rien d'autre que cette image. Tout ce qui est autour, tu le caches, mais tu ne dis pas que tu le caches : tu fais semblant de montrer quelque chose, alors qu'en réalité tu en caches beaucoup plus.

J'ai pris une gorgée du graves biodynamique et j'ai pensé et l'écriture quand même ?

Albert a repris, tu vas me dire : et l'écriture quand même ? Mais ce n'cst pas du tout pareil : on bâtit de petits édifices avec nos phrases, des petites formes qui tiennent grâce à nos mots, mais qui n'ont aucune autre prétention. Si j'essaie de te décrire là, avec ton air un peu endormi, par le vin, par mes mots complexes, par le ragoût, par l'heure, si j'essaie de prendre des mots dans mon stock de mots pour parler de ton regard, las et humble, sérieux et ironique, fatigué et intéressé, je suis entièrement dans la subjectivité, tout n'est que mes mots, il n'y a rien de vrai, donc je ne peux pas tricher,

je suis simplement en train d'artificialiser le réel. Mais avec une caméra, putain : je filme, ta gueule elle est gravée sur une image, c'est de la vidéo numérique donc ce ne sont que des 1 et des 0 à l'infini, graver n'est pas le bon terme, mais enfin il n'y a que cette image de ton visage, rien que cette image, elle est tout et elle est rien, elle est fausse parce qu'elle est vraie — non j'ai pris trop de vin Adrien tout ce que j'essaie de t'expliquer ne fonctionne pas comme je le voudrais.
Il reprend du vin. Puis la parole.
Et alors le montage. Le cauchemar : très vite j'ai renoncé à l'idée même de montage, tellement ça me dégoûtait. On essayait ça avec une jeune monteuse d'une rapidité incroyable, sur son ordinateur elle travaillait à toute allure, elle n'avait même pas de souris Adrien tu imagines, elle faisait tout au clavier ! Et une séquence, je ne sais pas, le long d'une piste de l'aérodrome, tout à coup tu montes une roue d'avion puis l'avion en l'air et l'illusion est là : l'avion a décollé ! Mais non ! L'avion n'avait pas décollé, en tout cas pas ce jour-là. Et ce n'était pas le même avion, non plus.
Il sourit. Ça donc j'ai très vite renoncé, j'ai dit à la monteuse, on va faire différemment je vais tourner des séquences, simplement des séquences, et entre chaque séquence il y aura du noir, il n'y aura jamais de montage : comme ça je ne me débattrai qu'avec le mensonge du cadre, j'élimine au moins le mensonge effroyable et si puissant du montage. Je n'avais plus besoin de la monteuse, du coup, puisqu'il n'y avait plus de montage.
Un silence. J'ai envie de lui demander et alors, mais tout seul il me dit du coup j'ai eu envie de regarder des films sans montage, pas des fictions, il y a plein de fictions en un seul plan, mais ce qui m'intéressait moi c'étaient des films, je ne veux pas dire documentaires parce que ça ouvre encore d'autres questions, d'autres enjeux, *documenter* au secours, je veux dire des films du réel, comme le festival, bref comment tu fais si tu veux filmer le réel sans interférer entre lui et la personne à qui tu vas montrer le film.
Et alors j'ai découvert qu'en 1989, Philippe Grandrieux avait créé une collection de films qui s'appelait « Live ». Il y a une quinzaine de films, des 60 minutes tournés en temps réel, la plupart ont

été oubliés, sauf peut-être celui de Robert Kramer qui s'appelle *10/90* — Kramer dans une chambre d'hôtel à Berlin qui regarde la télé et qui se filme, bon je te passe la liste des autres, c'est ce qu'on appelle du cinéma expérimental, aujourd'hui plus personne ne s'autoriserait à faire ça, un plan unique pour un docu à la télé, c'était une production La Sept-Arte, ça passait à minuit sur FR3 tu te souviens Adrien La Sept avant qu'Arte n'ait un canal il y avait la nuit ces séquences improbables, une façon de nous dire qu'il pourrait y avoir des objets de qualité à la télévision, des trucs libres, des choses qui ne ressemblent à rien, des choses *ratées* surtout, parce qu'ils sont essentiellement ratés ces films mais moi j'aime l'échec quand il se fonde sur quelque chose, et là en l'occurrence l'échec se fonde sur cette phrase du début du *Tractatus logico-philosophicus* que Grandrieux avait utilisée pour définir son projet : le monde est tout ce qui arrive.
Mais alors si le monde est tout ce qui arrive pourquoi se limiter à une heure ? Pourquoi ne filmer qu'une heure ? Ou pourquoi ne filmer *que* les huit heures d'une nuit, comme Andy Warhol avec *Sleep* ? Si le monde est tout ce qui arrive et qu'on en fait un film, alors il n'y a pas de limites : pas de début, pas de fin au film. Le film c'est tout le temps. Le film ne commence pas : il est. Simplement. Il n'est qu'une caméra allumée tout le temps, un écran surveillé non pas par un vigile mais par des spectateurs qui ne peuvent plus vivre parce qu'ils regardent le monde en actes, en permanence. C'est un film que ne peut voir que quelqu'un qui n'a plus de vie parce qu'il le regarde sans rien faire d'autre.
J'aime quand quelqu'un se perd dans ce qu'il a à dire, quand le fil qu'il avait au début n'est plus qu'une pelote embrouillée, une boule d'idées, de notions, et bientôt une forme noire, une sorte de trou, une aspiration de phrases, de concepts, tout a disparu il ne reste plus — plus rien d'autre — que le silence. Mais pas tout à fait.
C'est pour ça Adrien c'est pour ça que j'aime tant l'écriture ; tu te rends compte de la chance que nous avons : il n'y a rien entre le monde et nous, nous créons le monde, nous n'avons pas besoin de le regarder, nous n'avons besoin de rien en réalité, écrivain aveugle, écrivain sourd, écrivain muet, mais écrivain toujours. Alors j'ai

arrêté ce film, j'y ai renoncé. C'est même pas ça. Le film n'a pas voulu exister. Il n'a pas eu lieu. Un non-lieu. Un non-film.
Ma petite caméra, je ne l'ai pas rendue, tu sais. Elle est là, comme un objet que je ne veux plus toucher, comme un masque kono enfermé dans un vieux tissu, qui prend la poussière : elle est un fétiche d'un autre monde, un autre monde que le mien, un monde qui ne sera jamais pour moi, le monde de l'image. L'image, Adrien. Merde. Elle me révulse. Il n'y a rien à faire : appuyer sur le bouton rouge et c'est tout. Tu crois que tu as fait quelque chose simplement parce que tu as appuyé sur le bouton rouge ? Tu appuies sur un bouton et c'est tout ?
Ça se découd peu à peu, ses propos, ses phrases, est-ce le vin, est-ce l'heure, est-ce une forme un peu particulière d'absence au monde qu'a Albert, en tout cas je ne peux plus vraiment suivre, le suivre, il est temps que je me lève, que je reprenne mon vieux vélo à vitesse dure, que mes jambes trop sèches tentent de se réchauffer, de s'assouplir, que je trouve le bon rythme, le bon souffle qui va me ramener chez moi, dans ma maison qui va me sembler immense, démesurée, scandaleuse en regard d'Albert et de sa pureté d'écrivain ascétique, je me lève et je dis je vais rentrer Albert, il se lève aussi, il m'accompagne en silence, mais c'est un faux silence, un contre-silence, en réalité je sais bien qu'à l'intérieur il poursuit son monologue, je le vois à son regard qui n'est pas vraiment là, mais peu importe puisque je m'en vais : nous voilà dehors, au petit vantail, je prends mon vélo, et Albert me demande simplement, au lieu de me dire au revoir, il me pose une question et me laisse partir avec, et je l'emmène avec moi, cette question, tout au long du trajet dans la nuit sur mon vélo jusqu'à L'Étang-la-Ville, et elle m'habite et me hante jusqu'à mon bureau où je me suis installé pour tenter de retranscrire cette soirée, ce qu'il m'en reste, ce dîner, ce qu'Albert m'a dit, m'a raconté, m'a appris, et ce qu'il m'a demandé, cette question finale, cette question à laquelle je n'ai, évidemment, pas de réponse : à partir de quand le divertissement devient-il diversion ?

14
[1949]

Et soudain c'est un été permanent, un été au sens de la France, mais ici ce n'est pas l'été, c'est une forme de saison idéale, ici au Mexique, ici dans l'État de Oaxaca, au sud-est de Mexico, ici sur la côte pacifique, côte presque déserte et paradisiaque, à quelques centaines de kilomètres en dessous d'Acapulco où les stars venues des États-Unis et les bourgeois venus de Mexico vont à la plage, ici il n'y a quasiment personne, c'est une succession de minuscules villages de pêcheurs, Zipolite, San Agustinillo, Mazunte, avec la mer sublime intense immense en face et la jungle profonde épaisse joyeuse derrière et entre les deux des petites cabanes faites d'adobe et de toits en paille, paille bien tressée pour quand le vent souffle fort, à la saison des cyclones, à l'automne, mais là c'est le mois de février, c'est un temps de chaleur douceur langueur, jamais tout à fait trop chaud jamais froid évidemment, et l'eau de l'océan où ils aiment tant aller se baigner le matin avant que le soleil trop puissant ne les chasse à l'ombre — Gabriel et Lila, deux amoureux français installés dans une cabane à Mazunte, à une centaine de mètres de la plage, mais une centaine en vertical, en haut de la colline qui domine le village et qui fait de Mazunte cette anse presque calme pour se baigner : juste un peu plus loin, de l'autre côté, de l'autre côté de la pointe de la Comète, se baigner est dangereux, beaucoup trop dangereux, courants puissants, rochers brisants, vagues démesurées.

Ils vivent là. Avec leurs économies : ici il n'est presque pas besoin d'argent pour vivre, ils ont construit leur cabane avec l'aide d'habitants à qui ils ont donné un peu de leurs *pesos* gagnés dans la capitale, cet argent est si peu nécessaire ici, les fruits il suffit de tendre le bras pour goûter au délice, papayes goyaves *maracuyás* noix de coco figues de Barbarie, et Gabriel travaille pour un pêcheur de Zipolite, le village juste à côté, tous les jours il part deux ou trois heures à la pêche, il aide Fernando, et en échange est nourri de poissons et de légumes (la mère de Fernando qui travaille la terre) et d'un peu de mezcal (un vieux cousin de Fernando un peu plus haut dans les montagnes, sur la route de Oaxaca, Don Tobillardo, fabrique cette variante locale de la tequila), Lila brode des tissus dans le style oaxaquénien, fleurs et oiseaux de feu sur tissu blanc, qu'elle vend aux quelques touristes qui passent, elle s'accroche aux arbres, avec Gabriel ils ont fabriqué une sorte de trapèze artisanal qui n'est pas mal du tout, elle passe du temps dans les airs souvent le matin quand il est à la pêche — et le reste du temps ils font l'amour, ils rêvent, ils bricolent, ils nagent, ils parlent : ils ont, derrière eux, tant de temps perdu, tant de temps pas encore passé ensemble qu'il leur faut rattraper, des années vides que seules des années pleines de discussion ininterrompue pourront rattraper, alors ils parlent, ils parlent, ils parlent, se noient dans le bonheur de se parler tout le temps et de s'aimer toujours.

À Mexico Gabriel s'était acheté une Filmo H 16 mm, avec ses deux immenses bobines permettant de charger 400 pieds de pellicule, 120 mètres, deux grosses bobines noires comme les oreilles de Mickey, avec elle une fois il avait filmé un travelling le temps d'une bobine entière, Lila qui conduisait la voiture et lui qui s'était assis sur la portière et avait tourné onze minutes sans pause, en allant vers Mexico par la route 113, la route qui arrive par Milpa Alta au sud-est, il avait filmé les grosses voitures américaines, Ford Super DeLuxe, Chrysler Windsor, Chevrolet Fleetline, les camions d'agaves pour faire la tequila à Milpa Alta, et évidemment le bétail, c'est une route de campagne et une route qui va vers la ville, et Gabriel pendant ces onze minutes à côté de la femme qu'il aimait qui conduisait et faisant ce qu'il aimait tant faire, filmer, dans ce pays qu'il aimait tant, le Mexique, Gabriel pendant ces onze minutes, caméra électrique avec les accumulateurs sur la banquette arrière, seize mille images impressionnées, seize mille fois

la lumière frappant la pellicule, seize mille fois le cadre choisi par Gabriel inscrit sur un support matériel, pendant ces onze minutes sans pause Gabriel avait ressenti une extase, un plaisir absolu, un sentiment de bonheur inégalable — mais c'est mécanique : au bout des 400 pieds fin de la bobine. Au bout des onze minutes il a fallu s'arrêter. Onze minutes et c'est fini. Petite mort.
En quittant Mexico il l'avait revendue, cette caméra trop grosse pour leurs bagages, pour la vie qu'ils avaient décidé de mener, il n'avait gardé que sa toute petite Ciné-Kodak 8 mm, celle de leur rencontre, et — et à Mazunte il a décidé de filmer différemment, de filmer ce monde dans lequel ils évoluent comme des photogrammes et pas comme du film, il a décidé qu'il prendrait une image par jour, une seule image, que pour une fois ce ne serait pas du film animé mais une succession d'images fixes : calmer le temps, arrêter le temps, faire que ce présent soit éternel, tourner le dos au passé, ne pas penser au futur, simplement être là avec Lila et rien d'autre.
Rien d'autre.
La vie
est
tellement
différente.
Vivre avec quelqu'un. Passer chaque seconde à partager : tout. Partager la beauté d'un paysage, le goût d'un citron vert, l'idée d'une corde pour étendre le linge, partager profondeurs et banalités, partager nos corps, partager nos âmes — et ne rien souhaiter d'autre.

Ils ont fait la connaissance d'un couple plus âgé qu'eux, un couple américano-mexicain, lui John un ancien professeur d'université et elle Julieta une poétesse mexicaine, installés dans une maison plus solide que la cabane de Gabriel et Lila, ils ont plus d'argent, une grosse voiture américaine avec laquelle ils vont tous les quatre découvrir d'autres plages, d'autres jungles, acheter des caisses de bières au gros bourg voisin, San Pedro Pochutla, et sinon ce sont des soirées sur la plage à bavarder, des discussions politiques aussi, John leur raconte Roosevelt et la gauche américaine, Julieta leur parle de Cardénas et de la gauche mexicaine, eux essaient timidement de parler de Blum et de la gauche française, mais ni Gabriel ni Lila ne connaissent vraiment — ils se sentent un peu perdus face à ce couple si intelligent, mais ils ne souffrent pas de cette différence, ils s'enrichissent à leur contact et leur transmettent ce qu'ils savent faire eux, les coutures de Lila, la pêche de Gabriel, et évidemment souvent John et Julieta, les *jiji* comme on dit, ou alors les *jotajota* selon la langue, ou encore les *jayjay*, sont sur le photogramme du jour, déjà cent quarante-sept images, projetées ce ne serait presque rien, à peine plus que six secondes, mais ça fait déjà cinq mois. Cinq mois de bonheur, de poissons grillés, de douce ivresse le soir, de mer d'énergie le matin, cinq mois à marcher pieds nus toute la journée, à s'installer sous le ventilateur manuel bricolé avec une palme de cocotier articulée mécaniquement, à écouter les oiseaux dont les chants ne ressemblent à rien de ce qu'ils ont connu, l'un et l'autre, en France — l'un et l'autre séparément en France alors qu'ils sont là l'un et l'autre ensemble au Mexique, un jour Lila a dit que c'étaient des oiseaux de paradis qu'ils entendaient, tous les matins ils saluent leurs voisins, tribu d'oiseaux de paradis.

Mais on le sait bien, que le paradis n'existe pas. Un jour Gabriel et Lila sont chez eux et une femme mexicaine, qui fait souvent la cuisine pour John et Julieta, vient les voir affolée *ay que tristeza mis maestros fallecieron*, ils courent, de l'autre côté, au pied de la pointe de la Comète, là où les J-J ont leur maison, et dans le jardin, sur le sable plutôt, au bout du jardin qui est la plage, il y a les corps de John et de Julieta, les corps sans vie, corps noyés, corps asphyxiés, corps sans âme — autour les voisins et ce qui fait office de policier pour le village expliquent à Gabriel et Lila que le couple était parti nager, apparemment John a eu un problème, Julieta a crié à l'aide vers des pêcheurs, qui ont eu du mal à arriver, qui sont arrivés mais trop tard, John était déjà mort et Julieta a tenu un peu, un tout petit peu et puis elle aussi elle est morte.
Ils ont eu un accident et ils sont morts.

Suspension du temps : un moment ; Gabriel et Lila pleurent, parlent, se perdent un peu, s'éloignent, ne se comprennent plus, errent

chacun dans ses souffrances, puis se rapprochent, se resserrent, surmontent, s'aiment à nouveau, se rassurent, reprennent pied dans la vie, dans leur vie — mais ils n'y arriveront pas : à rester ici.
Il faut partir.
Ils vont rentrer en France.
Lila est enceinte. C'est arrivé quand, ils ne le savent même pas, mais c'est arrivé, alors ils ont parlé, pendant plusieurs jours, et ils ont fini par décider de repartir. Ici la vie est intense mais tellement fragile : Gabriel va devenir père et les angoisses qui le saisissent la nuit, la nuit entière, les peurs d'avoir un enfant qui va mourir, un enfant qu'il verra mourir, les peurs sont trop étouffantes, il les lie au Mexique, à Mazunte bien sûr, mais au Mexique en général, il les lie et il sait que c'est idiot, que ces peurs viennent de beaucoup plus loin, que sa sœur, elle, est morte en France, c'est idiot mais c'est ainsi la vie : il se persuade que son enfant sera plus protégé dans un pays plus calme, plus ennuyeux, plus banal que ce pays grandiose et puissant, qui te donne tant mais qui te prend si vite.
Ils vont rentrer en France. S'installer dans la maison de L'Étang-la-Ville — Adrien et Claire, les parents de Gabriel, vivent depuis une dizaine d'années à Biarritz, dans la maison de vacances qu'ils avaient achetée dans les années 1930, en prévision de la retraite, petite maison chichiteuse où Gabriel n'est presque jamais allé, qu'il n'a jamais aimée ; il va reprendre, lui, le jeune quadragénaire plein d'énergie, plein de vie nouvelle, la maison de L'Étang, ils vont la reprendre à deux, à trois en réalité, ils vont redonner vie à cette maison, ils vont lui donner vie car elle en manquait tant, depuis 1913. Et dans cette maison ne reviendront jamais Adrien et Claire ; Gabriel et Lila iront de temps en temps à Biarritz, jamais très longtemps, voir la famille comme dit Lila qui n'en a pas vraiment, de famille, qui a été élevée par sa grand-mère qui est morte déjà, et qui aimera plus que Gabriel aller à Biarritz pour réunir ces trois générations ; Adrien mourra en 1953, Claire treize ans plus tard, les deux auront eu la joie de connaître leur petit-fils, mais est-ce une joie de regarder la vie vibrer dans les yeux d'un petit-enfant quand on a vu la vie quitter les yeux de son enfant ?

O

[École normale supérieure, rue d'Ulm, Paris]

J'ai décroché une pige (je déteste cette expression) à *L'Express* sur les chercheurs français ayant travaillé ou travaillant encore au sein des sociétés en g-, a-, f-, a- ; mais il n'était pas question de me payer un aller-retour pour la Vallée de silicone : j'ai donc dû me contenter d'entretiens en vidéo longue-distance avec une série de *french brains* brillants hauts salaires émigrés en Californie. À Paris-sur-Seine, j'ai tout de même rencontré Yann Le Cun, un des pionniers de l'intelligence artificielle, qui dans les années 1990 poursuivait des recherches en lesquelles personne ne croyait, et dans les années 2010 s'est fait embaucher (je n'ai pas osé demander le salaire ; me l'aurait-il dit ?) par la société en f- : responsable des recherches en I.A., devenue le nouvel eldorado technologiste.
Il m'a donné le contact (c'est ainsi qu'un journaliste travaille, de proche en proche, comme des petits sauts de puce allant boire le sang de chaque nouvelle victime à interviewer) de Claude Saint-Guillaume, professeur à l'École normale supérieure (rue d'Ulm), neurobiologiste, spécialiste des interfaces entre le cerveau et la machine. Je le retrouve à son labo, dans une sorte de tunnel qui pourrait faire rêver un romancier fantasmant un monde où quelques chercheurs de pointe ont survécu à une attaque nucléaire sur Paris, enfermés niveau moins 3 sous la rue Lhomond avec des protections résistant à neuf gigatonnes de césium 137, laboratoire de physique nucléaire oblige. Je me souviens d'un article de 1937 dans *Paris-Soir* qui faisait la liste de savants de l'époque qui pourraient refonder le monde si une catastrophe engloutissait *notre univers civilisé*, je me demande si à ceux-ci, ceux du niveau moins 3 de l'École normale supérieure, je confierais un tel destin.
Pas sûr.

Claude Saint-Guillaume est tout à fait exécrable : imbu de lui-même, plein d'un mépris sans nom pour l'humanité en général, ceux qu'il côtoie en particulier, et son interlocuteur actuel si l'on resserre un peu le cadre, un journaliste qui se pique par ailleurs d'être écrivain, qui n'a ni la rigueur d'un de ses élèves normaliens ni le fric des chefs d'entreprise qu'il côtoie et pourtant qui se permet — car, oui, je me le permets — de poser des questions qui ne sont pas de simples brossages destinés à faire reluire son pelage de scientifique multiprimé.
Je reste néanmoins poli, *professionnel*, je le laisse dérouler son plan publicitaire absolument parfait à propos de la possibilité un jour que depuis notre cerveau on commande directement nos recherches en ligne et nos objets connectés, sur fond de coopération internationale, de brevets ouverts et de fécondation réciproque entre recherche publique et intérêts privés. Fécondation *my foot* : quelle hubris hybride sortira de tout ça ?

Je termine l'entretien. Je rentre chez moi, en train. J'écris mon papier pour *L'Express*. Je l'envoie. Je ne parviens pas pour autant à tourner complètement la page, quelque chose reste problématique, comme un petit objet coincé dans ma gorge littéraire, un objet mental hautement irritant : pendant plusieurs jours impossible d'avancer sur mon roman. Impossible. Comme si Claude Saint-Guillaume avait pris le contrôle de mon cerveau et, partant, de ma voix intérieure : celle de l'écrivain. Et je reste longtemps, trop longtemps, dans cet état-là : un état flottant, comme un état gazeux alors que c'est un autre état que je cherche à trouver quand j'écris un roman, un état solide, un état qui m'arrache à ce que je regarde l'air hébété, au fond, et l'air concentré, en surface, ce monde dont je fais partie, dont je suis même un acteur latéral par mes papiers enamourés pour ses *leaders*, ce monde qui accole maintenant presque à chaque fois au mot *intelligence* le mot *artificiel*.

15
[1950]

Gabriel à L'Étang. Gabriel est avec Michel, son garçon, qui a trois mois. Lila est sortie se promener, traîner au marché, sortir un peu de son rôle de mère, doux et envahissant, il y a ces deux expressions qui se répondent, *prendre l'air* ou *prendre de l'air* — Gabriel est resté à la maison, il aime faire le papa-poule, cajoler ce tout petit personnage qu'il appelle «mon fils» en le reniflant, Gabriel devenu animal, enfin animal, entièrement vivant, il fait chaud c'est l'été, l'été français, le véritable été, Gabriel met un simple débardeur et Michel, Michou, Michouchou, Mikaelov, Michmou, Michton (mais si chérie on a le droit de rire un peu), Miche, Mimichon, Michel avec son lange et rien d'autre, ses tout petits bras boudinés, Gabriel le pose, toute petite chose, sur son épaule, Michel éternue parce qu'il a le nez dans les poils de l'aisselle de son père, alors Gabriel rigole et l'embrasse et bavouille sur cette peau rieuse mais ce matin le petit personnage est dans son tout petit transat, tissu bleu foncé et armature métallique, une petite ceinture pour éviter que le bambin ne plonge sans s'en rendre compte, plutôt sans que son père s'en rende compte, trop concentré dans son atelier : Gabriel a reçu ce matin la Keystone A-9 qu'il avait commandée à Paris, chez Samok, paiement moitié à la commande, moitié à la livraison, dès que nous la recevrons de leur usine de Brooklyn nous vous l'expédierons monsieur, Gabriel est un habitué évidemment, il est ce qu'on appelle un bon client, on lui adresse les prospectus présentant les modèles à venir, on l'appelle quand il y a un prototype à essayer en boutique pour qu'il puisse être le premier à recevoir le modèle de production, et là donc c'est la Keystone A-9, il y a vingt ans Keystone qui fabriquait jusqu'alors des jouets a sorti un premier modèle de caméra 16 mm pour le grand public, le modèle A, qu'ils

ne cessent d'améliorer depuis, c'est déjà la neuvième version (la dernière, K-15, sortira en 1954, après ils abandonneront le système de bobines pour passer aux chargeurs), Gabriel déballe le paquet avec excitation, même si c'est un modèle qu'il connaît bien déjà, il y a deux ans à Mexico il avait hésité à en prendre une plutôt que la Filmo, mais il avait choisi un modèle à moteur électrique parce qu'il avait déjà sa petite Ciné-Kodak légère à ressort, il caresse le revêtement de la caméra, du métal brun foncé, il tripote l'objectif, un Elgeet 25 mm, il touche la clé de remontage un peu agrandie, plus maniable, Gabriel a ouvert le réceptacle à bobines qui est vertical (en haut on installe la bobine pleine, en bas la vide, cela donne à la caméra une drôle d'allure de héron dodu), presque sans s'en rendre compte il a pris son sac noir à chargement, celui dans lequel on met la caméra puis une bobine en sachet, et en aveugle on ouvre le sachet, on charge la bobine, on insère la pellicule, on la récupère et on l'encoche dans la bobine vide du bas, ce geste Gabriel l'a fait tant de fois sur tant de modèles différents de caméra, il l'a fait un plus grand nombre de fois encore que de poser ses lèvres sur le front de son petit garçon de trois mois, il rabat le clapet, sort la caméra du sac, remonte machinalement la clé du ressort. Il est prêt à filmer.
Mikachon fait mmmmh de la bouche. C'est un sourire. Peut-être. Oui. On dirait bien que c'est un sourire. Filmer un sourire. Filmer son premier sourire.
Mais. Mais Gabriel ne doit pas filmer son fils. Il ne le doit pas. C'est Lila qui lui a demandé ça, un peu avant son accouchement, elle lui avait parlé, très calmement, très doucement, elle lui avait dit qu'elle ne voulait pas qu'il filme cet enfant qui allait venir, à l'époque on ne savait si ce serait un garçon ou une fille, cet enfant elle voulait qu'il soit dans la vie, simplement dans la vie, elle ne voulait pas qu'il devienne un objet de plus pour sa collection — mais je n'ai pas de collection ma chérie pourquoi tu dis ça ? Je sais. Je sais que tu n'accumules pas volontairement, mais je sais aussi que tu accumules des images, que c'est à la fois ton métier et ta passion, et j'aimerais que nous puissions garder notre enfant hors de tes caméras, hors de tes films, qu'il soit seulement dans la vie. Et elle

avait ajouté d'un air épouvanté, de le dire ou de le penser : si tu le fixes sur la pellicule j'ai peur que tu lui voles sa vie.
Comment Gabriel aurait pu ne pas parler de sa grande sœur, Hélène dans le couloir marchant vers lui avec la Pathé-Kok et le bruit si caractéristique de la manivelle entraînant la pellicule, mais à l'époque peu importait car il n'y avait pas l'idée du son, il n'y avait que l'image, Hélène qui l'a filmé et pourtant il est toujours là, trente-sept ans plus tard : il est toujours là, lui. Filmer ce n'est pas prendre la vie.
Mais Lila était sûre d'elle, sûre de ne pas se tromper, sûre de sa demande, et Gabriel n'avait rien pu faire d'autre que de promettre que jamais, sauf occasion spéciale, collective (un groupe au sein duquel leur enfant se trouve, du moment qu'il n'y a pas de gros plan sur lui, et ils avaient même déterminé ce qu'était un gros plan, qu'il devait y avoir au moins deux autres visages en même temps que le sien, s'il n'y a que l'enfant — l'enfant qui n'était pas né à l'époque, l'enfant qui ne s'appelait pas encore Michel, l'enfant qui n'était qu'une idée d'enfant et pas ce petit bébé à la bonne bouille et au souffle plein de vie — et une autre personne en tête à tête, c'est trop intime, c'est trop secret, c'est interdit), il n'avait pas le droit, il n'a pas le droit de filmer son fils.

Gabriel est seul avec Michkou, qui continue à gigoter avec toute la force de ses trois mois, minuscule énergie vitale, Gabriel a sa Keystone A-9 dans les mains, il met son œil à l'œilleton et regarde vers ce visage rose et ses trois cheveux et cette bouche sans dents heureuse et silencieuse, cette bouche qui pourrait être en train de faire un sourire, un premier sourire, il faudrait le filmer pour tout de suite après le développer et le montrer à Lila, c'est un cas de force majeure non, son premier sourire et je ne voulais pas que tu le rates, j'ai eu raison n'est-ce pas ?
Non.
Gabriel met la main sur le petit bouton métallique situé à l'avant de la caméra, dans l'objectif en verre son fils semble plus vrai encore, semble plus prêt à exister pour toujours, c'est une caméra reflex, il n'y a pas de viseur extérieur, donc ce qu'il voit c'est précisément

ce qui sera filmé, ce qu'il peut filmer c'est exactement ce qu'il voit, Lila tu ne comprends pas que filmer c'est garder une trace et pas le contraire, filmer c'est le contraire de perdre, je ne vole rien, l'âme ne se dépose pas sur la pellicule ce sont juste des photons qui la bombardent, des photons qui ne sont pas perdus, c'est comme avoir un enfant ça ne nous a pas volé notre amour ça nous a offert de l'amour en plus et on a de l'amour à offrir en plus, il n'y a rien de perdu Lila, Lila crois-moi je suis sûr que je peux filmer notre petit fiston chéri je suis sûr qu'on sera tellement contents de le revoir ensuite, j'avais dit non. Gabriel sursaute, c'est Lila : qui vient d'arriver, qui est entrée dans l'atelier et qui regarde Gabriel avec cet air sévère qu'elle a parfois, quand elle est vraiment en colère, j'avais dit non Gabriel alors quoi je ne peux pas te faire confiance ?
Lila
je
n'ai
pas
filmé. Regarde, tu peux regarder le métrage sur le petit compteur, regarde : 0,0 mètres. Un pluriel qui ne sert à rien, encore. Je n'ai pas filmé, je t'avais promis. Je
n'ai
pas
filmé.
Sur son petit transat, tissu bleu foncé, Michkoula, l'air grave, les regarde, comme un enfant de trois mois qui ne sourit pas.
Plus tard, le soir, Gabriel filmera le transat, vide : dans la maison Michpalu est couché dans son lit, Lila s'est endormie aussi, Gabriel est retourné dans l'atelier, il a allumé ses trois grosses lampes, trois fois mille cinq cents watts braqués vers le petit transat vide et Gabriel tourne, caméra Keystone à la main, tourne une bobine, trente mètres, deux minutes quarante-quatre secondes, de ce petit transat vide. Filmer le souvenir : filmer une trace de ce qui a eu lieu mais qui ne peut se filmer. Ça Lila ne va pas dire qu'elle ne veut pas. Lila ne peut pas dire qu'elle ne veut pas que Gabriel filme l'image de son souvenir. Impressionner sur pellicule le fantôme de Michkaïus pour lui permettre, plus tard, de recomposer, mentalement, l'image

de ce petit bébé de trois mois faisant son premier sourire dans ce transat projeté sur le mur-écran de son atelier, image mouvante en noir et blanc 16 mm d'un souvenir fantôme, d'un sourire fantôme.

P

[Îles du Frioul, Marseille]

Je descends du bateau qui s'appelle *Edmond Dantès* (Alexandre Dumas rôde par ici, le château d'If est juste derrière à droite), au petit port Ratonneau, sur l'archipel du Frioul. C'est un voyage de presse ! Organisé par la chambre de commerce des Bouches-du-Rhône ! Pour présenter au monde un projet exceptionnel, si exceptionnel que la région PACA a offert le TGV depuis Paris et une nuit d'hôtel à Marseille, je n'allais pas dire non, voir un peu de Méditerranée, un peu de soleil, un peu de lumière (beaucoup, en réalité, des trois, mais durant seulement vingt-quatre heures, donc peu, ramené à une année blafarde en région parisienne) en échange d'un papier de 8 000 signes pour le site Innovation-France.fr (payé 260 euros net) intitulé : « Le premier *data-center* français à zéro émission carbone ouvrira l'année prochaine sur une île sauvage en face de Marseille. »
Nous sommes douze journalistes. Plutôt : ils sont onze journalistes et je suis un renégat, un écrivain qui se maudit, qui s'est vendu, âme et plume, et lorsque je suis, ainsi, à leurs côtés, les « vrais » journalistes, lorsque je les vois, l'effet miroir que leur regard faussement curieux, fouineur et désabusé, enquêteur mais dans un tout petit cadre, comme si on essayait de mettre la complexité du monde dans une carte postale, *Guernica* en repro 10 × 15 cm, l'effet miroir, donc, que leur regard produit sur moi est terrible. J'ai accepté de faire partie d'un club dont je ne supporte pas les membres. J'accepte d'être celui que je ne voulais pas devenir. Et les voir me le rappeler m'est encore plus difficile que de l'être — dans les Salons, les conférences de presse, je peux me soustraire à l'effet de masse, je peux m'isoler dans une bulle de solitude, mais quand c'est un voyage à quelques-uns, je suis piégé.

Aujourd'hui encore. Au début j'ai fait un effort, minimum, pour m'intéresser à leurs discussions, mais le trajet en bateau du Vieux-Port à l'île du Frioul dure à peu près vingt minutes, c'est trop long pour moi : j'ai pris mon téléphone et fait semblant d'envoyer des messages, en réalité j'avais ouvert le bloc-notes et j'écrivais des phrases sans sens, écriture automatique de décompensation nerveuse suite à crise d'identité anti-narcissique, ça semble compliqué mais c'est une façon très saine de fuir (écrire des phrases de rage qui me resteront de toute façon incompréhensibles si d'aventure je tente de les relire).

La suite, sur l'île, est presque moins éprouvante, car les grandes orgues de la communication se déploient, et ses effets si prédictibles, si automatiques, ne m'atteignent plus, je sais me mettre en pilotage automatique, mon oreille professionnelle n'écoute que ce qu'il faudra retenir pour mon papier, les capteurs solaires sur le toit du bâtiment et tout autour, le circuit de refroidissement des ordinateurs à l'eau de mer (canalisations dans un métal spécialement conçu pour résister à la corrosion, en laiton dit «de l'Amirauté» avec 1% d'étain), l'architecture pensée pour faire un lieu invisible depuis la rade de Marseille, l'accord commercial qui stipule qu'une partie des bénéfices du *data-center* (combien? la transparence aura ses limites) va être réinvestie dans l'île, pour la réhabilitation des petits immeubles (qui sont, c'est vrai, tout à fait hideux) des années 1970 qui ont permis l'implantation d'une population allogène de dernière minute — mais ce n'est déjà plus mon oreille professionnelle qui travaille, c'est le recul de l'arme que je préfère quand je pratique le journalisme : l'ironie.

La visite est terminée, vous êtes libres de vous promener sur l'archipel, pour rentrer au Vieux-Port il reste une dizaine de bateaux jusqu'à ce soir, les horaires sont notés dans votre dossier de presse, au nom de la chambre de commerce et de la région je vous souhaite une très bonne fin de séjour à Marseille. Merci, un peu de politesse ne me lie les mains que de manière formelle, j'ai trouvé, au fil des ans, au fil des reniements, une manière d'avancer avec un cynisme convenable qui reste correct aux yeux de mes interlocuteurs et me permet de garder un minimum de *quant-à-moi* — et, avant même que quiconque puisse me proposer de boire un coup port Ratonneau, je suis seul, je m'éloigne à pas gigantesques, dans ces cas-là j'aime mes grandes jambes parce qu'elles me font marcher vite, que grâce à elles sans donner le sentiment que je fuis je fuis, je prends la direction la plus opposée possible, vers la pointe de Sainte-Croix, pas par la petite route qui longe la mer, par le sentier qui monte, jusqu'au point culminant de l'île, 58 mètres quand même, c'est le début du fort Ratonneau : un fort qui a eu plusieurs vies, il reste des parties en pierre qui doivent avoir trois ou quatre cents ans, des traces de béton aux armatures rouillées qui datent de la Seconde Guerre mondiale, et des tags à la peinture très manifestement contemporaine. Et puis soudain, au détour d'un embranchement, une espèce de cuvette au fond de laquelle : un cimetière. Un cimetière ? D'étranges croix, faites de béton armé, parallélépipèdes bruts à qui le métal, largement rouillé, a fait des traces brunes coulées, des croix répétées à l'identique — ces croix me font penser au Père-Lachaise, à Antonio, je prends mon téléphone et je l'appelle, Antonio c'est moi ça va j'ai pensé à quelque chose et je voulais t'en parler : j'ai pensé à la question du numérique et du hasard. Non attends il te manque un épisode. L'autre jour je me suis dit que le décrochement, dans l'histoire de l'image animée, ce n'est pas entre le cinéma et la vidéo, qui sont presque la même chose, mais entre la vidéo analogique et la vidéo numérique. Le décrochement c'est quand tu es capable de coder avec simplement des 0 et des 1 ce qui jusqu'à présent ne pouvait s'enregistrer que chimiquement ou magnétiquement, c'est-à-dire : physiquement. Et je me suis demandé pourquoi le numérique signifiait la mort. Et il se trouve (oui je vais vite Antonio mais tu peux me suivre n'est-ce pas c'est ton sujet après tout) que Jean-Pierre Beauviala vient de mourir et je suis tombé dans un journal sur sa nécro, tu vois qui c'est, le fabricant de caméras, les Aaton, avec qui Godard a travaillé dans les années 1970, tu as dû le croiser dans tes lectures : l'article parlait d'un projet qu'il avait eu en 2012, Beauviala, fabriquer une caméra numérique particulière, une caméra dont le principe était

d'empêcher la fixité due au numérique, de mettre du mouvement comme sur une pellicule (avec le 35 mm le mouvement est là forcément car un objet qui avance, une pellicule qui se déroule, même guidée, ne peut pas être totalement fixe), et pour ça il avait inventé un système qu'il a appelé le vibrionnage, le fait de faire bouger, *intentionnellement*, le capteur numérique pour retrouver quelque chose du film analogique. C'était donc intégrer un hasard virtuel pour redonner un sentiment de vie, tu me suis Antonio ? J'essaie d'aborder là la question de savoir si ce n'est pas le numérique, sa terrifiante fixité, qui a tué la vie qui existait dans l'image de cinéma. Alors sa caméra, la Penelope Delta numérique, n'a été fabriquée qu'en un seul exemplaire, c'est tout, sa société a fait faillite à ce moment-là, mais peu importe, ce qui m'importe Antonio, ce que je voulais te dire, c'est que c'est une chimère ; c'était une chimère. Le rêve de Beauviala, faire en sorte qu'une caméra numérique génère du hasard pour donner de la vie analogique, ne pouvait de toute façon pas tenir. Car — et c'est ça que je voulais te dire Antonio — une machine ne peut pas générer du hasard.
Tu connais la fonction *random* ? C'est son nom sur à peu près toutes les machines, ordinateurs, calculatrices, sur n'importe quel processeur : *random*, ou *rand*. Produit un nombre aléatoire. Mais. Il y a un mais : cette fonction, elle ne peut produire un nombre qu'en utilisant un algorithme, une suite de nombres non linéaire, à chaque fois tu fais la somme des deux derniers nombres de la suite, tu auras toujours un nouveau nombre, différent du précédent — la machine te donne l'illusion du hasard : pas le hasard.
Donc même en créant aléatoirement du mouvement sur une image numérique ça ne sera pas vraiment du hasard, ça restera un système mathématiquement clos et partant il est impossible de mettre de la vie dans une image numérique, c'est un jalon ça, tu ne crois pas ? ça répond à ta question sur la mort du cinéma, non Antonio ?

Antonio me dit écoute tu ne dois pas avoir beaucoup de signal là où tu es, ça coupe beaucoup, je n'ai pas bien entendu ce que tu me racontais, ton histoire de caméra aléatoire, mais, de toute façon, tu sais, c'est fini, ça ne m'intéresse plus du tout maintenant, cette histoire de la mort du cinéma — ce n'est plus un sujet, plus du tout un sujet pour moi, je me demande pourquoi j'ai pris tout ça tellement à cœur, pourquoi je me suis lancé dans cette enquête foireuse, j'aurais fait quoi de tout ce que j'accumulais, hein, ça m'aurait servi à quoi si j'avais trouvé une date, une date tu ne peux rien en faire tu es d'accord ; et puis surtout Adrien, surtout ce qui était idiot c'était de tenter de dater, comme un fait avéré, comme une objectivation d'un moment, la mort. La mort, soit c'est sérieux, c'est celle d'un être vivant, et la date on la connaît, c'est un vrai événement avec une vraie date, soit c'est une hypothèse, pas vraiment datable, parce que ça se diffracte, ça se dilate, ça se dilue, et dans ce cas-là pas la peine de passer des heures à tenter de chiffrer l'inchiffrable ; tu vois : pas de naissance, pas de mort ; pas de dates.

Il ne me laisse pas le temps de lui répondre, il continue j'ai une mission je vais être un peu débordé les jours qui viennent je ne sais pas quand je serai dispo je te ferai signe pour qu'on se voie d'accord — et ici le mot *mission* doit s'entendre non pas comme s'il était espion ou alors prêtre allant prêcher au loin, ici le mot *mission* doit s'entendre comme le travail qui est le sien, son métier de consultant qui l'envoie pas forcément très loin de chez lui accomplir une activité à durée déterminée avec un objectif des moyens et une facturation finale.

J'ai dit d'accord, que pouvais-je lui dire ? Pas d'accord, continue, sois ce que j'attends de toi, sois ce personnage qui jamais ne renonce, qui ni ne plie ni ne cède, sois celui qui va au bout de son idée, qui la découd comme un habit mis à plat après usage, des pans plans de tissu qui ont perdu tout volume, des structures qui mettent à jour leur organisation dans l'espace, sois tout à la fois le Wittgenstein le Lévi-Strauss le Foucault de l'histoire du cinéma, sois le peintre de la mort du cinéma, le chorégraphe de l'épuisement du septième art, le chanteur de la disparition de la magie des images, sois, surtout, sois à la hauteur de ce que j'ai toujours espéré connaître, que j'ai passé ma vie à chercher, sois un être humain réel plus puissant, plus intense, plus original, qu'un personnage de roman, Antonio tu te rends compte que tes oreilles qui rougissent, ta peau trop rose et tes cheveux roux je m'en fous, ta carnation, ton incarnation peu importe, c'est ta légende qui compte, la réalité de ta légende, que tu sois plus, précisément plus que ce qu'un acteur pourra jamais être : une intensité réelle, pas une intensité simulée. Lorsque à Belleville tu m'as parlé de cette idée, j'ai cru que tu m'emmènerais loin, plus loin qu'un roman, beaucoup plus loin qu'un roman sur le cinéma, immensément plus loin que n'importe quel roman dans lequel n'importe quel personnage cherche à raconter la mort du cinéma, que tu m'emmènerais dans un endroit qui serait plus fort, plus complexe, plus inquiétant. Un endroit qui n'existe pas, mais où tu allais m'emmener. Un endroit qui n'existait pas et que tu allais faire naître, par tes mots. J'y croyais, moi. J'y croyais : vraiment.

Je ne pouvais pas lui expliquer tout ça, si vite, avec si peu de réseau. La prochaine fois.

16
[1953]

Gabriel travaille pour Pathé Actualités, encore, de temps en temps, ce n'est plus comme avant la guerre, ce n'est plus toute sa vie faite de films, c'est une vie plus équilibrée, une vie avec une femme qu'il aime et un enfant qu'il veut voir grandir, mais il a gardé ce métier d'opérateur d'actualités, ce métier qui est en train de disparaître, petit à petit la télévision grignote les actualités cinématographiques, ce n'est que le début, mais Gabriel a bien compris que bientôt il n'y aura plus d'actualités filmées au cinéma, les gens regardent ça chez eux maintenant — Gabriel évidemment pourrait aller travailler à la télévision, à l'O.R.T.F., c'est exactement le même métier, les mêmes caméras, les images sont toujours tournées en 16 mm noir et blanc avant d'être diffusées par les réseaux hertziens, mais un peu par atavisme, un peu par nostalgie des salles obscures qui diffusaient ce qu'il filmait Gabriel a décidé de continuer à travailler pour Pathé de temps en temps, de toute façon les besoins financiers pour son foyer ne sont pas énormes, ils n'ont pas de loyer, ils habitent dans la grande maison qui leur reviendra au final, il n'y a pas d'autre héritier, Gabriel n'a plus de sœur avec qui partager la maison de ses parents ; il invente des machineries pour le cinéma qu'il vend à des sociétés de tournage, récemment encore un système de contrepoids pour pieds de caméra, Lila donne des cours de trapèze à Paris deux jours par semaine, le reste du temps ils sont tous les deux à la maison avec leur bambin qui grandit, il y a toujours mille choses à faire quand on ne travaille pas trop. Quand on sait vivre une vie pour de vrai.

Là le bureau actualités de Pathé l'a appelé pour lui proposer d'aller filmer le procès de Lazare Cabrero-Monclus, un cultivateur d'origine espagnole mais vivant en Andorre, un peu contrebandier

sur les bords, qui était payé pendant la guerre par des mouvements de résistance pour faire passer en Espagne des Français qui cherchaient à fuir, des Juifs, des résistants, mais aussi des Anglais ou des Polonais — que des gens bien qui ne pouvaient pas rester en France ; parmi eux Jacques Grumbach, un ancien journaliste du *Populaire*, le quotidien de la SFIO, résistant dès 1940, fondateur du *Populaire* clandestin édité à Marseille, et qui, lorsque les Allemands envahissent la zone sud en novembre 1942, décide de passer les Pyrénées pour rallier la France libre. Il est dans un groupe qui fait appel à Lazare Cabrero comme passeur ; Grumbach se blesse pendant la traversée, alors qu'ils sont à plus de 2000 mètres d'altitude, il demande à ses compagnons de continuer sans lui. Un peu plus tard, passé le col, le groupe demande au guide, Cabrero, de faire marche arrière et de retourner chercher Grumbach ; Cabrero réclame de l'argent *en plus* pour y aller ; il l'obtient, part, revient, déclare que Grumbach a disparu. Huit ans après, en 1950, on découvrira le corps de Jacques Grumbach, mort à quarante ans d'une balle dans la nuque : abattu par Cabrero, qui l'a jeté dans un gouffre après lui avoir pris son argent, sa montre ; avant de faire croire aux autres que Grumbach était introuvable.
En 1952, Cabrero est arrêté, son procès s'ouvre le 28 mai 1953. Cette année-là, on peut encore filmer les procès : c'est la dernière année avant la loi du 6 décembre 1954 qui décrète que dans les salles d'audience *l'emploi de tout appareil d'enregistrement sonore, caméra de télévision ou de cinéma est interdit* : le gouvernement veut mettre un terme à la dérive de la presse qui se sert des grands procès comme de la chair à contenu, l'empoisonneuse Marie Besnard fondant en larmes sous les flashes des photographes, ou Gaston Dominici filmé en gros plan.
Gabriel est à Foix, en Ariège, pour tourner quelques images muettes du procès du passeur assassin, une voix off fera le commentaire sur les images, une voix écrite par les équipes parisiennes de Pathé — de Gabriel on n'attend pas qu'il raconte une histoire, cela il n'est pas censé savoir le faire, ce qu'on lui demande c'est simplement cadrer la réalité dans un rectangle dont la base a un tiers de longueur de plus que la hauteur. À Paris Gabriel avant de prendre

son train est passé rue Francœur, le bureau du Pathé Journal lui a confié un nouveau modèle de caméra 16 mm, une Arriflex 16ST, un modèle allemand que Gabriel n'avait jamais utilisé encore, caméra muette à moteur électrique, très agréable à manipuler, il se l'approprie tout de suite, dans le train il fait quelques essais à vide, puis avec une bobine pour s'habituer au chargement du film, il aime ce grand corps solide et un peu rond, le viseur reflex forme une protubérance sur le côté, on ne peut charger que des bobines de trente mètres mais pour un procès ce sera suffisant, le 28 mai au matin Gabriel pose la caméra sur le pied, regarde dans le viseur et voit, un peu lointain, un peu dépoli, le visage de Lazare Cabrero. Filmer le regard d'un traître. D'un homme qui a trahi la Résistance, mais peut-on parler de trahison, Cabrero n'était pas résistant, c'était juste un mercenaire. Un mercenaire qui s'est retourné contre son employeur.

Filmer donc le regard d'un homme qui a tué. Pour gagner un peu plus d'argent encore. Et pourtant Lazare Cabrero se défend, se défend avec conviction, s'il a tué Grumbach c'est parce que ce dernier était condamné, il ne pouvait plus continuer et il risquait de tomber dans les mains d'une patrouille allemande, *c'est ce que j'avais de mieux à faire*, et s'il a pris le portefeuille et la montre de Grumbach après l'avoir abattu c'était pour que *les patrouilles allemandes ne puissent rien trouver qui permette d'inquiéter la famille* ; que pouvait-il faire d'autre que d'éliminer ce *traînard*, c'est le mot qu'emploie Cabrero pour qualifier Grumbach, un *traînard* parce qu'il s'est cassé la cheville – et Gabriel sans réfléchir filme l'accusé, son avocat, les témoins, le juge, l'avocat des parties civiles. L'avocat est seul, les parties civiles ne sont pas venues : Rémy Grumbach, le fils de Jacques qui avait quatre ans quand son père a disparu, douze quand son corps a été retrouvé, quinze aujourd'hui, et Jean-Pierre Grumbach, le petit frère de Jacques, l'oncle de Rémy, plus connu sous son nom de résistant devenu son nom de cinéaste, Jean-Pierre Melville. Le procès va être rapide, une journée seulement, un jour pour juger un homme qui a choisi d'en tuer un autre, de jeter son corps au fond d'un ravin et de repartir avec de l'argent et une montre – une montre qu'il offrira plus tard à son beau-frère.

Filmer cela. Filmer cela comme on peut tout filmer : filmer un homme qui se débat avec ses contradictions, avec sa morale, sa minuscule morale, son avidité au gain et la force noire qu'il lui a fallu pour prendre son arme et la braquer sur la nuque d'un Juif fuyant la barbarie. Et tirer.
Gabriel filme : ce visage inscrit dans le rectangle. Ce visage qui sera une image. Le jury se retire pour délibérer. Verdict demain.

Le lendemain matin réinstaller la caméra. La poser sur le pied, mettre une bobine neuve, déclencher le moteur électrique lorsque l'accusé est amené par les gendarmes, lorsque le tribunal entre, lorsque le président prend la parole. Il reste moins d'une minute de film. Le président annonce le verdict.
Gabriel fait pivoter sa caméra sur le visage de Lazare Cabrero.
Il reste quarante-deux secondes de film.
L'accusé est acquitté.
Gabriel n'arrête plus sa bobine, il laisse tourner sa caméra, il reste encore trente secondes, trente secondes serrées sur un accusé félicité par ses avocats, trente secondes du sourire satisfait d'un homme qui a tiré une balle dans la nuque d'un homme qui lui était infiniment supérieur moralement.
Puis Gabriel remballe son Arriflex. Se fait accompagner en taxi à la gare de Foix. Ce soir chez Pathé il déposera ses bobines. Demain dans les cinémas on verra ce sourire satisfait d'un traître jugé innocent. Trente secondes d'ignominie — souvenir d'une guerre qui les a comptées par millions.

Q
[Porte de Versailles, Paris]

Généalogie et nouvelles technologies. Est le nom du Salon organisé dans le hall B, le petit, du Parc des expositions de la porte de Versailles, mais petit doit s'entendre en relatif — 16 000 mètres carrés, 115 exposants, 100 000 visiteurs attendus : ces données fournies par le comité organisateur je les ai utilisées, en gonflant encore un peu, pour convaincre un des rares sites internet spécialisés en monde numérique qui paie correctement les pigistes qu'il y avait matière à un papier intéressant.

C'est ce papier intéressant que je prépare. Je corrige. C'est un papier payé que je prépare : 150 euros pour 6 000 signes.

Je déteste la généalogie. Je déteste les arbres généalogiques. Les arbres, c'est la vie : c'est un organisme en mouvement, qui a une odeur et une texture, c'est un mouvement, les feuilles bercées par un vent d'été, les feuilles au sol à l'automne, les branches nues de l'hiver, les pousses du printemps qui vont éclore, grandir, verdir le monde — c'est tout sauf un tableau de morts qui n'ont rien fait d'autre que de se marier et d'enfanter, siècle après siècle, jusqu'à ce qu'on arrive : à moi.

Moi porte de Versailles. Accréditation. Le dossier de presse du Salon, rempli de pochettes cartons, de codes-barres à flasher pour un grand voyage virtuel, de clés USB immensément vides passé le dossier de seize pages en PDF. La moquette rouge vif jetable : il m'est arrivé cela une fois, d'être là entre deux Salons, quand cette grande halle n'est qu'un immense sol en béton, qu'un hangar vide, sans lumières commerciales, sans cloisons chatoyantes, sans stands affriolants, il m'est arrivé de voir notre monde réel quand il n'est pas en représentation consumériste : comme il est triste. Comme c'est triste, le soir quand les lumières s'éteignent ; quand les acteurs de notre illusion capitaliste enlèvent leurs costumes, quand tout le monde abandonne cette grande scène où ne s'invente rien d'autre qu'une croyance bâtarde, une croyance qui ne tient que tant qu'elle est alimentée en électricité, en pétrole, en regards avides aussi ; il suffirait d'un rien, une pichenette, pour que tout s'effondre, que plus personne n'accepte de croire encore à cette illusion, les hypermarchés fermeraient, les prospectus publicitaires ne garniraient plus que les fonds des cagettes dans lesquelles on déposerait les œufs de nos poules, les affiches criardes n'attireraient plus nos regards qui pourraient à nouveau se porter sur le monde. Cela fait bien longtemps que j'ai l'habitude de débrancher ce cerveau-là, celui qui me dit cela, celui qui est toujours en révolte, pour n'échanger qu'avec l'autre, celui qui travaille à produire de la pige proportionnée, celui qui emmène ma vieille carcasse quadragénaire désabusée dans les allées du Salon Généalogies et nouvelles technologies et qui me fera écrire les 6 000 signes prévus.

Il y a de l'appli inédite ici.
Celle qui, dans un mariage, permet de cliquer sur tous les membres de la famille présents afin d'afficher, en temps réel, un arbre à jour sur une tablette avec tous ceux qui sont là — ensuite bien sûr photos avec tag et horodatage permettant de construire une animation 3D : personnes, temps, localisations (l'appli a la grande gentillesse de proposer d'ajouter les amis de la famille à la fête, joie il n'y aura pas seulement cousines, tontons, papys).
Celle qui connecte les divers inscrits à des réseaux sociaux à leurs arbres : la démo, présentée par une vidéo sur le stand, est proprement effrayante, d'un humain qui poste un message sur F. on déplie l'ensemble de l'entourage familial, faisant apparaître, comme chacun sait, que en moyenne 28 % des membres de votre propre famille ont un compte sur le réseau social en f- (beaucoup plus en réalité dans nos sociétés suréquipées) ; alors on clique encore, et encore, sérendipité appliquée à la cousinade, c'est écœurant.
Celle qui (évidemment) est associée à un test ADN et vous fait apparaître (comme dans un jeu télévisé, avec effet de compte à rebours et rebondissements musicaux) des demi-frères à l'autre bout du monde.

Celle qui va chercher dans le patrimoine numérisé du monde toutes les occurrences de vos aïeux, grand-papy dans Gallica, le magasin de Mamyvonne dans le Bottin 1957, et qui commande automatiquement pour vous les actes de naissance et de décès, les numérise, et intègre tout ça dans le *cloud* où votre arbre généalogique croît, dopé aux engrais numériques.
Celle qui (un peu d'insolence ne peut nuire) vous propose de construire des anti-arbres généalogiques croisant Donald Trump avec Margaret Thatcher pour voir la gueule et le destin funeste de leurs enfants putatifs.
Celle qui permet un jeu géolocalisé entre cousins du monde entier.
Celle qui vous fait remonter vingt générations en arrière pour montrer à vos enfants comment vos ancêtres vivaient au Moyen Âge.
Celle qui.
Celle qui.
J'ai une forme de nausée. Pourtant d'habitude je sais contenir mes émotions dans ce genre de contexte promotionnel, je me souviens m'en être sorti la tête haute lors du lancement de la version 6 du téléphone en i- (de façon assez paradoxale, l'alcool ingéré durant ce genre de soirée me permet de garder mon estomac bien accroché, puisqu'il dilue chez moi la colère) — là ce n'est pas spécialement le numérique qui m'abat (qui a pris le contrôle de notre monde, cela fait deux décennies au moins que je documente cette victoire) mais plutôt les généalogies.
Je déteste les généalogies. Je déteste les familles. Je déteste la famille. Pas spécialement la mienne : la notion de famille. Ce concept vichyste comme lieu rassurant, lieu nécessaire, lieu de référence — quel écrivain aujourd'hui oserait dire *famille je vous hais*? pourquoi est-ce impossible de le dire maintenant alors que c'était permis avant? Il y a quelque chose qui m'échappe, notre époque a assumé de regarder en face, et de tenter de corriger, tant bien que mal, la domination blanche masculine hétérosexuelle sur le monde ; mais contre la domination familiale personne ne s'est levé, aujourd'hui on va à la Gay Pride avec papa maman, on se réconcilie avec son père dont on avait dit trop de mal dans un précédent

livre, on loue sa maman en huit cents pages mielleuses, et surtout, surtout, on partage sa vie, par clics infinis, avec ses parents frères sœurs cousins oncles, un grand tout dans lequel il n'est plus possible d'avoir des relations personnalisées, intimes, intenses, un simple groupe W. qui connecte tout le monde à tout le monde, on s'adore on est une famille c'est trop cool : Folcoche où es-tu passée ? Les parents dysfonctionnent on les pardonne. La fratrie déconne on la cajole. Les cousins délirent on les bichonne. Toute famille devient lieu d'amour obligatoire, le sang vaut proximité, le patrimoine n'est plus culturel ou intellectuel, il n'est plus qu'hérédité.
Et dans l'autre sens : même les textes critiques, les documentaires haineux, les règlements de comptes numériques, même eux se font contre papa ou grand frère, comme si même des ennemis on ne pouvait pas en trouver en dehors de sa famille — drôle de retour en arrière vers une cellule qu'il n'y a pas si longtemps tout le monde acceptait de pouvoir laisser derrière soi pour s'ouvrir à un monde entier fait d'autres personnes, d'autres univers, d'autres ADN que ceux qui sont si conformes aux nôtres.

Et dans les allées de ce Salon maudit où je n'aurais jamais dû accepter de venir, brutalement (ce n'est pas un effet de style, c'est ainsi que cela s'est produit, comme un coup dans le ventre, comme une nuit brusque tombant soudain sur ma pensée) : mais toi Adrien n'es-tu pas tout simplement en train d'écrire un livre sur ton grand-père ?
Mon Dieu.

17
[1954]

Inventer un objet : l'imaginer, le rêver, le souhaiter surtout, ressentir qu'il est nécessaire, qu'il manque et que ce manque doit cesser, rapidement cesser, un matin Gabriel s'est réveillé en se disant qu'il voulait filmer depuis le ciel, qu'il voulait pouvoir filmer d'en haut, mais pas comme un avion, comme un oiseau, filmer à hauteur d'oiseau, et surtout, surtout, filmer lentement, majestueusement, l'oiseau serein et observateur, l'oiseau travelling : oiseau-travelling, c'est le nom qu'il a donné à cette invention, en utilisant le mot *travelling* qui est plus récent que le concept qu'il désigne, dès 1896 un opérateur des frères Lumière avait filmé en faisant bouger sa caméra latéralement, et le mot *travelling* n'a fait son apparition dans la langue française que dans les années 1920 (c'est un pseudo-anglicisme, en anglais on dit *tracking shot*), oiseau-travelling c'est le nom de l'idée de Gabriel avant que l'invention n'existe encore, dans son atelier il y travaille tous les jours, le petit Michel vient s'installer à côté de lui, avec ses soldats de plomb et son petit train métallique à moteur électrique (Michel, ce petit garçon de quatre ans, mignon et joufflu, joyeux et serein, aura une vie, une vie simple, banale, il deviendra cadre, ingénieur pour de grandes sociétés internationales, dans le domaine des métaux, des constructions métalliques, se mariera en 1973 avec France, une jeune professeure d'anglais, calme et rigoureuse, en 1975 ils auront un fils appelé Adrien, entre 1983 et 1986 Michel sera expatrié dans une île des Caraïbes, puis retour en région parisienne, il s'installera avec sa femme près de Nice en 1995, prendra sa retraite en 2012, restera vivre dans le sud de la France, homme solide, homme quelconque, sans passion aucune mais intéressé sagement par la vie, l'actualité, les arts dominants, un peu de sport mais pas trop, grillades et rosé avec des amis qui

partagent la même conception de ce que peut être, et ne pas être, l'existence, vote centriste et inquiétudes au moment du PACS, lâcher-prise avec le mariage pour tous, joie en 1998 puis en 2018 quand la France gagne la Coupe du monde de foot ; et puis Michel un jour de la fin des années 2010 dira à son fils écrivain *tu devrais écrire sur papy c'est quand même un sacré sujet de roman* et s'il n'avait pas dit cette phrase aurait-il trouvé seulement une fois une place dans un livre ?) ; Gabriel a vite renoncé à sa première idée, une caméra sous un avion tournant au ralenti, il avait pensé aller à l'aérodrome de Chavenay, juste à côté de la maison, s'associer avec un aviateur amateur, mais un avion ce n'est pas un oiseau, c'est trop bruyant, trop peu maniable, alors Gabriel a changé entièrement d'idée, ce qui est beau avec une idée c'est sa plasticité, sa capacité à être malléable, à se retourner, à perdre tous ses atours pour n'être plus qu'une structure fine, qu'on va habiller à nouveau, entièrement différente, l'oiseau-travelling ira lentement pour de vrai : un ballon à l'hélium. Un oiseau-travelling ballon dirigeable.
C'est un nouveau monde que doit découvrir Gabriel, le gaz hélium, l'enveloppe, la structure du ballon, et très vite il comprend que c'était bien cela qu'il cherchait — à Lila à qui il raconte tous les soirs ses avancées, et elle aime l'écouter fanfaronner un soir, se désespérer le lendemain, à Lila un soir il dit que c'est vraiment un oiseau qu'il est en train de reproduire, la majesté calme d'un grand oiseau : un oiseau avec une Arriflex 16 mm. Un oiseau mécanique. Gabriel ne sait pas, ne peut pas savoir, qu'une soixantaine d'années plus tard ce sera d'une telle simplicité d'avoir un faux-bourdon mécanique et un téléphone dit intelligent, un drone et un smartphone, et n'importe qui pourra filmer du ciel, filmer médiocrement le monde et se persuader d'être artiste parce que le mouvement est intensément fluide.

L'oiseau-travelling Gabriel va l'essayer dans son jardin : comme il n'a pas le droit de filmer Michloukov il demande à Lila de l'aider, mais il lui demande de manœuvrer l'oiseau-travelling, que ce soit elle qui filme, qui le filme lui donc, pas par narcissisme, mais parce qu'il veut regarder comment elle fait, comment quelqu'un qui n'a

pas conçu l'objet va s'en servir, comment il pourra être pris en main par des opérateurs professionnels quand ce ne sera plus un prototype — et tout à coup, alors qu'ils sont dans le jardin, dans le long jardin qui descend, où il est possible de marcher près de deux minutes d'affilée en ligne droite, tout à coup, comme toujours les évidences n'arrivent que trop tard, quand il est trop tard pour les masquer, les gommer, les empêcher de se révéler, tout à coup il perçoit que cette caméra qui flotte dans les airs et qui le filme dans un lent travelling, c'est sa sœur Hélène qui le regarde d'en haut et reprend son expérience de 1913. L'expérience du travelling commencée il y a quarante et un ans. Gabriel a quarante-six ans pourtant, ce n'est plus un enfant ; et Hélène aurait cinquante et un ans, est-ce qu'on joue à filmer son petit frère quand on a cinquante et un ans ?
Le soir, quand Michgroumak est couché Gabriel en parle à Lila — évidemment qu'elle y a pensé aussi, évidemment, et elle ajoute comme elle sait faire pour l'apaiser, comme elle sait si bien faire depuis qu'ils se sont rencontrés, à chaque fois qu'il a besoin de parler de sa sœur : tu sais c'était bien qu'elle soit là avec nous ; c'était bien qu'on puisse partager ce moment tous les trois, pour moi c'est au moins cela, pour moi qui ne l'ai pas connue. Et Gabriel se serre contre sa femme et il s'apaise : grâce à elle.

L'oiseau-travelling aura une vie particulière : Gabriel propose à des amis opérateurs de le tester, ils sont un petit groupe informel qui se rencontrent régulièrement, la plupart membres du Syndicat des techniciens de la production cinématographique, mais pas tous, pas Gabriel, Gabriel est l'ancien de la bande, parmi eux il y a Pierre Schoendoerffer, un opérateur de vingt-six ans qui travaille pour le Service cinématographique des armées, et qui repart en Indochine, à Diên Biên Phu, filmer les combats, filmer ce qui va devenir la défaite française : c'est avec l'oiseau-travelling de Gabriel qu'il tourne les images qui vont faire le tour du monde, les Français acculés, l'étau qui se resserre, la chute — Gabriel n'aurait jamais pu imaginer ça, quand il travaillait avec son petit bambin à ses côtés, quand un des premiers essais qu'il avait faits c'était sur

le tas de sable dans le jardin où Michglobux avait laissé ses petits soldats bien campés, le ballon à l'hélium qui flottait au-dessus et qui faisait lentement le tour de la colline, flanc ouest, ils sont à découvert, ça canarde, ça explose, les hommes tombent, les corps déchiquetés, et l'oiseau-travelling qui passe majestueusement au-dessus de ces cadavres de soldats qui ne sont plus de plomb, ces jeunes Indochinois qui veulent leur indépendance et ces jeunes Français qui n'ont pas demandé grand-chose.
Ce n'est plus l'oiseau-travelling, c'est l'oiseau-mort, c'est le vautour qui observe les cadavres avant de s'en repaître, le vautour qui porte le joli nom de journalisme.

R
[L'Étang-la-Ville / Mexico / Un site fantôme]

Cher Albert,

J'ai repensé à notre discussion [lui dire que, c'est vrai, ce n'était pas une véritable discussion, que c'était un monologue de sa part mais que ce monologue m'a nourri, qu'il faut parfois préférer à l'équilibre du temps de parole la puissance d'une pensée unique] et à ce dont tu m'as parlé, l'image sans filtre, sans trucage, sans montage — en fait, j'y ai pensé non pas tout seul mais parce que, par hasard, j'ai découvert quelque chose qui pourrait t'intéresser ; du moins peut-être que le récit que je vais t'en faire saura t'intéresser. J'espère. Voilà : je travaille ces temps-ci [ajouter ou non que je n'ai pas réussi à lui en parler, que ça ne m'a pas semblé assez intéressant pour en faire un sujet de conversation l'autre soir] sur un projet de livre autour de la figure de mon grand-père Gabriel, qui a travaillé dans le cinéma, essentiellement documentaire, et qui possède une importante collection de films. Sur beaucoup de supports. Les trois types de supports, en réalité, même s'il y a des variantes : le support film (la pellicule, différents formats, je te passe les détails, du 8 mm au 35 mm, en passant par le 28 mm des toutes premières caméras amateur de Pathé, la Kok et le 9,5 mm de la Pathé-Baby) ; le support vidéo analogique (essentiellement des cassettes VHS, mais il avait également un lecteur de V2000 — le concurrent du format VHS, au tout début des années 1980 — et un Bétamax, équipement professionnel ; et aussi du HI-8, les petites cassettes vidéo développées par S. à la fin des années 1980 pour les premières caméras miniaturisées) ; le numérique, mais là il y a aussi ma collection, des DVD, et quelques Laser-Disc de mon grand-père, encore un support concurrent qui n'a pas réussi à exister, de la taille d'un vinyle mais

avec l'effet laser, ils sont agréables à prendre en main, lourds et épais, mais je n'ai plus de lecteur — mais ce dont je voulais te parler, c'est une cassette vidéo : une bonne vieille VHS. J'aime bien ces gros rectangles de plastique noir, avec le système de protection de la bande qu'on peut soulever en appuyant sur un petit bitoniau, et les deux grosses roues intérieures blanches qui vont permettre à la bande de se dérouler, j'aime bien ces objets qui semblent être la trace d'un passé lointain alors qu'ils ont exactement mon âge.
Sur l'étiquette il y a écrit, de la main de mon grand-père (enfin je pense), d'abord en espagnol : «*27 minutos 20 segundos en 13 Juegos Mecánicos de Chapultepec*», puis, en français : «27 minutes 20 secondes pour 13 Jeux Mécaniques de Chapultepec», mention suivie cette fois d'une année, 1965.
Je te le dis tout de suite, pour que tu ne sois pas déçu : je ne sais pas qui a fait ce film. C'est sans doute une copie de travail, en tout cas il n'y a aucun générique, ni au début, ni à la fin. Je ne sais pas non plus pourquoi ce film de 1965 se retrouve sur une cassette vidéo manifestement des années 1990.
Chapultepec, c'est facile à trouver, c'est le nom du grand parc à Mexico. Les *Juegos Mecánicos* c'est le nom d'un parc d'attractions (aujourd'hui à Mexico il s'appelle Feria, pour «Foire» ou «Fête») ; tout ça je l'ai trouvé sur internet.
Je ne pense pas que ce soit mon grand-père qui ait tourné le film, c'est possible parce qu'il a vécu au Mexique, mais c'était plus tôt, à la fin des années 1940, et selon moi il n'y est jamais retourné ensuite, mais je n'en suis pas sûr totalement, je ne peux pas te l'affirmer. En tout cas, je pense que le film date *effectivement* de 1965 : d'abord ça se voit sur les images, et les couleurs ont cette teinte particulière du 8 ou du 16 mm de l'époque, ensuite j'ai vérifié, la Feria de Chapultepec a ouvert en 1964 (onze ans avant ma naissance) donc ça semble concorder.
Je vais essayer de te raconter le film.
La bande-son est d'un seul tenant, la bande image est resynchronisée dessus, ce qui veut dire qu'il y a eu un montage, mais seulement en recollant le son sur les bobines mises bout à bout, en tenant compte des moments sans images dus aux changements de

bobine : c'est le principe du film. Ce que j'ai compris c'est que la personne qui filme enregistre le son par ailleurs, et n'arrête jamais l'enregistrement sonore.
Il y a d'ailleurs une erreur de temps dans le titre, parce que le film est composé de dix bobines de deux minutes quarante-quatre secondes, ce qui fait bien vingt-sept minutes et vingt secondes, sauf qu'en fait le film dure plus longtemps, puisque le son continue pendant les changements de bobine, sur fond noir. En tout il fait un peu plus de trente-cinq minutes.
Le texte est dit en français. Une voix masculine, sans doute un homme d'une trentaine d'années. Ce n'est pas la voix de mon grand-père. En arrière-fond on entend souvent des gens qui parlent en espagnol mais je n'ai pas compris alors je ne t'en parle pas.
Au début l'image est noire. On entend des bruits de la Feria, des voix qui passent et s'éloignent. Et très vite la voix en français explique que c'est plus honnête de commencer sans avoir de bobine et que maintenant il installe sa première bobine.
Et, donc au bout d'un peu moins d'une minute : images. La Feria, je te passe la description de ce qui se voit, c'est un documentaire assez classique, typique de ce qu'on appelait le cinéma-vérité à l'époque, ou cinéma direct, on laisse tourner la caméra et on avance, il y a tous ces exemples connus, Richard Leacock ou Wiseman, Rouch évidemment en France, Depardon qui viendra un peu plus tard, on est dans cette généalogie-là, même si le sujet semble assez mince, un parc d'attractions assez banal, sans personnage particulier. Je me suis même demandé si ce n'étaient pas des *rushes* pour une bande publicitaire, mais dans ce cas-là pourquoi ce serait un Français qui filmerait ? Et pourquoi il parle ?
Au bout de deux minutes quarante-quatre, noir de nouveau, la bobine est terminée, et là, Albert tu vas enfin comprendre pourquoi je t'en parle, là le commentaire explicite son procédé, l'homme dit qu'il va changer de bobine à chaque fois que ce sera nécessaire, qu'il ne va jamais s'arrêter, qu'il laissera du noir quand il change de bobine et que comme ça la seule temporalité de son film c'est le présent en temps réel, sans trucages ni artifices de montage, je retranscris à peu près ce qu'il explique.

Le film en tant que tel n'est pas très intéressant, en fait pour être plus juste je peux dire que je suis touché évidemment par ce que je vois, ce pays que je ne connais pas mais qui est celui où mes grands-parents se sont connus et aimés, et voir ces enfants mexicains qui viennent avec leurs parents à la foire, et qui ont à peu près l'âge de mon père, qui aujourd'hui doivent comme lui avoir dans les soixante-dix ans, me touche ; mais en dehors de ce double exotisme, dans le temps et dans l'espace, ça ne me paraît pas très passionnant, pas très riche je veux dire d'un point de vue cinématographique. Mais voilà Albert. Voilà pour te dire qu'en 1965 déjà quelqu'un se posait la question du film en temps réel, avant que la vidéo ne le permette. C'est ça dont je voulais te parler. Mon grand-père est mort et je ne peux lui poser aucune question sur ce film. Quand je tape le titre sur le moteur de recherches en g- rien ne sort, mille choses viennent sur la Feria de Chapultepec mais aucun film documentaire en temps réel de 1965. C'est un film fantôme, que personne ne semble avoir vu ; personne sauf moi.

J'ai relu cette longue lettre. Et puis j'ai enregistré mon message en «brouillon». Je ne savais pas si ça pouvait vraiment intéresser Albert, ce film fantôme.
À l'occasion, il faudrait lui en parler.

J'allais éteindre mon ordinateur, me coucher. Mais je n'ai pas pu m'empêcher d'écrire «film fantôme» toujours sur le moteur de recherche en g-. Deux clics plus tard j'arrivais à la Cinémathèque des films fantômes — un projet qui avait tout pour me plaire :

> Nous avons ouvert, en un lieu gardé secret (un «lieu fantôme»), une Cinémathèque dédiée aux films fantômes, ainsi définis : les films qu'il n'est pas possible de voir, alors que, pourtant, ils ont été réalisés. Ils existent, mais on ne peut pas les voir, ils sont là sans être là. Rien à voir, donc, avec une fameuse anthologie des films invisibles (des projets de films qui n'ont jamais été tournés), rien à voir

non plus avec un travail de restauration de copies abîmées ou lacunaires (ainsi *Queen Kelly* d'Erich Von Stroheim, multidiffusé en salles depuis quatre-vingt-dix ans, ce qui semble un peu contradictoire pour un film dit disparu). Il s'agit de documenter les films fantômes : les rendre le plus présents possible *dans leur virtualité*. D'où l'avantage de ce site internet, qui vous permet de découvrir cette virtualité à distance. Accéder virtuellement à cette virtualité.
Il arrive que certains des films de notre collection finissent par être *diffusés* : ils quittent alors nos archives pour aller nourrir les salles du monde entier, puis être rangés dans les Cinémathèques *des films*. Des *véritables* films. C'est arrivé récemment avec *The Other Side of the Wind*, d'Orson Welles, que nous avions la chance d'avoir en rayon depuis 1985, et qui, acheté par la société N. a été finalement rendu public en 2018 — et a donc quitté, définitivement, notre collection. Pareille mésaventure nous était arrivée en 1994 (notre collection existait avant d'être recensée sur ce site web) pour le film en 16 mm couleur tourné par George Stevens en 1944-45 et oublié dans son grenier : son fils, George Junior, en a proposé à la télévision américaine un montage intitulé *George Stevens : D-Day to Berlin* (1994). Pour rester dans la même thématique, le documentaire américain *Hitler, le règne de la terreur* (1934), tout premier film critique contre Hitler, un an après son accession au pouvoir, film que nous étions fiers de posséder dans notre collection, a malheureusement dû la quitter lors de la redécouverte en 2013 d'une bobine le contenant en entier dans les archives de la Cinémathèque royale de Belgique.

Vous trouverez ci-dessous les titres de la sélection hebdomadaire proposée par nos équipes. Nous vous recommandons d'aller plus loin, en vous promenant au sein de l'ensemble de nos rayons, afin de découvrir la richesse de notre patrimoine fantôme.

LES FILMS MIS EN AVANT CETTE SEMAINE

La Venera nera (*La Vénus noire*, 1921), réal. Blaise Cendrars. Tourné et diffusé en Italie (il existe des critiques dans la presse cinématographique italienne de l'époque), aucune copie n'a semble-t-il été montrée en France. Disparu.

La Voyante (1924), réal. Leon Abrams. C'est le dernier film dans lequel a joué Sarah Bernhardt — elle est morte pendant le tournage, et des scènes additionnelles ont été tournées avec Jeanne Brindeau ; le film est sorti le 30 octobre 1924 ; on n'en connaît plus aucune copie. Disparu.

Tempête sur La Sarraz (1929), réal. S.M. Eisenstein. Tourné en quelques jours par Eisenstein dans un château en Suisse où il avait été invité, en compagnie d'autres artistes, par une riche mécène. Le film a été emmené au Japon où il a reçu un visa d'exploitation (E7612). Disparu.

La Mort de Charlotte Corday (1950), réal. Pablo Picasso et Frédéric Rossif. Henri Langlois avait confié une caméra à plusieurs artistes pour qu'ils tournent un film ; Picasso a tourné le sien dans l'atelier de Vallauris, en utilisant des céramiques et une femme peinte ; le film aurait été montré au Festival d'Antibes en 1951 ; il n'en subsiste que quelques photographies faites sur le tournage. Disparu.

Mésaventure et décomposition de la Compagnie de la Danse de Mort (1971), réal. Jean-Pierre Bastid. Également titré *Les Petits Enfants d'Attila*. Il s'agit d'un film tiré du premier scénario de l'écrivain Jean-Patrick Manchette, lequel l'a renié : « Le mauvais résultat ne fut jamais diffusé nulle part, et c'est tant mieux. » Probablement non disparu mais jamais sorti en salles (une copie semble exister dans les archives du réalisateur).

Sans titre connu (collection « Live ») (1989 ou 1990), réal. Jean-Luc Godard. En 1989, Philippe Grandrieux a initié pour La Sept une collection de documentaires tournés en temps réel avec une caméra vidéo. Jean-Luc Godard en a réalisé un, autour de la petite-fille de sa compagne

Anne-Marie Miéville ; dans une lettre à Freddy Buache, il évoque ce film en précisant qu'il refuse qu'il soit montré. Probablement non disparu (mais interdit de diffusion par son auteur).

LES AUTRES FILMS FANTÔMES
(Tous les liens blancs sont cliquables.)

Plus tard dans la nuit je rêve de liens blancs sur fond blanc, j'essaie d'amener le marqueur de ma souris dessus — je n'arrive jamais à les atteindre.

18

[1961]

Michouska, Michlouberg, Michtravius, Michkarou, Michelito : va avoir onze ans, il est temps pour ses parents d'arrêter de l'appeler comme ça, il est temps d'accepter de dire simplement Michel – mais continuer quand même, pour Lila : mon chéri ; et pour Gabriel : mon grand.
Mon grand garçon. Mon grand garçon qui va avoir onze ans. Mon grand garçon qui n'a pas encore onze ans. Mon grand garçon sauras-tu avoir onze ans, sauras-tu passer ce cap fatidique des onze ans ? Mon enfant seras-tu plus fort que la mort ?

Un soir Gabriel parle à Lila ; il lui dit que c'est trop dur, pour lui, de n'avoir jamais filmé Michel, de n'avoir jamais pu le filmer, de n'avoir jamais fait avec son fils ce qu'il fait dans la vie, ce qu'il aime faire, ce qu'il sait faire : filmer. Regarder par un viseur, impressionner une pellicule. Garder une trace. Lila lui dit et les photos, mon homme, et les photos qu'on a de lui, de ses âges différents, à un an ce bébé rond, à trois ans ce petit bonhomme debout sur ses pattes, à cinq ans son air sérieux d'écolier, à huit ans son air gredin de pirate déguisé, à dix ans son air de garçon qui bascule dans un monde plus complexe, plus riche que celui de la petite enfance,
oui
Lila
mais
j'aimerais
le
filmer.
Et ce soir Lila dit oui. Elle dit d'accord. D'accord mais juste une fois, et tu promets que tu ne lui montreras jamais, que ces images

tu ne les montreras à personne — dans l'idéal tu ne les regarderas même pas, tu garderas cette bobine comme un objet qui te rassure mais que tu laisses de côté, un objet qui est là *au cas où il arriverait quelque chose* : et il n'arrivera rien.
Il n'arrivera rien demande Gabriel, comment peux-tu le savoir à l'avance ?
Et Lila répond doucement qu'il faut penser comme ça, raisonner comme ça, construire la vie, comme ils l'ont fait jusqu'à présent, construire avec l'idée qu'il n'arrivera rien — car s'il n'arrive rien, alors la vie se sera déroulée normalement ; et si de toute façon il devait arriver quelque chose, on n'y est jamais préparés. On ne peut jamais s'y préparer. On ne peut jamais rien faire contre. Il n'y a rien à faire contre. Il n'y a pas d'arme. Pas d'antidote à la douleur : s'il arrive quelque chose. Donc autant parier qu'il n'arrivera rien. C'est une sorte de pari pascalien, c'est tout.
Et Gabriel dit d'accord — et c'est un double accord, d'accord pour filmer quelque chose qui ne sera pas montré, et d'accord pour passer ce cap-là, celui des onze ans de son fils, comme il a passé les caps précédents, comme il passera les caps suivants : en croyant à la vie. À l'avenir.

Filmer oui, mais filmer où ? Évidemment pas dans le couloir, pourquoi pas dans le jardin, dans l'immense jardin, ressortir l'oiseau-travelling et filmer Michel comme si c'était Hélène qui le regardait de là-haut ?
Non.
Ou alors filmer Michel dans l'atelier, le filmer avec des trucages à l'ancienne, le faire devenir réel à partir d'une image projetée, comme s'il rejouait le rôle de la jeune Fernande Albany dans *Photographie électrique à distance*, le film de Méliès de 1908 ?
Non plus.
Ce n'est pas si facile, de trouver un lieu : idéal. Un lieu pour un moment unique. Pour un moment qui ne se répétera pas. Un moment idéal, quelques minutes mon fils devant ma caméra.
Alors Gabriel décide qu'il ne va pas décider, qu'il va filmer une journée, une seule journée, une journée par morceaux, une journée

de son fils Michel : sans aucune pudeur, sans attention à ce que ça pourrait provoquer chez son fils (mais c'est une fois unique), il entre dans sa chambre le matin et il le réveille avec sa Keystone A-9 à la main, il a repris sa caméra de 1950, sa caméra qui va, elle aussi, avoir onze ans.
L'air ahuri de son fils mais papa pourquoi tu me filmes ?
Comme ça.
Puis le petit déjeuner, mais papa c'est bizarre pourquoi tu me filmes encore ?
Je te filme comme ça il n'y a pas de raison particulière.
Et Michel part à l'école et Gabriel le filme qui ouvre la porte en bois et sort dans la rue, Michel va à l'école tout seul, c'est à trois rues.
Et Michel revient déjeuner et Gabriel l'attend caméra à la main.
Mais papa t'exagères.
Ne t'inquiète pas mon fils, prends ton déjeuner.
Et Lila non plus ne dit rien. C'est juste une fois. Rien qu'une seule fois.
Et Michel le soir qui fait ses devoirs, c'est déjà la neuvième bobine.
Et il va prendre sa douche, non papa là tu me laisses tranquille.
Mais après Michel en pyjama, son adorable pyjama à rayures et le bruit du ressort de la Keystone A-9.
Et le dîner mais papa tu ne manges même pas, t'es fou !
Et Michel va se coucher, et Gabriel le filme, dans son lit, Lila éteint la lumière, ils sortent tous les deux dans le couloir, ils redescendent l'escalier et Lila demande tu es content ?
Je ne sais pas. Ma chérie je ne sais pas si je suis content. Mais je sais que je devais le faire. Il fallait que je le fasse. Plutôt : je ne pouvais pas ne pas le faire.
Maintenant je l'ai fait.
C'est fait.
Voilà.
C'est fini. J'arrête. Je ne le filmerai plus.
Et il va dans son atelier, il développe les douze bobines qu'il a prises, il les colle bout à bout pour n'en faire qu'une seule, une seule bobine de presque trente minutes qu'il installe dans une boîte métallique ronde comme il en a tant, sur cette boîte il colle

une étiquette, une étiquette qui dit simplement *Michel onze ans 1961* et c'est tout : jamais il ne la regardera. Toujours il respectera cette promesse à Lila, même après son départ à elle, même quand il sera extrêmement vieux, jamais il ne regardera cette bobine avec son fils ; il verra son fils devenir un quinquagénaire banal sans jamais avoir revu son fils de onze ans son air grave joyeux un peu inquiet, son air d'enfant confiant dans la vie, qui ne sait pas, qui n'a pas de raison de savoir que la vie peut s'arrêter, d'un seul coup, là, maintenant — elle ne s'arrêtera pas ; elle finira par s'arrêter un jour, mais alors ce sera dans *l'ordre naturel des choses*.

S
[De Saint-Lazare à L'Étang-la-Ville]

Et puis soudain, dans le train de retour vers L'Étang-la-Ville, dans ce train de la grande banlieue friquée et morose, dans ce train de la fin d'après-midi (mais ce serait la même chose à n'importe quelle heure, et dans n'importe quel train allant dans n'importe quelle banlieue), j'observe les personnes autour de moi et elles sont toutes, je dis toutes, concentrées sur leur téléphone portable. Et soudain donc. Soudain je parle d'une voix forte et je dis vos téléphones vont être confisqués.

Leurs regards. Inquiets, effrayés, étonnés, énervés. Et je continue vos téléphones sont confisqués je vais vous demander de les déposer dans ce sac, j'ai un sac, ou un panier, un sac solide et souple, il est là dans mes mains, je le tends à une dame sérieuse et à un jeune au crâne rasé et à un couple de trentenaires, tous ils me donnent leur téléphone, ils baissent les yeux d'un air malheureux, ils pleurent je vois leurs larmes, au fond du wagon un ado récalcitrant je suis obligé de hausser la voix j'ai dit tout le monde jeune homme vous êtes concerné vous aussi.

Mon sac déborde, comme si j'étais un Crésus technofan je regarde ces objets si modernes, si neufs, étincelants de contemporanéité, de technologie, de puissance logicielle, de processeurs surgonflés, ces objets si morts, si mornes, ces objets dont personne ne peut se passer, et maintenant c'est moi, c'est moi qui pleure, des larmes coulent doucement sur mes joues, et la voix artificielle du train dit prochain arrêt L'Étang-la-Ville, j'ouvre les yeux, je me réveille dans ce wagon de train de grande banlieue friquée et morose, autour de moi toutes les personnes, je dis bien toutes, sont concentrées sur leur téléphone. J'ébroue ma cervelle, je prends ma petite sacoche de journaliste, je descends.

En arrivant à la maison, en glissant la grande clé, la lourde clé, le métal épais dans la serrure rouillée de la petite porte en bois qui donne sur la rue, en accrochant la clé au crochet à côté de l'interrupteur de l'entrée, je décide que je n'écrirai pas aujourd'hui, j'ai une dispense, ma journée a été trop pénible, trop de rendez-vous inutiles avec des individus se persuadant de l'importance de ce qu'ils font, je suis usé, par cette journée, mais allégé, par cette décision, pas besoin d'écrire ce soir, pas la peine de produire les quelques milliers de signes de roman que je m'impose tous les jours, non ce soir je vais me mettre devant ma télé, regarder un documentaire politique en *replay* sur La Chaîne parlementaire, les voitures de la famille Pompidou ou les labradors de Mitterrand ou les appareils auditifs de Chirac, je ne ferai pas le difficile, je prendrai ce qui vient.

Je repense à mon rêve. Je pense à tous ces objets sur lesquels j'ai produit peut-être deux millions et demi, trois millions de signes (là où mes romans, cumulés, doivent arriver tout juste à 900 000 signes) depuis plus de vingt ans. Vingt ans que je donne de la viande au tigre. Le tigre qui fait office de système d'exploitation sur mon ordinateur. C'est moi qui nourris la bête : la bête technologique. Je l'engraisse. Je l'engrosse.
J'enfante ma propre mort.

Je vais enfiler mon armure de coton, finir de me battre contre les monstres ouatés qui m'entourent, les dépressions atmosphériques de mes rêves glorieux de romans réussis brisés sur les éclairs réunis de milliards d'écrans quatre pouces. C'est moi, et moi seul, qui suis responsable.
Mon armure de coton : ce soir sera le drap dans lequel je vais me coucher, si las — à quoi bon continuer à écrire que je n'ai pas envie d'écrire ?

19
[1963]

Gabriel filme une caméra. Avec une caméra qui tourne en cinémascope couleurs, il filme une caméra qui tourne en cinémascope couleurs. Il filme un film. Il filme Raoul Coutard qui filme.

Raoul Coutard, photographe de guerre en Indochine en 1954, y a connu Pierre Schoendoerffer, qui l'a ensuite embauché comme chef opérateur sur ses films ; il est entré en 1958 au Syndicat des techniciens de la production cinématographique où Gabriel l'a rencontré ; il est très vite devenu le chef opérateur fétiche de la Nouvelle Vague, jonglant de Godard à Truffaut, Demy, Kast, Rouch — et le 21 avril 1963 il a envoyé un télégramme à Gabriel, à L'Étang-la-Ville, *Suis à Cinecittà sur le tournage du prochain Godard ai besoin pour un plan d'un opérateur supplémentaire pourrais-tu l'être ?* Gabriel était disponible. Il a appelé la production à Rome, il a parlé à Philippe Dussart, le régisseur, qui lui a proposé de prendre le train de nuit le lendemain soir gare de Lyon pour être à Rome le surlendemain, il aura une chambre d'hôtel réservée et il sera attendu sur le plateau n° 6 le jour d'après, aujourd'hui donc, à huit heures pile, Gabriel a retrouvé Raoul Coutard sur le plateau n° 6, un peu avant l'arrivée de Jean-Luc Godard. On tourne le plan d'ouverture du *Mépris*.

Le principe est simple. Gabriel est installé derrière une caméra fixe, face à un très long rail de travelling. De l'autre côté, au loin, Raoul Coutard, sur le chariot du travelling, filme Giorgia Moll qui marche en lisant un scénario — mais c'est une illusion, on ne verra jamais ces images dans *Le Mépris*. Un homme, chemisette blanche à manches courtes et pantalon blanc, pousse le chariot.

Un perchman, casquette et veste écrue sur pantalon noir, prend le son de l'actrice — mais c'est encore une illusion, on n'entendra jamais ce son. Un troisième homme, chemise bleue et pantalon de toile grise, déroule les câbles du son et de la caméra au fur et à mesure. Un quatrième homme, avec une chemise de couleur brique, un peu épaisse, pantalon de toile, gris foncé, qui porte une montre au poignet gauche, est derrière la caméra : c'est Raoul Coutard. Il a les cheveux courts, quelques cheveux blancs déjà. Il a trente-neuf ans. Sa main gauche est sur la manivelle qui permet à sa caméra de pivoter latéralement. Sa main droite sur celle qui fait plonger la caméra.
Gabriel, lui, de l'autre côté de l'autre caméra, tourne l'image *qui sera dans le film* : c'est ce qu'a décidé Godard, un générique de film dans le film, Coutard montré en train de filmer comme il filme l'ensemble du *Mépris* — dans la scène suivante, Michel Piccoli arrive, retrouve Georgia Moll, reparcourt avec elle le trajet dans l'autre sens, cette fois c'est bien Coutard qui filme, cette fois il n'y a plus de dispositif brechtien, cette fois le film est commencé (mais il faudra que Godard ajoute entre ces deux moments, pourtant parfaitement logiquement enchaînés, une autre scène, la fameuse scène imposée par les producteurs, la scène avec Brigitte Bardot nue sur le ventre *et mes jambes, tu les aimes mes jambes* — sauf que pour cette scène on n'appellera pas Gabriel à la rescousse, on appellera Alain Levent).
Gabriel a à peine parlé avec Jean-Luc Godard, quelques mots timides, mais ce n'étaient pas ceux de Gabriel, c'est Godard qui est timide, ou peu aimable, ou un peu des deux, mais Coutard a rassuré son aîné, c'est très simple de toute façon, il n'y a rien de spécial à faire, simplement maintenir le cadre à la fin quand je vais pivoter, mais Gabriel ne peut pas s'empêcher d'en faire un peu plus, dès que Coutard est au milieu du trajet du rail il remonte un peu son cadre, et il décale un peu à droite, il *anticipe* la place finale du chariot, pour que le mouvement précède et non pas suive le placement des personnages, rien que de très classique en réalité, pas forcément très Nouvelle Vague mais c'est presque imperceptible, et puis soudain Coutard est à moins d'un mètre, et là Gabriel fait

ce qui lui a été demandé, il remonte son plan et le décale à droite, pour faire sortir du cadre le sol, puis les bâtiments, puis les trois hommes derrière le chariot : il n'y a plus que Raoul Coutard, vu de profil. À partir de ce moment, Godard avait bien insisté là-dessus, la caméra de Gabriel ne doit plus bouger, en aucun cas.
Elle ne bouge plus. Dans le film, c'est à ce moment que la voix qui déclame le générique entame la dernière phrase, *le cinéma, disait André Bazin, substitue à notre regard un monde qui s'accorde à nos désirs*. Coutard prend son verre de contraste, la lentille noire qui permet de regarder vers le soleil pour s'assurer que la caméra ne va pas en croiser l'axe. C'est pour de faux, le ciel est bleu et il sait très bien où est le soleil, il sait très bien que ce mouvement de caméra ne lui fera pas croiser le soleil, et quand bien même il le croiserait il ne filme pas, mais ça lui donne une attitude de chef opérateur, Godard lui a demandé de faire ce geste alors il le fait. Puis il se penche vers la caméra et regarde dans l'œilleton. Dans le film la voix terminera en disant Le Mépris *est l'histoire de ce monde*. Coutard lance la manivelle de rotation latérale, la caméra pivote vite mais suavement jusqu'à se mettre face à celle de Gabriel. Coutard de nouveau regarde dans l'œilleton. Avec l'autre manivelle, il fait descendre sa caméra en plongée vers Gabriel : l'immense cache-soleil, au format du cinémascope donc étrangement large, qui héberge à la fois l'objectif de la caméra et l'œilleton repère de l'opérateur (la Mitchell n'est pas une caméra reflex), descend lentement jusqu'à ce que ces deux yeux de tailles différentes se braquent en contre-plongée sur les deux yeux de tailles différentes de Gabriel en plongée. Entre les deux hommes, entre Raoul Coutard le chef opérateur fétiche de la Nouvelle Vague, et Gabriel, l'opérateur solitaire, il y a deux caméras Mitchell BNC 35 mm — mais une seule tourne, une seule a ses bobines chargées, une seule est en train d'imprimer l'autre sur sa pellicule : et c'est celle de Gabriel.

Le plan aura duré une minute et cinquante secondes. C'est le plan le plus connu jamais tourné par Gabriel, mais c'est aussi un plan anonyme : nulle part Gabriel n'est crédité, le film n'a pas d'autre générique que les quelques mots du début qui disent *les prises de vue sont de Raoul Coutard*, et aucun passionné, pourtant il n'en manque pas pour ce film, n'a jamais cherché à savoir qui avait filmé ce plan. Personne ne l'aurait jamais su, sans doute, d'ailleurs, si un jour de 1992 alors que son petit-fils Adrien lui parlait du *Mépris* qu'il venait de voir au cinéma, au Grand Action, rue des Écoles, Gabriel ne lui avait pas dit tu sais c'est drôle c'est moi qui ai filmé le tout premier plan du film, le générique. Ah bon mais raconte-moi papy. Que veux-tu que je te raconte, c'était un tournage comme un autre, c'est vrai que je n'ai pas souvent travaillé pour des films de fiction dans ma vie mais un tournage de Jean-Luc Godard ça ressemblait à ce que je connaissais, à ce que j'avais fait avant la guerre, c'était presque comme tourner des actualités, c'était très libre, très souple, tu sais on a tourné ça le matin, l'après-midi je les ai regardés tourner le plan miroir, celui où Piccoli et l'Italienne repartent ensemble, et puis je suis rentré en France, je crois que je n'ai même pas été invité à la projection équipe, enfin je n'en suis pas sûr, mais je me souviens que j'étais allé voir le film avec ta grand-mère, à sa sortie, et puis voilà, c'est tout. C'est rien, en fait.

C'est rien, en fait. Cette même année 1963, Gabriel n'a sans doute pas lu, et même s'il l'avait lu, y aurait-il porté une attention extrême, lui qui ne théorise pas, qui ne s'aventure guère à se demander pourquoi et comment il a construit sa vie, son chemin, ses choix, il n'a sans doute pas lu et en tout cas il n'a pas fait attention à la phrase de Jean-Luc Godard dans un entretien aux *Cahiers du cinéma* juste avant le tournage du *Mépris*, une phrase comme une sorte d'annonce du film à venir, qui dit «dans le cinéma comme dans la vie, il n'y a rien de secret, rien à élucider, il n'y a qu'à vivre — et à filmer». Godard ne le connaissait pas alors, ce Gabriel — si tant est qu'on puisse dire qu'il l'a connu après cette demi-journée de tournage, et ces maigres mots échangés.
Il ne le connaissait pas, et pourtant il parlait de lui.

T
[L'atelier, L'Étang-la-Ville]

C'est vieux mais c'est puissant. Vieux mais vivant : modèle 1923, l'année est gravée dessus.
J'ai posé sur la grande table en bois de l'atelier d'un côté mon téléphone portable, un modèle avec trois objectifs vidéo à l'arrière, et de l'autre la Pathé-Baby de mon grand-père, à peine plus grande, nettement plus épaisse. Mon téléphone est tout neuf mais quelque chose ne va pas, ses trois objectifs me regardent comme trois yeux éteints, comme trois portes vers une numérisation possible d'un monde qui a besoin de regarder à *trois* fois pour croire voir. Baiser avec trois femmes en même temps pour se sentir bander. Regarder trois écrans en même temps pour ne pas perdre de temps. Avoir trois comptes en banque. Envoyer le même message sur trois réseaux sociaux différents (et ainsi de suite).
La Pathé-Baby est vieille, mais vivante. Son objectif est une excroissance, un œil convexe qui sort de cette petite machine mécanique, entièrement mécanique, qui fonctionnera toujours, sans fin, jamais obsolète, et son épaisseur me rassure, sa lentille c'est le gage que les rayons lumineux qui arrivent à sa surface vont ensuite être précisément emmenés, couloir parfait de lumière, jusqu'à la pellicule qu'ils vont frapper avec douceur, comme des doigts sur un piano — un peu plus haut, au-dessus de la caméra, il y a un viseur pour l'œil humain, petit carré de métal plat avec un axe vertical qui descend du haut pour indiquer le centre, le point de repère central du cadre à filmer : un repère pour dire qu'il y a la réalité, celle de l'objectif, celle de la vie, et le cadre imaginaire qu'on fabrique autour, qu'on place sur le monde pour le filmer — le téléphone, lui, me montre *directement* sur son écran le monde qui est devant moi, et voudrait me faire croire que c'est la vérité que je vois : ce n'est

pas la vérité parce que je ne la regarde pas, je regarde un écran qui me la montre ; et cela, le cadre externe de la Pathé-Baby a l'élégance de me le rappeler.

J'ai devant moi ces deux objets, qui ont quasiment cent ans de différence, qui font à peu près la même chose (celui de 1923 ne permet pas de téléphoner, mais celui d'aujourd'hui ne sert plus majoritairement à téléphoner de toute façon), et je suis saisi d'un vertige comme ça m'arrivait quand j'étais jeune mais presque plus maintenant que j'ai dépassé les quarante ans : je suis projeté dans une autre époque, je *voyage* dans le temps, touchant cet objet de 1923 je suis transporté en 1923, tout ce qui me lasse dans ce monde qui m'est officiellement contemporain disparaît, je peux voir ce qui est autour de moi comme si j'étais en 1923, comme si j'étais un jeune homme de quinze ans qui part se promener à Paris avec sa Pathé-Baby, pour filmer il ne sait quoi, et je vois ce cimetière du Père-Lachaise, et ce cortège qui accompagne Sarah Bernhardt, et puis je vois la ville de Bressuire en 1931 et le Cirque d'hiver de Paris qui débarque avec ses camions à gros museau joufflu, et je vois le bureau des éditions Gallimard en 1933 avec André Malraux la main sur le front, je vois la Canebière de 1934 et la foule pour le roi de Yougoslavie, je les vois sans autre besoin que de vouloir les voir, ces moments viennent à moi sans que j'aie besoin de les inventer, je suis en eux plus encore qu'ils ne sont en moi, je me laisse porter dans ce passé si facile à composer, je vis une autre vie mais c'est quand même la mienne, c'est comme deux calques qui se superposent, un autre temps et le temps d'aujourd'hui, je suis à la fois hier et aujourd'hui, Gabriel et Adrien, grand-père et petit-fils (sans être père ; ni tellement fils).
Je range avec douceur la caméra dans la remise.

Le soir sur l'écran plat de ma télévision S. de 142 pouces de diagonale (cent quarante-deux pouces comme les cent quarante-deux doigts des humains qui ont travaillé à en monter les composants électroniques, forcément surexploités vu le prix que j'ai sous-payé cet objet) je regarde un documentaire sur la vie quotidienne des

Français filmés par eux-mêmes dans les années 1930, il y a une voix douce et un peu triste qui raconte la Pathé-Baby,
c'est une petite boîte noire
on met la pellicule à l'intérieur
on remonte le ressort comme si c'était un réveil-matin
au lieu de prendre une photographie
on va en prendre plusieurs à la suite
assez vite pour donner l'illusion du mouvement, la vie
c'est ça le cinéma
c'est aussi simple que ça
oui, c'est aussi simple que ça — après cette espèce de mode d'emploi je regarde ces images du tout début des années 1930, je me laisse bercer par cette vie quotidienne simple et banale, par ces objets et habits d'une autre époque, ces boutiques d'un autre temps, par ces scènes sans intérêt si ce n'est celui du temps passé qui marque la disparition, aujourd'hui, de toutes ces choses.

Au moment d'éteindre la télévision, au moment de monter me coucher, au moment d'affronter cette solitude un peu effrayante quand j'éteins les dernières lumières du rez-de-chaussée puis celle de l'escalier puis celle de la salle de bains puis enfin celle au-dessus de mon lit, cette solitude poisseuse et écrasante, ce lit à deux places dans lequel je vais m'endormir seul encore ce soir, cette solitude qui est si pesante à ce moment précis, plus qu'avant et plus qu'après, dès que je m'endors en ronflant le corps en diagonale dans le lit sans me soucier de quiconque la solitude ne me pèse plus, mais à ce moment précis, à ce moment terrifiant d'accepter que la nuit seul l'emporte sur ma journée seul, ce moment c'est le pire, et ce moment finalement je le surmonte quasiment tous les soirs, sauf quand je suis malade ou que je rentre très tard d'un long voyage, je le surmonte grâce à quelques verres de vin rouge qui noient mon inquiétude dans une pâteuse mélodie doucereuse, et quand la quantité d'alcool dans mon sang redescendra, quand le sentiment d'effroyable solitude pourrait revenir, il sera trop tard, je dormirai, mal peut-être mais l'angoisse se sera envolée, elle ; mais donc, au moment d'éteindre la télévision, alors que je suis encore en bas,

sur mon vieux fauteuil rouge rassurant (ce n'est que juste après, lorsque je me lèverai du fauteuil, que viendra l'effroi), au moment de prendre dans ma main droite la télécommande qui porte la même marque en s- triomphante que ma télévision, au moment d'appuyer sur le gros bouton vert qui allume et éteint indistinctement, à ce moment précis
je
me
dis
que je ne suis jamais allé, jamais retourné voir, depuis dix ans que j'habite ici, dans cette maison, dans ce village, je ne suis jamais allé au cimetière, jamais depuis l'enterrement de mon grand-père je ne suis jamais retourné voir sa tombe installée à côté de celle de sa femme, Lila et Gabriel, et, de l'autre côté de l'allée, et c'est à celle-là que j'ai pensé ce soir en premier, à cette tombe dont je me dis que je ne sais même pas à quoi elle ressemble, dont je n'arrive plus à me souvenir du tout de l'aspect, mais elle doit certainement être très différente des deux autres, elle est si vieille, une si vieille tombe pour une si jeune fille,
Hélène P. 1902-1913
demain, demain : il faudra que j'aille voir.

20
[1966]

Gabriel téléphone pour toi ! Dans la grande salle d'essais Gabriel lève la tête, depuis quelques semaines il vient travailler ici, à Gometz-la-Ville, au sud de Paris, il s'est associé à la société Bertin, celle qui en France depuis plusieurs années a développé une nouvelle technologie autour du coussin d'air, celle qui travaille pour l'aérotrain qui va bientôt irriguer la France de ses monorails modernes et merveilleux (mais l'avenir ne s'écrit pas toujours comme le présent l'imagine, ce sera le TGV finalement qui deviendra le train moderne français), Gabriel a rencontré Jean Bertin dans un colloque industriel et lui a proposé une association pour une machine cinématographique révolutionnaire, un travelling sur coussin d'air, un glissement qui pourrait aller très vite ou très lentement facilement, sans le moindre frottement donc le mouvement le plus fluide possible, le plus souple et léger, et pouvant surtout partir dans toutes les directions, n'ayant plus besoin de la linéarité du rail habituel du travelling, cette fois ce n'est donc pas un travelling-oiseau mais un travelling-plume, léger et près du sol, Gabriel a pu convaincre Jean Bertin que le milieu du cinéma, jusqu'à Hollywood, serait acheteur de cette machine, et Bertin de toute façon est tellement passionné par le coussin d'air qu'il est d'accord pour chercher à concevoir toutes les machines de tous les milieux si elles utilisent son objet fétiche, alors en quelques mois Gabriel développe son travelling-plume, sur une plate-forme carrée il fixe un petit siège et une Caméflex, la caméra à la mode de l'époque, légère et maniable, une caméra reflex produite par Éclair, c'est la grande époque de la technologie française, on peut, on veut rivaliser avec les Américains et les Japonais, et les premiers essais du travelling-coussin sont concluants, Jean Bertin a le projet

de faire une démonstration pour la presse cinématographique et les techniciens qui comptent, Coutard fera venir ses amis du Syndicat des techniciens de la production cinématographique — sauf que Gabriel n'a pas fait attention à l'impasse dans laquelle il s'enferme, la Nouvelle Vague a imposé le tournage en son direct et le coussin d'air produit énormément de bruit pour rester gonflé, c'est une aporie, une aporie qui sera levée dix ans plus tard avec un outil qui remplit la même fonction mais qui cette fois est silencieux, le Steadicam, bras articulé à ressorts permettant d'absorber les chocs de la marche de l'opérateur, et de filmer comme avec un travelling mais dans toutes les directions.
Gabriel est dans la grande salle-studio dans laquelle il fait des essais, avec deux techniciens de la société Bertin qui poussent le «chariot» sur coussin d'air, et lui filme au sol une ligne jaune qu'il s'agit de suivre, ligne emmêlée et sinueuse, quand la porte s'ouvre et un employé de Bertin crie pour surmonter le bruit de la Caméflex et du coussin d'air Gabriel téléphone pour toi ! c'est urgent ! alors Gabriel va dans le couloir, attrape le combiné du poste noir fixé verticalement au mur, un téléphone juste pour recevoir des appels, pas pour en passer, et il dit allô et c'est son fils Michel au téléphone, papa c'est Michel, je t'appelle parce que,
sanglot
et Gabriel sent le sol se dérober sous ses pieds, Michel est là mais quoi, il est arrivé quelque chose à ta mère
non, papa, à ta mère à toi, ta maman, grand-mère Claire est morte.

Soupir de Gabriel. Soupir-tristesse : maman est morte. Mais soupir-soulagement : Michel et Lila sont là.
La vie va, l'ordre des choses tient : après mon père c'est ma mère qui s'en va ; ni ma femme, et
ni
mon
fils.

U
[Aubervilliers]

Pourquoi, mais pourquoi m'avoir donné rendez-vous ici, Antonio franchement ? Pourquoi le métro Fort d'Aubervilliers sortie numéro 4 puis tu avances tout droit rue Danielle-Casanova jusqu'à un bar un peu miteux qui est à côté d'une supérette F. je t'attendrai là ok ?
Antonio pourquoi ce SMS ? Antonio tu sais que venir de L'Étang-la-Ville puis de la gare Saint-Lazare jusqu'au bout de la ligne 7 du métro parisien ce n'est pas très pratique pour moi, ni très utile d'ailleurs, en tout cas pour l'écriture de mon roman, mon personnage n'a jamais mis les pieds à Aubervilliers sauf sans doute en 1938 en allant au Bourget filmer le retour de Daladier, moi Aubervilliers je n'en connais que l'autre partie, celle qui est près de Paris et qui accueille une palanquée d'entreprises de nouvelles technologies, j'ai fait un papier là-dessus pour, quoi, pour le magazine d'un groupe immobilier qui voulait vanter son investissement dans le futur complexe dit 3.0 (je dis bien : trois point zéro) à côté d'un centre commercial nommé le Millénaire (mais de quel millénaire peut-il bien être question ?), là on est côté Courtillières, le long de l'ancienne route de Flandre, l'ancienne nationale 2, celle qui va au Bourget puis qui continue jusqu'à Lille, qui ici s'appelle maintenant la D932, on est dans des zones mi-pavillons mi-H.L.M., on est dans la banlieue française rarement joyeuse, où les gens comme les bâtiments semblent à bout de souffle — sans que personne ait très envie de s'intéresser à leur redonner un air de quelque chose ; bref Antonio est-ce que tu pourrais me dire pourquoi tu m'as donné rendez-vous là, sur la rue Danielle-Casanova, là au bar de l'Expo, j'ai envie de lui demander tout ça quand je le retrouve déjà installé à une table en extérieur, une table en plastique comme une table

de jardin, et les chaises aussi, j'ai envie de lui dire tout ce qui m'a traversé l'esprit mais il me fait un signe impératif, signe de me taire, il est concentré sur une tâche et je ne dois pas l'interrompre. Une tâche. Une tâche de consultant. Voilà ce qu'il m'explique. Entre. Deux. Moments. Entre deux moments où il scrute chaque personne qui passe devant lui, qui passe précisément devant le 132 de la rue Danielle-Casanova 93300 Aubervilliers, et dont il note sur un immense cahier les caractéristiques rapidement, âge, sexe, façon de s'habiller, et un chiffre, un chiffre dont il finit par m'expliquer que c'est le revenu annuel estimé de l'individu Adrien je fais du profilage tu vois, j'essaie d'analyser sociologiquement le quartier car il y a un projet d'ouverture de grand magasin là-bas, en face, de l'autre côté du métro, et je suis missionné par mon cabinet de conseil qui est au service de la société des magasins en u-, je suis mandaté pour déterminer le profil sociologique du bassin de population locale, tu sais que lorsque tu ouvres une grande surface de plus de 5 000 mètres carrés tu dois considérer trois groupes de clients potentiels, un tiers l'environnement dit immédiat, dans un cercle de quinze minutes à pied, un tiers l'environnement dit proche, dans un cercle de quinze minutes en voiture, et enfin le dernier tiers en région parisienne tu ne le calcules pas, c'est celui qui n'a pas d'autre grande surface dans un cercle d'une demi-heure en voiture, ici ça ne compte pas, il y a un C. un peu plus haut à La Courneuve et un A. de l'autre côté d'Aubervilliers – mais Antonio ne me dit pas ça en une seule fois, il me le dit par tronçons, par morceaux de temps libre qu'il accepte de me consacrer, quand il n'y a personne qui passe devant lui, ou un type sociologique qu'il a déjà repéré et pour lequel un simple bâton marquera l'unité supplémentaire, et merci Adrien d'être venu je suis désolé de ne pas être très dispo en ce moment, attends cinquante ans cadre c'est nouveau tu vois, tu as vu les chaussures, c'est mon premier cadre, disons cadre moyen mais c'est bien du 30 kiloeuros annuel, ou 28, peut-être 28 plutôt, bon pour ne rien te cacher j'espérais qu'il y en aurait plus mais attendons la sortie des bureaux, même si le quartier n'en a pas l'air il y a du col blanc vers là-bas dans la zone tampon avant La Courneuve, du col blanc qui va forcément

passer devant nous pour aller prendre le métro, oui donc je n'ai pas de moment vraiment libre mais je voulais te dire, ah alors tu vois chibani, soixante-cinq soixante-dix ans, toute petite retraite d'ouvrier spécialisé, je dirais 12-15 kiloeuros, mais il ne faut pas croire, ça c'est très bon pour un U. c'est un type de public qui n'a pas de voiture, qui en général n'a pas non plus de pass navigo, un public ultralocal qui viendra forcément chez nous parce qu'on aura des prix à moins 10, moins 15 % en-dessous du F. qui est juste là, derrière le bar, je suis allé pointer tous les prix ce matin, j'ai un tableur avec six cents références, tiens regarde — il me tend son pad en i- de grand format, cette immense tablette qui pue le fric dans ce quartier pauvre, à un point tel que j'ai honte de le prendre dans mes mains, comme j'ai honte de l'apparence d'Antonio trop bien habillé, trop propre sur lui, trop attaché à ses mesures, à calibrer ce quartier, à regarder en biais les humains qui passent devant nous, fiers, humbles, rigolos, pénibles, joyeux, abattus, à ne les voir qu'en catégories sociologiques, qu'en petites cases de son prochain tableur, qu'en synthèse de son rapport à remettre aux magasins en u-.
Il y a tout ce que je voulais dire à Antonio, l'idée que j'ai eue l'autre jour à propos de la mort du cinéma. J'ai pensé, tout à coup m'est venu le parallèle et ça m'est apparu comme évident, j'ai pensé au *trading* à haute fréquence, à ce que sont les transactions financières aujourd'hui, que s'est perdu le lien entre la valeur d'un bien réel et sa valeur virtuelle, aujourd'hui ce sont des algorithmes et plus des humains qui passent des ordres d'achat et de vente, il n'y a plus de perte de temps, de choix, tout est virtualisé, jusqu'à la prise de décision — le cinéma a connu la même chose, le passage au numérique n'était que la première étape qui l'a rendu tellement liquide, liquide comme de l'argent liquide, comme quelque chose qui circule si facilement, qui se donne de la main à la main, ici c'est de la main wifi à la main bluetooth, de la vidéo postée sur Y. à la *story* déposée sur S., tout est absolument virtuel dans ces images filmées, mais virtuel dans un double sens, numérique et aussi ne représentant plus rien, n'ayant plus de valeur. Voilà : il n'y a plus de valeur aux choses, mais attention Antonio c'est bien le mot *valeur* au singulier, et pas au pluriel, je ne parle pas de la

perte des valeurs, ça c'est une invention de fachos qui voudraient nous faire croire que leurs grands-parents avaient beaucoup de valeurs quand ils dénonçaient leur voisin ou leur tailleur envoyés à Drancy parce que les enfants faisaient trop de bruit ou que le costume était mal coupé, là je parle de valeur au singulier pour dire le poids symbolique de la chose. De la même façon que l'économie est entièrement dématérialisée, qu'on ne sait plus donner le coût réel des objets, que la Bourse n'est plus une Bourse des valeurs mais une spéculation infinie sur des algorithmes où ce qui compte le plus *in fine* c'est la puissance de calcul de la banque, l'image filmée a perdu toute sa valeur en se numérisant entièrement, en n'étant qu'un flux qu'il n'est même plus besoin de compresser, le moindre film de famille, un joyeux anniversaire chantonné pèse un giga, et va plonger dans les fibres optiques, dans la 5G, pour arriver moins d'une minute plus tard à l'autre bout du monde ou sur le téléphone du petit cousin juste à côté, exactement comme un film d'Orson Welles, d'ailleurs on regarde tout sur le même objet, sur le même téléphone, sur la même tablette, un chef-d'œuvre du cinéma ou une copine qui montre son rouge à lèvres, tout est flux, tout n'est *que* flux, et il faut les nourrir tu comprends Antonio, il faut nourrir en permanence ces tuyaux, il faut spéculer pour maintenir le système en place, il faut des *likes* de pouces bleus, il faut cliquer il faut regarder il faut filmer, il faut *créer* — oui je mélange un peu tout Antonio mais il faut bien que je lance des choses en l'air pour trouver pourquoi le cinéma est mort, non ?
Que je lance des choses en l'air, mais tout seul : je n'ai rien pu dire à Antonio, il a pris son téléphone, son tout petit téléphone à clapet, et cet objet que je pensais être un peu libre de la confusion moderne due aux nouvelles technologies, cet objet il l'utilise pour parler avec un collègue consultant, ils parlent du magasin en u- et de ce quartier, il est tout excité, ils parlent fric et toc, ils parlent fringues et vioques, comment pourrais-je tenter mes hypothèses fragiles sur le *trading* à haute fréquence et l'image numérique ? Comment ?

Et puis il raccroche. Et puis il me sourit. Et il me dit en me mettant la main sur l'avant-bras *je fais quand même un drôle de boulot.*

Et là je refuse. Je refuse qu'il me dise ça. Je refuse qu'il n'ait plus que ça à me dire. Je refuse que cet homme qui m'a embarqué dans cette quête sur la mort du cinéma se retrouve à préparer l'ouverture d'un supermarché au bout de la rue Danielle-Casanova à Aubervilliers. Je refuse.
Et je prends la décision que ça s'arrête là.

Ça sera simple. Je ne répondrai plus à aucun SMS. Ni mail. Ni courrier papier (il en est capable). Ni, évidemment, au téléphone. Et s'il vient chez moi, à L'Étang-la-Ville, s'il vient sonner à la porte, à ma vieille porte d'un vieux vert, d'un vert si vieux qu'il date d'avant mes souvenirs, d'avant ma naissance, s'il sonne et qu'il frappe ensuite, qu'il crie *Adrien c'est Antonio, ouvre-moi !* s'il fait tout cela : je n'ouvrirai pas. Et il finira par se décourager. Il sortira de ma vie. Je n'aurai plus à m'occuper de lui. De son existence. De ses théories. De ses noyaux d'olive. De son *drôle de boulot*. Plus rien de lui. Il n'avait qu'à pas. Il n'avait qu'à. Il n'avait. Il.

Je vais lui dire. Tout de suite. Ou plus tard. Peu importe. Je lui écrirai. Je lui enverrai mon livre : ce sera dit, alors. Et tout le reste, tout ce qu'à chaque fois j'ai essayé de lui dire sans jamais y arriver, il le saura.

Et voilà. Voilà tout. Si mes amis ne sont plus à la hauteur de ce qu'ils promettaient d'être, pourquoi ce mot, cette notion, l'amitié, devrait-elle encore s'appliquer, s'appliquer contre mon gré ? Il n'est pas vrai de dire que tous mes amis me déçoivent, les uns après les autres — mes amis sont ceux qui ne me déçoivent pas.

21
[1969]

Porte de Versailles. Modernité des Trente Glorieuses, lumineuse et dynamique : Gabriel est à la Foire internationale du film, un Salon professionnel réservé aux métiers du cinéma, aux métiers du tournage ; chariots de travelling, grues, caméras par centaines de modèles différents, microphones, pellicules évidemment, mais, cette année, il y a une nouveauté, l'entreprise japonaise Sony a pris un stand pour y présenter un objet que beaucoup vont qualifier de révolutionnaire (oubliant sans doute ce que le mot *révolutionnaire* veut dire, pourrait vouloir dire) : le AV-3420CE, connu également sous le nom de Portapak.

Le Portapak est sorti il y a déjà deux ans aux États-Unis, c'est la première fois qu'il est commercialisé en France, c'est, tout simplement : la première caméra vidéo portable. À peu près portable : il y a la caméra d'un côté, une petite caméra avec un objectif réglable du grand-angle (12,5 mm) jusqu'au zoom (50 mm), et un micro intégré, puis de l'autre côté un enregistreur vidéo, qu'on porte en bandoulière, une sorte de grand magnétophone à bande — les deux sont reliés par un câble, un câble qui transmet le signal audio/vidéo de la première au deuxième, de la caméra à l'enregistreur.

Une fois l'appareil allumé, la caméra produit un signal vidéo, il suffit d'appuyer sur l'interrupteur *REC* (interrupteur de couleur rouge : c'est Sony qui va imposer au reste du monde l'usage du rouge comme marqueur de l'enregistrement vidéo) pour que les bandes magnétiques se mettent en mouvement et enregistrent les informations reçues par le câble.

La première caméra vidéo portative : Gabriel voulait, évidemment, l'essayer, il avait téléphoné plusieurs jours auparavant à la société Sony à Paris pour s'inscrire sur une liste d'attente, pour pouvoir

tester l'appareil lors de la Foire. C'est maintenant : le commercial de Sony finit de lui montrer comment se manipulent les boutons, et laisse Gabriel poser sur son épaule la lanière qui retient le magnétoscope, prendre la caméra en main, et marcher.
D'abord sans enregistrer : les allées de la Foire. Le temps de découvrir la caméra, son zoom, sa mise au point.
Puis dehors. Il enclenche l'interrupteur rouge : c'est mécanique, les deux bobines, celle qui est vide et celle qui a de la bande magnétique, se mettent à tourner, et Gabriel cadre ce qu'il y a devant lui. Il cadre sans limites : sans s'arrêter. Il avance vers les tourelles de l'entrée, traverse le boulevard Victor, s'approche du café-restaurant Chez Clément, filme les personnes attablées dedans, continue dans la rue de Vaugirard, les passants, les voitures qui roulent, Gabriel n'appuie jamais sur le bouton stop. Il filme sans pause. Il filme un seul plan, dont le cadre ne cesse de varier sans jamais s'interrompre. Il filme enfin, pour la première fois, il filme comme on regarde le monde : sans champ/contrechamp, sans insert, sans transition. Sans arrêts.
Il filme le temps qui passe comme le temps passe.
Demi-tour. Il tourne toujours.
De nouveau les clients de Chez Clément. De nouveau attendre au feu pour traverser le boulevard Victor. De nouveau les tourelles de la porte de Versailles. De nouveau l'entrée de la Foire, Gabriel montre son ticket d'accréditation. Les allées, les stands, les passants. Et les quatre lettres de la marque SONY. Alors cette fois le claquement sec qui arrête le défilement des bandes.
Et le commercial souriant débranche le câble de la caméra, puis le branche sur une télévision. Sur le gros magnétoscope portatif, retour arrière : Gabriel sent les vibrations du moteur qui rembobine la bande, qui remonte le temps ; simplement quelques minutes en arrière.
Lecture. Et, en noir et blanc, de qualité médiocre évidemment, mais là, vivantes, vibrantes, sur cet écran de télévision, ce qu'il vient de filmer, ce qui il y a quelques minutes était la vie, il y a quelques secondes était une impulsion magnétique, est maintenant une image en mouvement.

Je filme, je vois. Ou : je filme, vous voyez. Il n'y plus à attendre, plus rien à faire d'autre que de relire la bande. Pas de développement, pas de produits chimiques, pas de *révélation*, pas de tirage, juste la transmission d'informations, immédiate et infinie.
Vous pouvez réenregistrer sur la même bande. C'est un support réutilisable.
Gabriel est abasourdi. Stupéfait. Heureux, dans un sens, de découvrir cette nouvelle technologie ; inquiet, dans un autre, de se dire que ce n'est pas à soixante et un ans qu'il va avoir l'énergie de s'y consacrer, de l'apprivoiser vraiment, de la domestiquer, d'en faire un outil aussi banal que toutes les caméras qu'il a connues, 8 mm, 9,5 mm, 16 mm, 28 mm, 35 mm, ici la piste magnétique ne se mesure pas en millimètres mais en pouces, Japon oblige, et de toute façon peu importe la taille de la bande vidéo, ce qui compte dorénavant c'est la *résolution* de la caméra, combien de points de lumière vont frapper le capteur, vont délivrer des informations qui seront encodées sur la bande magnétique. Il n'y a plus de pellicule, plus de photons qui frappent un support et le transforment à jamais, il y a simplement des informations, effaçables, réenregistrables, recopiables, transmissibles, aujourd'hui par câble, bientôt par ondes hertziennes (puis plus tard, quand elles seront numérisées, par wifi, par bluetooth, par uwb).
Gabriel évidemment s'inscrit pour commander un Portapak, là aussi il y a une liste d'attente, le produit va arriver officiellement en France dans un mois, il faut encore traduire la notice et adapter une série de spécifications techniques.
Le commercial lui remet la bobine qu'il a tournée aujourd'hui, bobine ronde mais magnétique, donc indécodable à l'œil : seule une machine pourra la lire, alors qu'un humain sait reconnaître ce qu'il y a sur une pellicule – et Gabriel soupèse cet objet étrange, qui n'est pas encore une cassette vidéo (cela viendra bientôt) mais qui n'est plus du film. Cet objet *qui ne craint pas la lumière* (qui craint les rayons X, en revanche, attention monsieur ça se démagnétise et ensuite on ne peut pas, on ne pourra jamais, retrouver ce qui a été perdu) ; cet objet qui n'a pas reçu la lumière ; cet objet qui a reçu des informations magnétiques.

Gabriel dans le train de retour vers L'Étang-la-Ville, cette bobine magnétique dans son sac, ne sait pas, pas encore, que le mouvement est lancé et ne s'arrêtera plus : dorénavant les images filmées sont une boucle permanente et infinie, de l'enregistrement à la diffusion. De ce point de vue-là, il ne sera plus possible d'appuyer sur le bouton stop.

V
[L'Étang-la-Ville / Chavenay]

Dans le jardin. Dans mon jardin. En réalité je n'ai pas deux vies, j'en ai trois : journaliste, écrivain, et jardinier. C'est celle-ci la plus facile : ni elle ne me fait honte, ni elle ne me fait peur. Ce jardin, c'est une œuvre qui ne pèse pas, sans jugement, sans doutes — le temps est essentiel, le temps qui passe, les années qui seules peuvent construire un espace, la nature qui décide ce qui va advenir, se transformer, grandir, et moi qui tente de donner des directions à tout cela, avant de voir ce qui va péricliter, mourir, disparaître ; ce jardin dont j'ai hérité (au sens propre évidemment, mais aussi au sens figuré) en dix ans il a énormément changé, en dix ans c'est devenu mon jardin, ce saule pleureur par exemple, c'est moi (le cliché de l'écrivain malheureux sous son saule pleureur, il faut croire, en tout cas j'ai mis une table de pierre et parfois je fais semblant d'écrire sur un carnet quelques vagues idées), ce jasmin grimpant autour de la fenêtre de la cuisine (il a fallu quatre ou cinq ans pour que, l'été, quand j'ouvre la fenêtre pour me faire une omelette aux champignons, l'odeur du jasmin, si précise, si puissante, l'emporte sur le graillon de la poêle, c'est peut-être la chose que j'aime le plus dans cette maison, cette odeur du jasmin qui entre dans la cuisine, je suis pieds nus sur le vieux carrelage ocre, je regarde ce petit jardin et j'ai confiance en la vie, et je trouve que cette maison a une valeur inestimable, grâce à ce jasmin, je me demande si une annonce immobilière pourrait le dire, Maison à vendre, grande couronne parisienne, 3 chambres, un jasmin grimpant le long du mur de la cuisine qui embaume de juin à octobre, pour cette raison le vendeur ne veut pas vendre, ne veut plus vendre, ne voudra jamais vendre, vient de retirer cette maison de la vente, cette annonce que vous finissez de lire n'existe plus), et aussi ces fleurs que chaque année je replante à des endroits stratégiquement bordéliques, donner l'impression d'un beau désordre, un désordre graphiquement réussi est beaucoup plus difficile que d'ordonner les choses ; un jour j'ai compris que je poursuivais le même objectif en écrivant des romans.

Ce petit jardin : a été beaucoup plus grand. Lorsque dans les années 1980 je venais enfant voir mon grand-père, le jardin était immense, après l'atelier il y avait tout un espace énorme, comme un petit bois, et ce n'est pas une déformation d'esprit, ce n'est pas le souvenir de l'enfance qui rend tout plus grand à cause de l'échelle qui n'est pas la même, c'est une réalité juridique : mon grand-père a été exproprié pour la construction d'un lotissement, souvenirs des discussions scandalisées de mes parents, du fatalisme de mon grand-père. Souvenir surtout de la première fois où je suis revenu après la réduction du jardin, c'était comme dans un mauvais film, comme si quelqu'un avait volé de l'espace, mais l'espace ça ne se vole pas, c'est intangible l'espace : il n'y avait plus de jardin, un grillage vert neuf, derrière déjà coulées des dalles de béton pour les futures maisons, mais le cerisier où chaque année je grimpais ? Mais là où je partais courir, me cacher ? Mais ? C'est ce jour-là peut-être, sans doute, je devais avoir une huitaine d'années, que j'ai compris que le monde était plus fragile que ce que j'avais cru jusqu'à présent. Il y a plus cruel, comme façon de le découvrir.

Dans le jardin. Mon téléphone portable sonne, c'est Albert.
Albert ça va ?
Non ça ne va pas.
Sa voix est trouble, sa voix tremble, j'entends tout de suite, je perçois très bien que ça ne va pas du tout.
Tu... Tu veux que...
J'hésite : je ne sais pas trop mesurer le degré de gravité.
Tu veux que je vienne ?
Oui viens oui d'accord viens.
Alors mon vélo, sa vitesse dure, cette route jusqu'à Chavenay, ni belle ni laide, cette route française, et puis dans son tout petit

jardin, un peu de pelouse à couper, deux rosiers à tailler, et dans ce tout petit jardin Albert assis, la tête dans les mains.
Adrien, à quoi bon ?
Quoi à quoi bon Albert ?
À quoi bon... écrire.
Cette question, évidemment que je me la pose, aussi — évidemment. Il vaut mieux toujours la garder pour soi ; il vaut mieux. Ne pas ouvrir la boîte de Pandore. Mais il l'a ouverte, là. Il faut que j'accepte de regarder dedans : avec lui.
Adrien, ça ne sert à rien. On ne sert à rien. On ne peut plus rien faire. On se débat dans un genre qui est mort. Le roman est mort. Il n'y a plus de romans, plus de chefs-d'œuvre dans le genre romanesque, seulement des romans qui sortent oui, mais plus de grands romans. De romans qui nous terrassent. Si tu faisais la liste de tes romans préférés, tu verrais que le plus récent a au moins trente ans. Trente ans ! Trente ans qu'il n'y a plus de roman qui prendrait la place d'un autre des livres qu'on a préférés.
Albert, Antonio : ne se connaissent pas (que je sache, je ne peux pas contrôler non plus l'ensemble de l'humanité quand je suis absent d'elle, je ne peux pas connaître les déplacements des êtres humains dans mon dos, ils pourraient se voir, se parler, et ne jamais me le dire, que jamais je ne les voie ensemble) — ce n'est donc pas un *truc*, un double truc, une poupée russe conceptuelle, un projet en spirale où m'entraîner. C'est la réalité. Une nouvelle réalité.
J'essaie de faire bonne figure, de quoi tu parles Albert, je ne comprends pas très bien ce que tu veux dire.
C'est clair pourtant. Limpide et terrifiant : le roman est mort, il n'y a plus de grand roman, il y a des livres, oui, qui sortent, il y a des auteurs, il y a toi, et moi, d'autres, plus ou moins intéressants, mais : mais aujourd'hui il n'y a plus de grand roman, le roman est un genre mort, un genre du passé, un genre qui ne produit plus de chefs-d'œuvre, un genre boursouflé, je veux dire si on avait été des amis de 1924, ou amis de 1963 on aurait pu citer des livres directement contemporains comme de grands romans, mais là, si tu regardes les trois dernières décennies c'est un torrent de vide, de rien, de faux, de toc, de tout ce que tu veux qui raconte l'échec.

Que lui répondre ? Engager, comme avec Antonio, un long et patient travail d'analyse, de recherches, de contre-recherches ? À quoi bon ?
Je regarde cet homme, je regarde l'être humain qui est devant moi, je vois les veines sur ses tempes, ses maigres cheveux qui n'ont pas besoin de blanchir car ils sont perdus, son regard triste et fin, sa bouche qui tremble presque, ce grand corps mince soudain si fragile. Et je ne sais que dire. Je ne sais que lui dire, lui parler de la théorie similaire à propos du cinéma ? Lui dire que c'est pareil sans doute aussi en arts plastiques ? Que le théâtre n'en parlons même pas ? Que la musique dite savante ? Que même le jazz ? Que certains jours noirs j'ai même l'impression que le rap a déjà fini sa vie ?
Il faudrait tenter de rester au roman — lui parler peut-être des vagues, des cycles Albert il y a eu du mieux et du moins bien, chaque période, peut-être que dans les années après la mort de Rabelais beaucoup de lecteurs se plaignaient parce que rien de neuf ne naissait, rien ne venait relancer la machine à fantaisie, ou alors la mort de Balzac on aurait pu penser que c'était celle du roman, il ne survivra pas au XIXe, ou je ne sais pas, je ne savais pas quoi dire en réalité, j'avais peur de sombrer en fait, moi aussi, j'avais peur d'y croire comme lui, je ne voulais pas trop creuser, encore, comme avec Antonio, peur d'être phagocyté, peur de ne plus pouvoir penser à rien d'autre, de ne vivre, pendant des semaines, comme j'avais vécu avec le cinéma, de ne vivre que mort du roman.
Petite peur idiote pourtant.
J'ai mis ma main sur l'épaule d'Albert, on a plaisanté, on a parlé d'autre chose, c'était peut-être la première fois qu'on passait un moment ensemble sans parler de littérature, de la condition de l'écrivain ou de celle de ce qu'il produit.

Ce n'est qu'après, des mois après cet épisode, après ce moment-là, après le temps de ces mots, quand Albert a décidé de s'en aller, de quitter la vie, ce n'est que bien après (si longtemps plus tard que ça ne devrait même pas être consigné ici) que j'ai compris qu'il n'y avait pas que le sort du roman qui l'effrayait : que tout, tout autour de lui, l'étouffait. Que ces petites peurs qui, chaque jour, me saluent de leur air griffu et de leurs mains pointues, ces légères angoisses qui sont là dès le réveil et qui partiront le soir si je bois assez de vin rouge, que ces hypocondries, que ces sentiments de rater tout ce qu'on écrit, de ne rien réussir dans sa vie, que cette crainte d'être passé à côté de tout, d'être passé à côté de ce qui était essentiel, d'avoir loupé le coche, perdu la main, oublié l'important, que ces sentiments, alors que moi je sais vivre avec eux, composer, coexister, cohabiter, pour lui, pour Albert, ils étaient devenus trop forts, plus forts que l'élan vital, que l'énergie, que le ressort circulaire qui se meut extrêmement lentement en nous jusqu'à ce qu'il se brise — ou que tu décides, toi, de le briser.

Toi : mon ami, que j'ai pleuré si longtemps.

22
[2000]

Le temps s'est mis à passer si vite, soudain. Ou alors est-ce que c'est la vie qui s'est ralentie, qui s'est mise à ne plus être intense, à moins remplir les jours, qui filent sans plus laisser de traces ? C'est la mort de Lila, qui était si jeune, qui est partie si rapidement, en 1971, en quelques mois, qui a tout changé : Gabriel avait soixante-trois ans, Lila soixante et un.
C'était il y a si longtemps. Aujourd'hui, elle aurait quatre-vingt-dix ans. Gabriel en a quatre-vingt-douze. Et Hélène, elle, aurait quatre-vingt-dix-huit ans, si elle avait vécu : si elle avait vécu, si elle n'était pas morte à onze ans, elle aurait dû mourir quand même un jour, serait-elle allée jusqu'à quatre-vingt-dix-huit ? Quand tu passes ta vie à construire le souvenir d'un être perdu, peux-tu accepter un jour que cet être-là aurait bien dû finir quand même par mourir ; mourir à un âge «juste». C'est quoi, un âge juste ?

Depuis 1971 Gabriel n'a plus filmé. Tout simplement, il a renoncé. Il n'avait plus le goût à. Plus l'envie de. Plus cette sensation que pour être vivant il devait filmer. Plus cette sensation d'être vivant ? Il est resté debout : pour son fils, d'abord, pour Michel, qu'il garde un vieux papa puisqu'il n'avait plus sa jeune maman. Et puis il est resté debout parce que Lila lui avait demandé de continuer, de la faire vivre elle en vivant lui. Mais ce n'est pas vraiment une vie, en vérité. C'est un livre de souvenirs, qui ne voit rien.
Il est resté debout, les yeux fermés.
Il n'a pas réussi à aimer une autre femme ; il a vaguement essayé, mais la légèreté du corps de Lila, la finesse de sa taille, son sourire, la profondeur joyeuse dans ses yeux, l'épaisseur de leurs moments partagés lui manquaient trop quand il était avec cette

quinquagénaire généreuse aux seins lourds et au grand rire rauque ; avec cette quadragénaire cadre dans l'industrie culturelle dynamique et ironique qui aimait avoir un amant de vingt ans de plus qu'elle parce que ça lui donnait l'illusion d'être une jeunette ; avec cette sexagénaire attentive et intelligente qui savait, depuis le début, qu'il n'y arriverait jamais vraiment, à l'aimer mais qui voulait faire semblant d'y croire parce qu'elle, elle l'aimait — alors il a fini par renoncer à faire semblant, à chercher. Il s'est replié sur sa maison de L'Étang-la-Ville, le jardin qu'il soigne avec passion et calme, son atelier où il a rangé soigneusement sa vie faite de bobines et où il continue à fabriquer des machines pour ses caméras, des machines qui ne servent à rien mais qui lui permettent de faire encore quelque chose de ses mains, vis infinie pour faire un panoramique à 360 degrés parfait ou manches à balai articulés emmenant la caméra dans des coins inatteignables.

Les années sont passées.
Gabriel est resté.
Et il a fini par être très vieux. Des trois, dans son équation intime, sa grande sœur, sa jeune femme et lui, le seul à finir par être vraiment vieux. Le seul, aussi, à voir la naissance de son petit-fils Adrien, en 1975, qui va perpétuer le cycle de ces générations d'enfants uniques.

À l'été 1999, Gabriel a reçu une lettre. Une lettre de Dominique Païni, le responsable du cinéma à Beaubourg, qui lui proposait de participer à un cycle, organisé en juin 2000, intitulé « Filmer le monde — filmer le XXe siècle ». Donner une conférence pour parler de sa carrière : il est l'un des derniers opérateurs Pathé à avoir commencé dans les années 1920 qui soit encore vivant. Gabriel a dit oui.
Il a préparé longuement son intervention. Il n'a plus l'énergie de ses quatre-vingts ans, mais toutes ses ressources intellectuelles encore — il a travaillé de manière très méthodique : écrire son texte deux heures tous les jours, de neuf heures à onze heures le matin, à la main dans un grand cahier à spirale ; ensuite demander

à son petit-fils de retranscrire le texte de sa conférence et de le lui imprimer ; l'annoter, le reprendre une fois encore ; et finalement, finalement le 23 juin 2000 dans la grande salle de cinéma de Beaubourg, il s'est très longuement installé, il a fait éteindre le vidéoprojecteur, car il n'y a rien à projeter, c'est juste un texte, ce sont juste des mots, des mots prononcés par un homme de quatre-vingt-douze ans :

> Je suis presque aussi vieux que le XXe siècle. Presque. Mais pas tout à fait. Et il y a une différence : lui est mort, moi pas encore. Cela me semble incroyable, et c'est pourtant ainsi : le XXe siècle s'est achevé, et je suis là aujourd'hui, et je vous parle.
> Quand on naît au début d'un siècle, on ne se figure pas qu'on en verra la fin. On n'y pense pas. S'il est possible de ne vivre qu'une dizaine d'années, comment imaginer tenir presque cent ? J'ai vécu l'ensemble de ce siècle. Je lui ai survécu. Mais être un survivant, vous savez, ce n'est pas si simple. On se demande tout le temps pourquoi. Pourquoi moi ? Pourquoi ?
> Je n'aurais jamais pu imaginer que pour marquer le compte des années je verrai un jour un 2 et un 0 à la place d'un 1 et d'un 9. Et à la place d'un 1 et d'un 8, comme les années de naissance de mes parents : mon père est né en 1874, dix ans après Louis Lumière ; moi je suis né treize ans après 1895. Je suis le cousin du cinéma : nos pères avaient le même âge.
> Voir un siècle en entier, cela a été, bien sûr, un privilège pour moi. Mais un privilège dont je ne suis pas sûr d'être totalement digne : car l'histoire de ce siècle, je ne peux pas la théoriser. J'en suis incapable. Ma pensée n'aura pas d'autre cadre que celle du temps que j'ai connu : que ce cadre soit si grand, voilà mon privilège. C'est peut-être le seul.
> Je dis que j'ai vu le siècle se dérouler devant mes yeux, mais je devrais plutôt dire : devant ma caméra. Devant

l'œil, devant l'objectif de ma caméra. Je n'ai pas été un témoin, au sens où l'on entend ce terme habituellement : un témoin est quelqu'un qui témoigne. Moi, j'ai été l'enregistreur. J'ai été le moteur humain de la machine que j'employais : ma caméra. J'ai été un œil mécanique pour servir d'œil à d'autres humains, par transfert. J'ai été, en quelque sorte, une projection de mon époque pour mes contemporains : pour ses contemporains. Ils voulaient poser leur regard sur le monde qui était le leur, j'ai été non pas leur regard mais le chemin, le couloir plutôt parce qu'il s'agissait de faire voir un espace en trois dimensions, même s'il n'en restait ensuite, lors de la projection, que deux dimensions. Le couloir menant leur regard. J'ai été ce couloir qui partait de ce qui était devant ma caméra et qui aboutissait sur un écran. Couloir construit d'abord par un viseur, puis par une pellicule plate (oui je dis pellicule, j'ai principalement été un homme de pellicule) frappée par la lumière, par des particules de lumières. Pellicule qui se transforme dans un bain, c'est quelque chose d'étonnant, dans un récipient on révèle ce qui était caché, on fait naître, plus exactement renaître, les images, devenues, déjà, souvenirs. Mais nous ne sommes pas encore au bout du couloir, il faut encore une lumière, une lumière artificielle cette fois, qui frappe la pellicule impressionnée et qui projette l'image, les images, sur l'écran : et voilà. Un couloir est un couloir, et le voilà ainsi parcouru en entier, depuis ce qui est face à l'œil de ma caméra jusqu'à ce que des yeux, humains cette fois, vont voir sur un écran.

Vous allez trouver que je dis des évidences, et c'est vrai évidemment. Mais je suis frappé par le fait que beaucoup de gens, beaucoup de spectateurs, ne veulent pas savoir comment ça marche, comment on fabrique des images. C'était vrai quand j'ai commencé à travailler, en 1928, et ça l'est toujours autant aujourd'hui.

Or c'est important. La technique. La morale aussi, évidemment, mais moi je ne saurais vous parler que de la

technique. La technique, en l'occurrence, c'est une caméra qui filme, ce qu'elle choisit de filmer, comment elle décide de le filmer, comment ensuite ce matériel est monté, puis on le montre, de monter à montrer il y a plus qu'un air, pour reprendre une formule bien connue.
Lorsque j'ai commencé à travailler, je tournais une manivelle pour faire avancer la pellicule ; lorsque j'ai pris ma retraite, en 1971, à l'âge de soixante-trois ans, j'utilisais une caméra vidéo. J'ai donc connu l'essentiel de l'histoire du film, de ses évolutions. Les bornes en amont et en aval sont moins importantes : de 1895 à 1928, il n'y a absolument aucun changement, hormis l'arrivée des premiers ressorts et moteurs électriques qui ont permis de standardiser la vitesse de défilement à vingt-quatre images par seconde. De 1971 à nos jours, il n'y a pas plus de différence, hormis le codage de l'image vidéo, qui est en train de basculer aujourd'hui en 2000 à des informations numériques, mais c'est encore codage, c'est encore l'écriture d'informations qui, une fois décodées, redeviennent images, à l'inverse du cinéma, qui fixe une fois pour toutes l'image sur une pellicule. Y aura-t-il d'autres transformations pour le film ? Passera-t-on bientôt aux hologrammes en relief ? Au fameux odorama dont on entend parler périodiquement mais qui n'est toujours pas arrivé ? L'image sera-t-elle directement envoyée dans les synapses du cerveau, sans la moindre projection ? Je n'en sais évidemment rien — je sais simplement que l'image animée n'est pas près de disparaître. Mais si je regarde cette histoire avec une autre perspective, je pourrais dire aussi qu'il n'y a manifestement plus grand-chose à inventer, que l'homme a peut-être consommé tout ce qu'il y avait de potentiel dans l'histoire du cinéma, que l'ouvroir est vide maintenant qu'on a tout pris, qu'on a vidé toutes les ressources de ce qu'il était possible d'inventer. Pour les jeunes générations, pour mon petit-fils qui a vingt-cinq ans, évidemment cela m'inquiète : un monde qui n'a

plus rien à inventer, sera-t-il agréable d'y vivre ? Sera-t-il joyeux ?
Vous répondrez, vous, à ces questions. Je les laisse là, je les dépose dans vos consciences d'aujourd'hui pour que plus tard, vingt ans ou cinquante ans plus tard, vous n'oubliiez pas d'y répondre. Il n'y a pas d'urgence, vous avez le temps. Vous.
Mais la rupture ? Y a-t-il eu une rupture, une seule fois, dans l'histoire du film ? Dans la pratique du film ? Vous pourrez faire cette expérience, à l'occasion : regarder des bobines documentaires, des actualités cinématographiques comme on disait à l'époque (aujourd'hui on dit les actualités télévisuelles, demain on dira peut-être les actualités internetiques, c'est toujours l'actualité, le monde qui agit, qu'il s'agit de montrer, seul change le moyen de transporter les images jusqu'à nos yeux), regarder donc les actualités de l'année 1944. Précisément du milieu de l'année 1944. Des films sur le maréchal Pétain. J'ai fait cela pour préparer cette intervention.
D'abord le 26 mai 1944. Le maréchal Pétain est à Nancy. Les actualités montrent sa marche triomphale dans les rues. Un opérateur, un opérateur ayant accepté de travailler pour France Actualités, laquelle est, ne l'oublions pas, une société entièrement sous contrôle allemand depuis l'année précédente, un opérateur donc est allé filmer Pétain à Nancy. Le commentaire de ladite actualité nous dit, écoutez bien : « Ceux qui, à Alger ou à Londres, se croient plus patriotes que nous, ne peuvent plus prétendre que les Français ne considèrent pas le Maréchal comme le chef du gouvernement légitime français, comme le seul chef de la France. » Il dit la Fraaaaaaance, avec la voix qui monte.
Et maintenant le 26 avril 1945, c'est-à-dire précisément onze mois plus tard. Le maréchal Pétain se présente à la frontière entre la Suisse et la France. Il y a une caméra qui le filme. Là, cela aurait pu être moi, j'aurais pu être

cet opérateur. Mais j'étais ailleurs, j'étais avec George Stevens sur le front est — peu importe. Ces images, je ne sais pas si elles ont été diffusées sur le moment, mais je sais que trois mois plus tard, le 23 juillet 1945, lors de l'ouverture du procès Pétain, les Actualités françaises (elles s'appellent comme ça depuis la libération de Paris) les ont montrées. Avec ce commentaire : «Il y a trois mois, le maréchal Pétain, renvoyé par Hitler, venait se livrer à la France. À la frontière suisse, le général Koening prenait livraison de celui qui avait profité de notre défaite pour supprimer la République d'un trait de plume.» Et là on entend pluuuuuuuume avec la voix qui souligne le mot en l'allongeant.
Comprenez-vous ce que je veux dire ? C'est exactement le même dispositif, la même façon de filmer, la même construction pour raconter. Seul change, de façon radicale, évidemment, le fond du texte : en 1944 Pétain était le chef légitime, en 1945 il est le traître qu'il faut juger.
Je ne discute pas, bien sûr, les enjeux historiques : il fallait évidemment que Pétain rende compte de ses actes. Je discute le fait que tout change, en France, après la Libération, tout sauf la façon de fabriquer les actualités filmées. Le fond change, pas la forme. C'est la même tonalité de voix (on peut simplement espérer que ce n'est pas le même homme qui parle, que le laudateur collaborationniste a laissé sa place à un résistant sympathique mais ce n'est même pas certain), la même façon d'enchaîner plan large, mouvement, plan resserré, action, plan américain, parole, *ad libitum*.
J'ai appris ce langage. Je l'ai appris sans savoir que je l'apprenais, en réalité. Je l'ai pratiqué de façon presque instinctive, en regardant ce qui se faisait, en testant parfois des choses, en éliminant, la plupart du temps sans en parler avec quelqu'un, sans même y penser, simplement par réflexe. Je dis que j'ai appris ce langage mais je devrais plutôt dire : un jour, alors que j'avais pris ma retraite, que

j'étais seul, que j'étais cet homme veuf qui n'avait plus rien à faire de ses journées, j'ai découvert que je parlais ce langage. J'ai en effet regardé plusieurs des films que j'avais tournés au cours de ma vie, à des moments différents. Pas tous, évidemment, cela aurait été trop long, trop fastidieux. Mais plusieurs, sur une étendue de plus de quarante ans. Et j'ai vu *comment* j'avais filmé.

Je m'explique. Un être humain en général ne s'interroge pas sur sa propre façon de parler — sauf dans des cas bien précis, s'il est homme politique, s'il est journaliste dans un média audiovisuel, éventuellement s'il est enseignant, évidemment s'il est acteur. Mais sinon, il parle : comme ça lui vient. Eh bien moi j'ai filmé pendant toute ma vie comme ça me venait. J'ai filmé sans réfléchir. J'ai filmé comme d'autres parlaient, comme d'autres regardaient, moi je filmais. Je ne me suis jamais interrogé sur la façon de filmer, sur le fait de me placer dans un endroit donné, de choisir tel cadre, telle durée de plan, tel mouvement de caméra. Et ce n'est donc qu'en revoyant des images que j'avais tournées que j'ai compris que j'obéissais à des règles, des règles que je m'étais moi-même fixées sans même m'en rendre compte.

Je ne m'étais jamais interrogé, entre 1928 et 1971, sur la fonction morale de ma caméra. Ma caméra n'a jamais été autre chose qu'un objet. Un objet auquel je ne conférais aucun pouvoir autre que mécanique. Certainement pas un pouvoir moral. Je ne dis pas, évidemment, que j'ai eu raison. Mais j'ai fait ainsi. Et ce n'est pas très étonnant : ils ne sont pas nombreux, les ouvriers qui posent des questions morales à leurs outils.

Il ne faudrait jamais oublier cela quand on construit une analyse de l'image. Au-delà de la question légitime mais finalement très habituelle du pouvoir, politique ou économique, qui ordonne de filmer, ou du contexte dans lequel les images sont montrées. Pour revenir au Maréchal, évidemment que le plus important c'est la bascule politique entre 1944 et 1945 ; mais, derrière, comme cachée en arrière-plan, il y a cette non-bascule formelle. Toute révolution politique ne crée pas forcément une révolution de l'image.

Je ne saurais vous en dire plus. Je ne suis pas théoricien, je vous l'ai dit. On m'a demandé d'être un témoin, un «grand témoin» du siècle que j'ai filmé — alors voilà mon témoignage : j'ai vécu dans un monde de preneurs d'images qui ne se demandaient pas ce que c'était que de prendre des images. C'était une pratique. Une simple pratique.

C'est sur cette pratique filmée, la mienne, que je voudrais m'attarder. J'ai choisi au hasard une bobine que j'ai dans mes archives, une bobine de 1933, à l'époque où je travaillais pour Pathé. Cette bobine correspond à la remise du prix Goncourt à André Malraux, un événement qui à l'époque m'a semblé important (il faut dire que c'était la toute première fois qu'une remise de Goncourt était filmée) : non sans raison car, près de soixante-dix ans plus tard, l'événement n'est pas oublié.

Je vous précise que je ne vais pas diffuser ces images ici. Je vais vous demander de m'écouter en parler. Pour une fois, je parle. Pour une fois, je souhaite que le public, vous aujourd'hui, m'écoute plutôt que de regarder les images que j'ai tournées. Aujourd'hui, le couloir part de ma mémoire, passe par ma bouche, mène à vos oreilles et pour finir votre cerveau va recomposer les images mentalement — et cela suffira.

La scène se passe aux éditions Gallimard, au 5 de la rue Sébastien-Bottin, aujourd'hui le dispositif pourrait être le même. J'entre avec mon opérateur son, appelons-le Jean, et il y a aussi l'opérateur images de la Gaumont, appelons-le Frédéric, et son opérateur son, ne lui donnons pas de nom car peu importe. Nous faisons un tirage au sort : nous tirons à la courte paille, tout simplement, pour savoir qui choisira en premier l'endroit où placer sa caméra. Frédéric gagne, et, tout à fait logiquement, il se met face

à la table. Je m'installe, moi, à sa droite, donc en légère diagonale par rapport à la table. Je dis table parce qu'à ce moment-là il n'y a personne, ou, plus exactement, il n'y a pas André Malraux derrière cette table, ce bureau des éditions Gallimard. Il y a quelqu'un des éditions qui joue le rôle de ce qu'on appelle une «doublure lumière» ; nous éclairons, Frédéric et moi, nous éclairons cette silhouette qui prépare la venue d'André Malraux. Nous préparons notre film : nous ne sommes plus, déjà, dans le réel, nous faisons une mise en scène.
Puis nous disons que nous sommes prêts. Jean et son collègue ont fixé deux perches côte à côte, qui n'entrent dans aucun des deux cadres formés par chacune de nos caméras, Gaumont et Pathé. Malraux entre. Il nous salue d'un bref signe de tête, s'assied. Il est tendu. Il est très tendu. Je vois sa nervosité jusque dans les veines de son cou qui palpitent. Il allume une cigarette, tire dessus trois ou quatre fois le regard plongé dans ses notes, qu'il a posées sur le bureau, à côté d'une montre. Personne ne dit rien. C'est un beau silence. Puis il lève la tête et regarde assez longuement la caméra de la Gaumont, face à lui. Et il tourne la tête pour regarder vers moi, vers l'objectif de la caméra Pathé en réalité, comme ce n'est pas une caméra reflex, c'est une Super-Parvo modèle U, je le dis pour les connaisseurs, je ne suis pas dans l'axe précis de son regard mais mon œil est juste au-dessus de la caméra, et je le vois regarder quelques centimètres plus bas, viser mon autre œil, mon ciné-œil pour paraphraser une autre personnalité de cette époque.
Il s'adresse maintenant à quelqu'un de chez Gallimard, peut-être Gaston (je suis incapable de me souvenir si Gaston Gallimard était là ou non, disons que oui), et il dit qu'il est prêt. Nous déclenchons nos caméras, les opérateurs son mettent en marche leurs enregistreurs. Nous déclarons, d'abord Frédéric, puis moi, que nous sommes prêts. André Malraux regarde devant lui, il va se mettre

à parler, mais juste avant d'ouvrir la bouche il détourne brusquement son regard de la caméra Gaumont et le braque vers la mienne. Et il parle. Il lit sa déclaration, avec une nervosité égale tout au long, c'est trop court pour qu'il ait le temps de s'apaiser, une nervosité dont la seule chose qu'il parvient à faire est la contenir aux mots qu'il prononce, des mots qui disent qu'il ne veut pas faire la promotion de son livre, qu'il ne l'a pas écrit pour ça. Mais ce qui m'importe là, ce que je voulais vous raconter, c'est ce geste qu'il a fait : regarder de mon côté et non plus devant lui. Ce qui signifie que le soir même, le soir du 7 décembre 1933, dans les cinémas Gaumont André Malraux sera face au spectateur mais ne le regardera pas directement, et dans les cinémas Pathé André Malraux ne sera pas face au spectateur mais le regardera droit dans les yeux.

C'est une leçon que je n'ai jamais oubliée. Face à deux caméras, mais c'est vrai aussi si elles sont trois ou vingt ou cent, le regard de celui qui est filmé est libre. Libre de ne pas suivre l'axe attendu. Libre de choisir vers où il se porte. Où il se dirige. Où l'on verra qu'il se dirige. C'est ce que je voulais vous dire aujourd'hui, pour servir de réponse aux questions que vous ne vous posez peut-être pas, peut-être pas assez : vous pouvez choisir de porter votre regard où vous le souhaitez. Aucune caméra ne sera plus forte que votre regard.

Aucune, jamais.

Merci, c'est tout.

C'est tout. Sur l'estrade, Gabriel reste silencieux. C'est beau, un homme très vieux qui se tait. Ce silence pourrait être le dernier, à chaque fois.

C'était une conférence introductive, sans questions. C'est fini, donc. Un jeune homme, chemise noir et jean noir, l'air sérieux affairé, s'approche de Gabriel et l'aide à se lever, à descendre de l'estrade, à remonter vers le haut de la salle, mais pas trop vite, Gabriel ne

peut pas marcher très vite, Dominique Païni le salue de loin mais discute avec un autre invité qui va parler maintenant — et puis un autre jeune homme, habillé en noir comme le premier (c'est leur uniforme, c'est de manière officielle la façon de s'habiller des membres de l'équipe du cinéma du centre Pompidou) s'approche avec un cédérom dans une boîte en plastique transparent.
Monsieur P., voici le film de votre intervention.
Le quoi pardon ? Je n'entends pas très bien.
Le film de votre intervention.
Gabriel regarde ce petit disque doré sur lequel a été gravé le fichier numérique de la vidéo de sa conférence : si cela avait été tourné en pellicule ce serait un immense film de plus de 1200 mètres de longueur, qui n'arriverait même pas à tenir dans une de ces grandes boîtes métalliques de trente-sept centimètres de diamètre dans lesquelles on stocke les films en 35 mm. Il en faudrait deux. Deux grosses boîtes.
Gabriel prend la petite pochette en papier dans laquelle se trouve le cédérom. Cet objet numérique il ira le ranger, dans son atelier, à côté de ses bobines, rondes : ce disque, rond lui aussi. Mais si plat.

W
[Café Le Souvenir, Paris]

J'ai retrouvé Ludmilla au café Le Souvenir, dans une petite rue près du métro Ménilmontant, elle est étrange ma solitude, je suis terré dans ma maison, parfois je la quitte pour aller à l'étranger en reportage ou à Paris voir des amis, je les retrouve pour qu'on se donne des nouvelles et ensuite chacun reprend le cours de son existence, c'est un peu toc, c'est un peu faux, c'est une façon de faire mais je n'en ai pas trouvé d'autres, j'aurais rêvé quoi, peut-être avoir des amis avec qui construire un monde, s'installer tous ensemble dans une grande maison et avoir un projet commun, en suis-je capable ? J'en doute.
Ou alors j'aurais rêvé avoir quelqu'un dans ma vie, quelqu'un avec qui partager chaque moment de mon existence mais je n'ai jamais trouvé (sans être tout à fait sûr d'avoir mis assez de soin à chercher). Donc je suis seul et il y a des flagrances, des éclairs de sociabilité qui font comme un flash : m'éblouir et me laisser ensuite dans le noir les pupilles écarquillées.

Ludmilla est née en 1986, elle a onze ans de moins que moi, je n'ai jamais été amoureux d'elle, ce qui rend cette amitié précieuse, elle a tout de suite joué le rôle de la petite sœur et moi de son grand frère, ce n'est pas parfait non plus mais cela permettait de ne pas se préoccuper de séduction ou de compétition, elle comme moi on a pris nos places tout de suite l'un par rapport à l'autre et tout s'est toujours déroulé comme il se doit, complicité rapide pour se dire nos peines de cœur, de corps, nos désirs et nos envies, nos rencontres et nos ennuis — nous nous sommes connus à *SVM, Sciences et Vie Micro*, où j'étais secrétaire de rédaction aux alentours de 2010, et où elle était stagiaire, joyeuse, efficace sans ostentation et insolente sans excès, dans un univers de *geeks* patentés ou d'ambitieux excités nous détonions tous les deux, et avions vite fait écran ensemble contre les autres ; elle avait à l'époque un amoureux futé et bavard, qui avait su me donner la bonne place, tous les trois nous nous plaisions à nous sentir proches et, en même temps, loin des autres, loin du conformisme salarial ou artistique (à *SVM* ou dans les festivals littéraires — c'était le temps de mon premier roman, j'étais invité ici ou là —, je retrouvais, à l'identique mais transposées par des mots et des attitudes corporelles différentes, les mêmes banalités dans l'approche du monde, de l'avenir, du présent, de l'intensité).

Le rôle de ma petite sœur : un soir de travail, après un cocktail flamboyant comme l'époque savait en organiser pour les objets les plus futiles que le monde produisait (c'était je crois le premier smartphone avec caméra frontale, la brutale invention de l'univers terrifiant des selfies, toute l'assemblée avait joué à essayer et à s'envoyer par MMS le résultat, c'était d'autant moins utile qu'ils testaient cela entre eux, les uns devant les autres, les uns avec les autres) nous avions marché longuement dans Paris et je lui avais parlé de cette étrange généalogie de trois garçons seuls, de ces trois hommes-là, Gabriel, Michel, Adrien, ces trois générations d'enfants uniques ; sauf que, voilà, mon grand-père avait eu une sœur, et cette perte c'est comme si pour deux générations à suivre on ne s'en remettrait pas, comme s'il fallait continuer à éponger le manque, à vivre le manque, à le partager à trois garçons, trois générations d'enfants seuls, de garçons seuls, comme si la présence du féminin dans l'enfance nous en avions été privés, nous étions trois à ne pas avoir de sœur, trois successivement à être un garçon unique solide et fragile en même temps. Trilogie de générations hantées par cette unique disparition, par cet accident de la vie comme disent certains pour euphémiser ce qui se dresse entre le cours harmonieux des choses et toi, sans que tu aies pu le prévoir, sans que tu saches comment le dépasser — et qui se transmet, donc, qui se transmet malgré toi, à ton fils, à ton petit-fils.

Aujourd'hui Ludmilla : vient de perdre son grand-père. Elle est secouée, c'était ce matin l'enterrement et elle m'a appelé pour qu'on se voie ce soir, j'ai quitté ma campagne profonde, j'ai pris un train pour la retrouver, être l'image de l'ami sur qui on peut compter quand il le faut, petit chagrin ou rage intense, c'est bon de le partager, catharsisme primitif qui a fait ses preuves depuis les quelques millénaires que les humains le pratiquent ensemble, et si je suis célibataire sans enfants au moins que cela serve à cela, que cela serve à servir : aux autres. À Ludmilla, aujourd'hui, que je prends doucement dans mes bras et ses sanglots calmes emmènent sa tristesse dans un canal dont je suis, à cet instant, l'éclusier — et elle me parle de ce grand-père farfelu, plein d'énergie et d'humour, ce grand-père trompe-la-mort qui a fini par perdre le combat, avec qui elle pouvait parler de tout, grâce au pont juché sur sa relation douloureuse avec sa mère à elle, Ludmilla, c'était le père de sa mère et elle trouvait en lui toute la joie qu'elle n'avait pas trouvée dans son enfance, elle avait réussi à rompre avec la mécanique des généalogies imposées, à trouver par détour comment mettre un peu de distance au moins avec ses propres parents.

Je l'écoute et j'ai envie de lui raconter mais c'est trop vieux comme souvenir, quel intérêt d'aller piocher il y a plus de dix ans, lui raconter le jour de la mort de mon grand-père à moi, de Gabriel, le jour où mon père m'a appelé sur mon téléphone portable, depuis la maison de L'Étang-la-Ville où il venait d'arriver, où il m'a prévenu, j'avais pris un train à Saint-Lazare, puis ces quelques mètres à pied de la gare de L'Étang-la-Ville à la maison, la maison où j'étais tant allé dans mon enfance, et soudain à ce moment-là, avec ces mètres-là, en quelques mètres le cerveau peut aller tellement vite tellement loin dans une idée, je me suis rendu compte que mon enfance était finie depuis bien longtemps, que c'était mon grand-père qui avait vécu tard, que le voir mourir alors que j'avais plus de trente ans c'était un privilège, que ma grand-mère Lila était morte avant même ma naissance, alors qu'elle avait à peine dépassé soixante ans, et que ma grand-tante Hélène était morte alors qu'elle n'avait que onze ans : onze ans.

À quoi bon raconter cela à Ludmilla ? Pourquoi lui dire qu'elle aussi, alors qu'à son tour elle a une petite trentaine d'années, cela fait longtemps qu'elle aurait dû se rendre compte que c'était fini, l'enfance, qu'il fallait qu'elle soit entièrement elle, entièrement centrée sur sa vie, car c'est maintenant, cet âge-là, celui de la puissance et de la liberté, ensuite, bientôt, il sera trop tard, ce sera le temps des renoncements, le temps des vieillissements — mais est-ce mon rôle de faire, une fois encore, le Cassandre de service, le vieil écrivain qui convoque les mânes du temps qui lui échappe ? Qui nous échappe.

Alors plutôt je propose à Ludmilla d'aller au cinéma, oui mais voir quoi, elle attrape son téléphone mais je lui dis non, on est à Paris au début des années 2020, il est encore possible de trouver un kiosque dans une rue, d'y acheter un *Officiel des spectacles*, de l'ouvrir à la page des salles de cinéma et parce qu'on se connaît toujours mieux que la société en g- ne nous connaît on peut très vite trouver les cinémas les plus proches de nous, trouver les films qu'on a envie de voir, laisse-moi profiter de ce plaisir parce que très bientôt nous ne pourrons plus. Très bientôt ce sera fini, définitivement. Très bientôt la société en g- nous emmènera au cinéma le plus proche voir le film que nous voulons voir : qu'elle sait que nous voulons voir — et même ceux qui veulent lutter ne le pourront plus car il n'y aura plus que G. pour nous donner les horaires des cinémas.
Au Grand Action, dans la petite salle malheureusement, la salle Henri Ginet, il y a *Signe particulier : néant* de Georges Perec, allez Ludmilla on y va, on va voir ce film, il n'y aura pas meilleur moyen, pour toi, de tourner la page, et pour moi ?
Pour moi quelle page ? Quelles pages ? Peu importe combien de pages, ou zéro, peu importe, j'ai envie d'aller le voir, le revoir, cela fait tellement longtemps que je ne l'ai pas vu.

Cela faisait sans doute vingt-cinq ans. J'en avais gardé un souvenir un peu froid, un peu formaliste, il ne m'en restait que l'idée qu'avait eue Perec d'adapter au cinéma son concept lipogrammatique de

La Disparition en décidant que dans un film l'équivalent du «e», la lettre la plus fréquente de l'alphabet, celle qu'il avait retirée de son livre sans même que s'en rendent compte certains critiques, c'est le visage : et donc faire un film sans visages. J'avais le souvenir d'avoir regardé le film en guettant chaque astuce pour masquer les visages des acteurs, le bar très enfumé, le motocycliste avec casque, les scènes de nuit, les scènes vues de très loin, les personnages en silhouette, la caméra subjective suivant un personnage de dos, une femme à cheveux longs se coiffant, les ramoneurs, tout était amusant en effet, mais j'étais trop jeune, sans doute : trop jeune pour apprécier ce que j'ai ressenti cette deuxième fois, comme toujours la profonde intelligence de Perec au-delà des jeux formels, l'extrême puissance de son écriture, cette histoire d'un écrivain refusant d'être vu qui est métaphore de l'écriture pure (se jouer de la représentation, que le livre soit un objet solitaire, sans appendice humain qui lui soit raccordé), cette histoire d'un *écrivain sans visage* qui devient un phénomène de librairie, et tous les enjeux liés à la notion de spectacle (la scène de hold-up avec des masques, avec des masques d'écrivains morts, seule représentation dans le film de visages : tous les écrivains qui ont compté pour Perec), cet enjeu central de la *visibilité*, et dans l'histoire parallèle, car ce sont deux films emboîtés, l'écrivain sans visage, en noir et blanc, est en train d'écrire l'histoire de l'autre film, le film d'aventures en couleurs, et dans ce film en couleurs ce combat inlassable d'un groupe résistant qui voudrait pouvoir sortir de la malédiction qui fait qu'il est interdit de montrer le moindre regard, statues sans visages, hommes invisibles, masques, et qui lutte, inversion subtile, complexe et riche, de l'autre film, qui lutte contre une dictature, un empêchement à vivre — j'ai aimé aussi ce film parce qu'il est tardif, une des dernières œuvres de Perec, il le terminait alors qu'il venait d'apprendre qu'il était malade, j'ai aimé que ce soit un geste vers l'avenir, pour la première fois Perec ne regardait plus vers son enfance, mais vers une autre enfance, l'avenir d'une humanité, avec ce ventre rond de la femme de l'écrivain, ce ventre rond qui est évidemment la meilleure façon de ne pas montrer le visage d'un être vivant : d'un futur enfant. Pour la première fois

Perec s'imaginait, s'autorisait à se promettre un avenir — et puis sa mort si vite après avoir terminé le film, au point qu'il n'avait même pas vu la sortie publique, ce déni si dur de son désir, aussi le fait que malgré lui il devenait, d'un coup, un écrivain sans plus de visage : un des masques d'écrivain que mettront des bandits dans un nouveau film de gangsters, moins subtil que le sien, un film de gangsters d'aujourd'hui, un film qui ne croit plus ni dans les gangsters ni dans le cinéma, mais qui croit qu'il faut continuer à faire semblant de croire.

En sortant j'étais bouleversé, porté par l'émotion du film, porté par la force de ce que je venais de voir, par le temps qui passe aussi sans doute, se dire qu'on voit un film vers vingt ans et qu'il ne nous dit rien puis le même film vers quarante-cinq ans et que cette fois il nous dit tout, il nous, il me dit ce que je n'étais pas capable de voir, ce que je n'arrivais pas à voir, il me tend un miroir sans visage vers les questions que je n'arrive jamais à verbaliser moi, ni dans ma vie de journaliste ni dans ma vie d'écrivain, ni dans ma vie de jardinier, dans une quatrième vie comme on dit une quatrième dimension, une vie qui aurait à voir avec un reflet, avec une ombre, une vie où seules les sensations compteraient enfin, plus l'image sociale de quelqu'un, plus sa place, plus sa gueule, une émotion qui naîtrait d'un art libéré de toute représentation, d'un art qui ne souhaiterait même plus dire quelque chose, d'un art qui ne serait qu'une pulsation.
Qu'un principe de vie.

23
[2001]

C'est un homme de quatre-vingt-treize ans, ce n'est pas ce qu'on appelle un jeune homme, mais c'est un homme qui tient debout, encore, c'est un homme qui marche, dans tous les sens du terme, ce jour-là Gabriel, comme trois fois par semaine au moins, a décidé d'aller marcher, il ne dit pas se promener parce qu'il n'aime pas, il n'a jamais aimé le mot *promenade*, il aime le mot *marche*, il va marcher dans la forêt de Marly-le-Roi, c'est une forêt mais c'est presque au bout de sa rue, il n'y a qu'à traverser la voie de chemin de fer, prendre le chemin du Fond-du-Chêne, quelques centaines de pas, et c'est la forêt, et Gabriel marche lentement, sereinement, il y a un calme spécial, un calme étonnant, un calme qui n'est pas seulement celui d'une forêt calme, un calme que Gabriel ne comprendra que plus tard, d'habitude dans cette forêt proche d'une zone urbaine il perçoit des bruits humains aujourd'hui absents ; mais là, plongé dans ce calme il ne s'en étonne pas, il ne ressent que la profonde tranquillité de ses pas sur ce sol légèrement humide (la pluie est revenue il y a quelques jours, après un été sec), les brindilles les herbes les quelques feuilles qui commencent à tomber ; est-ce l'âge ou a-t-il toujours été comme ça, Gabriel ne réfléchit pas, il prend chaque pas, chaque mètre non comme un encouragement à penser mais comme un pas, un mètre, à franchir, le mouvement pour lui ne sert pas à rendre agile son cerveau. Il aime marcher pour le simple sentiment d'être en mouvement. Pas pour réfléchir ; pour marcher. Ensuite, il sera temps de faire autre chose.

Ensuite, il est de retour chez lui. Il a passé la vieille porte en bois, fixé la petite ficelle de la grande clé sur le petit crochet qui est à côté de l'interrupteur de l'entrée, comme il avait toujours vu son

père faire, comme il a toujours fait, comme je ferai toujours, et il est allé vers le fauteuil rouge, devant la télévision : c'est l'heure de *Des chiffres et des lettres*. Cela fait des années maintenant, plus de vingt ans, peut-être même depuis le début de l'émission, que Gabriel regarde, tous les jours, *Des chiffres et des lettres* : pour maintenir son cerveau en forme, pour ne pas devenir un petit vieux monsieur rabougri qui ne peut plus chercher, plus compter, plus mémoriser ; il déteste pourtant l'animateur, Patrice Laffont, il déteste ce ton télévisuel toujours faussement joyeux, mais il aime que chaque jour devant lui il y ait des problèmes à résoudre, des problèmes lettrés et des problèmes chiffrés, des problèmes vivants, pas sur papier, des problèmes en temps réel — et quand c'est fini on passe à autre chose, il n'y a pas de trace d'une émission de télévision, il jette ses feuilles de brouillon, les brûle dans la cheminée quand il fait du feu, et puis tout est terminé, jusqu'au lendemain.
Gabriel dans le fauteuil rouge. Quinze heures trente. Sa télécommande. Il appuie sur le chiffre 2. Mais ni chiffres ni lettres : David Pujadas, qui normalement présente le journal de vingt heures, est en train de parler, avec des images de New York derrière lui ; des images du World Trade Center ; des images des tours en feu ; des images d'une fumée si énorme qu'elle semble aller plus haut que le haut du ciel. Le 11 septembre 2001 l'émission *Des chiffres et des lettres* ne sera pas diffusée.

Gabriel regarde, écoute, reçoit ces informations qui ne mettent que quelques millisecondes de plus que dans le cerveau d'un jeune garçon de quinze ans pour être triées, comprises, analysées, décryptées, il regarde ces images en direct, flux américain acheté par France 2 (les négociations se font en urgence, par téléphone, puis on ouvre la liaison satellite, quand Gabriel travaillait pour les actualités Pathé l'après-midi les agences américaines télégraphiaient quand il y avait un événement qui pouvait les intéresser, achetaient une copie négative et la faisaient venir par bateau, dix jours plus tard le public new-yorkais découvrait les images de l'assassinat d'Alexandre Ier de Yougoslavie ou de la victoire de Léon Blum, dans les cas très urgents, très graves, on utilisait l'Aéropostale, alors deux jours après la déclaration de guerre du 1er septembre 1939 les New-Yorkais voyaient les Français partir mobilisés), ces images de New York en 2001 ne semblent presque pas tournées, sans personne qui les filme, une caméra fixe et son plan large, comme une caméra de surveillance, et de temps en temps des images au sol, des témoignages, dans la régie de France 2 une puis différentes interprètes traduisent au fil des mots ce qu'elles entendent, sans savoir ce qui va se dire, ensuite ce qui va se voir — sans savoir surtout si ça ne va pas continuer, dans d'autres endroits de la ville, du pays, du monde.

Alors Gabriel, comme s'il était ce jeune garçon de quinze ans qui vient de recevoir sa caméra, va dans son atelier et prend sa Pathé-Baby, il n'a pas rouvert cet étui depuis plus de soixante-dix ans, une fois peut-être, dans les années 1950 quand il fabriquait des machines et tentait d'y adapter ses caméras, mais sa Pathé-Baby est manuelle, pas pratique pour être fixée en l'air ou sur des engins roulants, Gabriel ouvre l'étui et sort sa caméra, sa petite caméra, sa toute première caméra en réalité, sa première rien qu'à lui, sur l'étagère il a des cartouches de pellicule neuves, neuves est-ce que c'est le terme ? Neuves de 1923, de 1925, de 1927 ; évidemment en 2001 ces bobines ne devraient plus servir mais son corps à lui, s'il a tenu si longtemps, pourquoi pas ce bout de chimie déroulable ? Et puis quand bien même. Gabriel veut filmer. Tant pis si rien ne sortira, si rien ne pourra être développé. Une dernière fois filmer : avec du film. Il déchire l'emballage en papier rouge, installe la cartouche dans la caméra.
Garçon méticuleux, homme méticuleux, qui prend, parmi la dizaine de pieds qui sont rangés, à l'horizontale, sur des avancées métalliques qui forment étagères, celui dont une étiquette collée au bas d'une des branches indique « Pathé-Baby », pourquoi un objet, un simple trépied, trois branches fines en bois sombre et une attache métallique, pourquoi un objet si banal peut-il faire revenir tant de souvenirs, tant d'émotions — pour lui, Gabriel, alors que pour quiconque d'autre ce ne serait qu'un vieil objet éventuellement un peu touchant d'être encore en si bon état, pour Gabriel c'est comme

s'il envoyait sa main soixante-dix ans en arrière pour en rapporter le trépied de sa Pathé-Baby.
Il retourne dans sa maison, dans son salon. Il déploie les trois branches au milieu de la pièce, serre la Pathé, la cale. Contraste entre cette boîte métallique mécanique et la boîte plastique électronique vers laquelle elle est braquée. Gabriel met l'œil dans le petit viseur, il cadre la télévision. Ce viseur, son autre œil, son ciné-œil, celui qui est plus qu'œil, celui qui rend la vie précise — sur une Pathé-Baby il n'y a même pas la puissance du verre, de la vision à travers le verre, c'est un simple rectangle métallique qui figure les limites de ce qui est filmé, mais mettre son œil dans ce rectangle c'est donner à ce qu'on regarde, à ce qu'on filme, un cadre : une existence.
Gabriel à travers son viseur regarde l'image télévisuelle qui n'a jamais eu de grâce, ni de puissance, même maintenant, même aujourd'hui 11 septembre, les images restent de *deuxième zone.*
Gabriel se souvient de ce tableau explicatif qu'il avait appris par cœur en 1923, le tableau des diaphragmes de la Pathé :
Vues marines, aériennes, neiges, etc.
Lointains, panoramas, monuments clairs
Vues avec verdure en premier plan, sujets, groupes, scènes de rues, etc.
Bords de rivières avec ombrages, sous-bois très éclairés, cours, ravins, etc.
Sous-bois très ombragés, intérieurs clairs, cours ombragées
Il faudrait choisir dans la liste la première proposition, vue aérienne pour cette tour filmée (pas filmée, pas cadrée ; cette tour enregistrée) depuis une autre tour de New York, le ciel est *clair, lumineux ou ensoleillé*, de dix heures à quatorze heures c'est diaphragme 10, mais *pendant les deux heures précédant ou suivant les heures indiquées employer le diaphragme correspondant à l'ouverture immédiatement plus grande que celle indiquée* — c'est donc 7.
Maintenir à l'aide de la main gauche le pied de l'appareil afin de lui assurer la plus grande stabilité possible.
Puis. Tourner la manivelle de la main droite, dans le sens des aiguilles d'une montre, avec légèreté pour ne pas ébranler l'appareil, et d'un mouvement régulier à raison de 120 tours environ par minute (soit deux tours à la seconde).

Gabriel retrouve, très vite, si vite, la cadence, comme si c'était la semaine dernière qu'il avait utilisé pour la dernière fois sa Pathé-Baby, alors que c'était il y a plus de quatre mille semaines, il retrouve le rythme et dans ce rythme, cette manivelle qui entraîne sa main plus encore que sa main n'entraîne la manivelle, il parvient à regarder, à voir ce qui se passe sur l'écran de la télévision : cela devient visible. Lisible.
Un avion qui rentre dans une tour. Un deuxième avion qui rentre dans une deuxième tour. La première tour qui s'effondre. La deuxième tour.
Il n'est pas nécessaire d'opérer avec le soleil dans le dos, bien au contraire le relief et la beauté du résultat obtenu sont accentués avec le soleil de côté.
La bobine dans une cartouche de Pathé-Baby fait huit mètres cinquante de film, soit environ quarante-cinq secondes. Quarante-cinq secondes : Gabriel a l'économie de l'opérateur de muet dans le sang, il ne lui en faut pas plus pour montrer ce qu'il y a à montrer, il n'a pas besoin de ce direct infini dans lequel les télévisions du monde entier ont plongé, il sait quand lancer sa manivelle, l'arrêter, reprendre, pour impressionner les onze cents images de sa cartouche. Quarante-cinq secondes, c'est bien assez pour raconter ça.
Puis il décroche la caméra de son pied, le replie. Va le ranger. Sort la cartouche de la caméra. Demain, 12 septembre 2001, il tentera de la développer — la Pathé-Baby utilisait une des premières pellicules avec le procédé dit de l'inversion, permettant de développer directement en positif, sans passer par le négatif, puisqu'elle était prévue pour un usage familial, pas pour un travail professionnel, une seule copie suffisait : demain Gabriel pourra voir s'il arrive à révéler, tout de suite en positif, ce qu'il a filmé aujourd'hui. Filmé pour voir. Voir encore avant de ne plus rien voir.
Avant de fermer les yeux.

X
[Des cases]

J'aime tant le désordre. Dans ma bibliothèque, mes livres ne sont pas rangés, ils se succèdent comme le hasard les a installés. Mon bureau est une pile mouvante, mobile et fossile, tas de courriers, articles découpés, boîtes, stylos et papiers, qui montent peu à peu et menacent de s'effondrer, sans sens ni logique — et pourtant ce désordre a un ordre très précis, tout est organisé dans ma tête à défaut de l'être dans le monde réel : tout est rangé dans les connexions de mon cerveau, de l'objet à sa place il y a ces microns de matière organique, neuronale, qui me donnent à chaque fois que j'en ai besoin la clé de disposition.
Mais aussi : j'aime tant les grilles, les tableaux, les cases qui classent le savoir et l'imagination. C'est rassurant, les cases — inscrire un monde, une histoire entière dans un tableau, ça me rassure : avoir l'histoire en main, pas en main mais en yeux, devant mes yeux une grille qui la résume, ça me rassure énormément, l'idée que je peux voir quelque chose de compliqué en un seul coup, coup d'œil ; là en l'occurrence ce n'est pas simplement que je le vois, c'est que je le construis : je construis un monde. Je construis la représentation du monde.
C'est ça que je veux faire. Ce que je dois faire. Arriver à trouver comment tout organiser, tout mettre dans un schéma, construire un cadre pour y raconter une histoire. Une seule histoire, qui dure le temps d'un siècle.

Et pour ça vingt-quatre cases ; vingt-quatre rectangles dont la largeur fait les quatre tiers de la hauteur. Vingt-quatre fois une image si parfaitement cadrée.

24
[2009]

Gabriel a cent un ans. Gabriel vient d'avoir cent un ans. Ce n'est pas juste un nombre, c'est l'idée d'un siècle qui est passé, du XXe siècle qu'il a vécu à peu près en entier, un peu décalé mais sans rien en rater d'essentiel.

Son petit-fils Adrien est venu le voir, lui rendre une visite, comme il fait une fois de temps en temps, tous les deux ou trois mois, parfois moins souvent. Gabriel vit toujours chez lui, il y a une dame qui passe le matin, qui fait un peu de ménage, de toilette, qui prépare le déjeuner, et une autre le soir qui lui amène le dîner et s'assure que tout va bien.

Adrien a appelé la veille, a dit à la dame du matin qu'il viendrait déjeuner avec son grand-père, qu'il s'occuperait du déjeuner, ils sont juste tous les deux et les voilà qui finissent de prendre un café léger, Gabriel à cent un ans prend un tout petit peu de café au déjeuner, un tout petit peu de vin au dîner, il a eu des maladies oui, mais rien qui l'ait totalement handicapé, rien qui l'empêche d'avancer, lentement, très lentement, de son lit au salon, sa chambre maintenant c'est l'ancienne salle à manger, il y a cinq ou six ans qu'il ne va plus à l'étage, mais dans son atelier au jardin oui il peut encore, il y va encore parfois, faire semblant de bricoler un peu, de ranger, de toucher ses vieilles caméras, ses bobines, sa grande table en bois.

Ils finissent le café, et Adrien dit papy je vais te filmer un peu d'accord, regarde mon nouveau téléphone a une caméra, on peut filmer avec, je te montre. Et il sort son smartphone, un iPhone 3GS tout neuf, avec capteur vidéo de 3,2 mégapixels, vidéo VGA jusqu'à trente images par seconde, regarde papy, il appuie sur le bouton

rouge et tient le téléphone à l'horizontale, le cadre est à 1,85:1, Adrien filme ce très vieux monsieur, et sur l'écran de son iPhone il y a cet homme qui n'a jamais été très grand et qui s'est tassé avec le temps, son regard un peu lointain, c'est physique autant que psychologique, c'est l'âge de ses yeux comme objets et l'âge de ses yeux comme regard, mais il y a aussi son air calme, ses maigres cheveux d'un blanc flamboyant rabattus sur le côté, son long nez un peu cassé, ce sourire serein, les dents qui ne sont pas d'origine évidemment, et sa main qui s'avance, la main de Gabriel, qui n'est même pas ridée, craquelée plutôt, comme si la peau était très sèche et très fine, qu'elle n'était presque plus rien, comme si l'enveloppe extérieure de son corps diminuait petit à petit, comme si elle était en train de disparaître, en épaisseur et en couleur, avant de céder complètement, avant de rompre : totalement.
La main de Gabriel s'avance vers le téléphone de son petit-fils, vers la caméra-téléphone de son petit-fils, pour la prendre, pour l'utiliser à son tour, pour filmer : on ne peut pas avoir passé sa vie derrière une caméra et ne pas vouloir essayer cet objet moderne qui permet de filmer. Alors Gabriel attrape le téléphone, sa main tremble un peu mais il y a un stabilisateur d'image, et Gabriel cadre : il cadre son petit-fils, ce jeune homme trentenaire tranquille et sa peau trop douce, trop lisse, trop naïve, son regard un peu perdu comme ceux de sa génération pour qui l'idée de la transcendance s'en est allée. Mais Gabriel ne pense pas à ça. Gabriel pense à tout autre chose. Ce geste qu'il fait. Ce geste de prendre une caméra et de la retourner vers celui qui le filme.
Ce
geste.
Soudain dans la tête de Gabriel, le souvenir est là — il est là enfin, il attendait depuis si longtemps, depuis 1913, il attendait depuis quatre-vingt-seize ans (96) de réapparaître, de sortir de l'espace clos, l'espace noir, l'espace sans espace, le non-espace, la disparition absolue, et voilà que le souvenir se reforme, comme dans un film à effets spéciaux où d'une poussière naît un objet, d'un nuage une forme, d'une absence une présence.
Gabriel se souvient.

Le couloir. Le couloir, là, juste derrière.
Hélène est contente. Elle a filmé son petit frère en poussant la caméra dans le landau, elle a hâte de voir ce que ça va donner quand ce sera développé, elle embrasse Gabriel sur les cheveux et à ce moment-là il lui dit *moi aussi je veux filmer.*
Toi aussi tu veux filmer mon chou, mais tu es trop petit tu sais, papa ne voudra pas.
Mais si papa voudra moi aussi je veux filmer.
Tu veux filmer mon Gaby ?
Elle sourit, elle se dit qu'il a bien droit d'essayer une fois la caméra, s'il fait quoi un mètre, ça sera quinze secondes, papa ne dira rien, elle dira que c'était exceptionnel, que c'était pour essayer, que c'était juste une fois pour voir et que d'accord papa maintenant il n'a plus le droit de filmer d'accord promis papa, allez oui mon chou tu vas essayer mais tu veux filmer quoi.
Je veux filmer toi.
Hélène rit – après tout que pouvait-il avoir envie de filmer dans ce couloir ? Le landau ?
Hélène retire le pied de la caméra du landau, le déploie à nouveau pour le poser au sol, resserre la Pathé-Kok sur le bloc qui la maintient, il n'est pas question de la faire pivoter ; et puis elle montre à Gabriel comment il faut tourner la manivelle.

Alors Gabriel pose le téléphone sur la table et dit à son petit-fils viens Adrien allons dans mon atelier. Il faut que je voie quelque chose.
Et ils marchent très lentement jusqu'au jardin, les quelques marches pour descendre, puis l'herbe, puis la porte de l'atelier, puis l'atelier. L'un s'appuie sur l'autre. L'un marche beaucoup plus lentement que l'autre. Extrêmement lentement.
Mais Gabriel de toute façon n'est pas là, pas vraiment là. Il est là-bas, c'est-à-dire ici mais quatre-vingt-seize ans plus tôt.
Ils entrent. Gabriel allume la lumière : il fait sombre dans l'atelier, c'est normal, depuis toujours ici ça n'a jamais été qu'un endroit sombre, volontairement sombre, un endroit pour regarder des

images. Gabriel va dans la petite remise du fond, là où il y a des dizaines de bobines, mais aussi des cassettes vidéo, un peu de tout — tout est bien rangé, avec des étiquettes indiquant en gros caractères l'année et en plus petit le sujet du film.
Et Gabriel montre du bras sa collection.
Il demande à son petit-fils de lui lire les étiquettes, s'il est indiqué *1913* ou alors le mot *couloir* ou quoi d'autre, Gabriel explique j'ai tout étiqueté après la mort de Lila dans les années 1970, je regardais le début de chaque bobine et je mettais une étiquette, c'est quoi là par exemple ? *1928 Porte Saint-Denis (Gaumont)*, ou là ? *1933 André Malraux Prix Goncourt* et là ? *1942 quinze images de Camberley* — mais Adrien tu m'entends je n'ai pas regardé, c'était trop long, je n'avais pas envie de revoir ma vie en entier, je voulais juste ranger. La ranger. Les ranger. Comme dans un casier. Dans des cases. Les cases du temps passé.
Adrien voit une bobine avec l'étiquette *1913*, il dit lentement, en parlant fort, il dit à son grand-père mille neuf cent treize.
Alors Gabriel la prend et dit oui c'est celle-là. C'est du Pathé-Kok, regarde ça fait 28 mm de largeur, c'est la seule pellicule qui ait jamais eu cette dimension. Celle-là je n'ai même pas regardé le début, j'ai mis l'étiquette dessus tout de suite, je ne voulais pas me revoir dans le couloir. Je ne voulais pas.
Il retrouve ses gestes de jeunesse, comment on installe une bobine sur le projecteur, le Pathé-Kok n'a plus guère resservi depuis 1913, évidemment il fonctionne sur 110 volts mais dans cet atelier il y a deux ou trois transformateurs électriques, dans cet atelier tout peut encore être mis en marche, tout le matériel ancien est encore en état de fonctionnement, comme moi grommelle Gabriel, c'est peut-être un peu vieux mais ça fonctionne encore. À.
Peu.
Près.
Il a installé le projecteur, montré à Adrien comment projeter, la vitesse du mouvement de la manivelle, ce n'est pas automatique, ni la caméra ni le projecteur n'avaient de ressort, tout à la main, tout dans un rythme humain et pas celui d'une machine, il y a un cache qui se soulève quand on tourne la manivelle pour éviter de

brûler la pellicule quand elle ne défile pas, Gabriel s'est assis, tout seul, Adrien reste derrière le projecteur braqué sur le mur blanc, le mur de projection, et il se met à tourner la manivelle, les images commencent, d'abord c'est sans intérêt, le père de Gabriel, l'autre Adrien, qui filme sa voiture sous toutes les coutures, sa majestueuse De Dion-Bouton, et la maison derrière, la maison qui est là derrière eux en 2009 est là derrière cette voiture de 1913 et évidemment c'est déjà un sacré vertige pour le jeune Adrien — et puis voilà le couloir, le couloir du bas, et un tout petit garçon de cinq ans qui avance en s'appliquant à ne pas marcher trop vite, et l'image le suit, c'est un travelling, souple, et Gabriel se retourne vers la caméra et fait un gros sourire. Et tout de suite, sans la moindre pause, pas de fondu pas de noir, tout de suite Hélène dans le couloir, plan fixe Hélène regarde vers la caméra, regarde vers Gabriel, regarde vers moi, d'un air sage, puis elle pouffe et elle fait un petit baiser avec la main.
Et c'est fini. Noir.
C'est fini. Gabriel, le vieux Gabriel, finit de pleurer doucement. Adrien, le jeune Adrien, ne sait pas trop quoi faire. C'était elle, la petite Hélène, la grande Hélène, la grande sœur perdue à jamais : je ne l'avais jamais vue.
C'était elle, dit Gabriel. Je ne l'avais jamais revue vivante, en mouvement, comme ça. Tu te rends compte. Je me souvenais tellement bien de ce jour dans le couloir, quand elle a voulu me filmer en faisant un travelling avec le landau, on avait fait des répétitions parce qu'elle ne voulait pas que ça rate. Mais j'avais oublié qu'après j'avais eu le droit de la filmer. La toute première fois que j'ai tenu une caméra entre les mains, c'était pour la filmer elle. Juste avant sa mort. Quelques jours avant. Ce qu'on a vu, là, c'est la plus grande qu'elle ait jamais été. Elle ne grandira plus. (Futur.) Elle n'a plus grandi. (Passé composé.) Plus jamais grandi. (Participe passé infini.)

Après.
Adrien et Gabriel rentrent dans la maison.
Gabriel s'assied dans son fauteuil rouge, sans plus rien dire.
Et Adrien finit par partir. Avec le train de 17 h 43.

Trois semaines plus tard, une nuit, le cœur de Gabriel s'arrête.
Il était temps.
Cette fois c'est fini.
Enfin.

Y

[La Cinémathèque française, Paris]

J'ai presque terminé mon roman.
Presque.
Alors qu'un article de journal, ou un manuel informatique, je m'en débarrasse comme on met une chemise au sale, là je n'arrive pas à me décrocher, à m'arrêter, je reste collé à la chemise comme si ce n'était pas la mienne, comme si je voulais jusqu'à la fin garder un peu de l'odeur de l'être aimé, si loin, mais encore là, ne serait-ce que par le souvenir qui s'est associé entre le tissu et sa peau, je garde le livre comme une sorte d'objet dans lequel j'entre tout seul, comme j'aime marcher seul dans ma maison, j'aime parcourir mon fichier informatique et m'y promener, je monte en 1931, redescends en 1969, et 2001 alors, allez je reste encore un peu, je refuse de décider que le livre est fini.

Je suis à la Cinémathèque française, cet étrange bâtiment pas vraiment beau, pas moche non plus, ce bâtiment qui dit sans crainte sur sa porte d'entrée : musée du cinéma — et on le sait bien, que quand on met un objet dans un musée, ce n'est pas très bon signe. C'est signe que quelque chose est fini. Le musée, un lieu mort où l'on dépose des objets que l'homme est fier d'avoir produits, mais qui n'existent plus que pour eux-mêmes et séparés de lui. Des films. Des films qu'on regarde comme un souvenir de ce qu'était cet art : cet art du XXe siècle.
Je suis à la bibliothèque du Film, et j'ai pris les reliures, énormes, du temps où le papier prenait tant de place, les reliures des journaux professionnels, *L'Action cinématographique* dans les années 1930, *La Cinématographie française* dans les années 1950 et 1960, envie de me nourrir de leur ton, de ce qu'ils racontent de chaque époque.

Dans le numéro 1875 du 2 juillet 1960, j'apprends que Charles Einfeld, vice-président et directeur de la publicité de la 20th Century-Fox est actuellement à Paris «pour coordonner la publicité des films Fox», que Pierre Cabaud est nommé directeur général de la société nouvelle Pathé-Cinéma, et qu'au Festival de Berlin le directeur de l'Association de la presse cinématographique allemande a déclaré qu'en raison «de la crise que subit actuellement le cinéma mondial, le rôle du critique est, tout en jugeant en toute indépendance un film, de défendre auprès du public la cause du cinéma».

Et puis c'est le numéro 1876 du 9 juillet 1960. Comme souvent, *La Cinématographie française* a vendu sa couverture à un producteur pour annoncer le tournage d'un film. Là c'est Georges de Beauregard qui a payé une double page à Jean-Luc Godard pour *Le Petit Soldat*, dont le tournage commence en Suisse. Et, sur la couverture, il y a ces mots, ces mots qui dans le film seront prononcés par le personnage de Bruno Forestier :

la
  photographie
  c'est
la
  vérité
le
  cinéma
  c'est
24
  fois
la
  vérité
  par seconde

et c'était ça, sans doute, que je cherchais encore : ces mots. Ces mots, pour me permettre de mettre un terme à mon livre, ce roman qui n'en est pas un, qui tente de respecter la vérité de ce qui est arrivé à Gabriel P. entre sa naissance en 1908 et sa mort en 2009.

De retour à l'atelier. Je ne fais rien : je suis assis. Je n'ai rien à faire. Rien d'autre que regarder autour de moi.
C'est un petit musée du film, un tout petit musée dans lequel je suis allé si souvent.
C'est aussi un décor, qui a servi pour tant de scènes. Jusqu'à la vingt-quatrième, la dernière. La dernière bobine de Gabriel, qui était aussi sa première.
Gabriel. Est-ce lui qui a voulu que j'écrive ce livre ?
Lui ou le clochard de la bibliothèque et ses *spectres*.

25
[2020]

Gabriel est mort il y a onze ans. Mon grand-père est mort il y a onze ans. Je vis dans cette maison, dans ma maison qui était sa maison : c'est finalement notre maison, la sienne et la mienne en même temps. Notre maison à tous les deux.
Et notre livre à tous les deux.

Sur une pellicule de cinéma, il a été décidé, au moment de l'apparition du parlant qui imposait une normalisation de la vitesse de défilement, pour que le son sorte comme il a été enregistré, qu'il y aurait vingt-quatre images par seconde de film. Norme. Plus tard vint la télévision, l'image vidéo, qui fut, elle, calée à vingt-cinq images par seconde (en Europe) : il fallait trouver un nombre dont la fréquence de l'électricité serait un multiple (50 Hz ; en Amérique, c'est 60 Hz et le standard vidéo trente images par seconde) pour éviter les interférences lumineuses lors des tournages (un flash à chaque retournement de fréquence). Norme.
Cette vingt-cinquième image a modifié le temps du cinéma : un film qui passe à la télévision, ou qu'on projette en DVD (zone 2), ou qu'on regarde sur son ordinateur, est très légèrement accéléré, on diffuse vingt-cinq images toutes les secondes au lieu des vingt-quatre prévues. Un film qui a été tourné pour le cinéma, qui a été tourné avec une pellicule, dure maintenant (car maintenant toute diffusion, toute projection, est numérique ; ou presque), 96 % de son temps normal.
Il manque 4 % de temps. Sur un film de deux heures, c'est presque cinq minutes en moins.
Antonio c'était ça qu'il aurait fallu trouver ? On a perdu ces 4 %, et tout s'est effondré ?

Vingt-cinquième image : celle du transfert d'un film matériel vers un support électronique.

J'ai rempli le formulaire sur le site de la Cinémathèque française, sur la page du programme *Ne jetez pas vos films !* il faut donner son nom, ses coordonnées, préciser le format du film, l'année si on la connaît, une description de ce qu'on voit.

— Donc : 28 mm (Pathé-Kok), 1913, un petit garçon de cinq ans marche dans un couloir puis plan fixe sur sa grande sœur de onze ans qui vient de tourner ces images, et son sourire, son sourire radieux ; et dans ce sourire il y a tout ce qu'elle ne sait pas, qu'elle va mourir dans six jours, qu'une guerre mondiale sera déclarée dans un an, que la Russie va devenir l'URSS dans quatre ans, qu'une crise économique va éclater dans seize ans, qu'Hitler va prendre le pouvoir en Allemagne dans vingt ans, qu'il va envahir l'Autriche dans vingt-cinq ans, qu'une deuxième guerre mondiale éclatera dans vingt-six ans, que la France sera occupée dans vingt-sept ans, qu'on saura que six millions de Juifs ont été exterminés dans trente-deux ans, que l'URSS dressera un mur au milieu de l'Europe dans quarante-huit ans, que la France acceptera de rendre l'Algérie à son peuple dans quarante-neuf ans, qu'on pourra coucher sans avoir d'enfants dans cinquante-quatre ans, qu'on ne pourra plus coucher sans risquer de mourir dans soixante-sept ans, que l'URSS va s'effondrer dans soixante-treize ans, qu'en Amérique deux tours vont s'effondrer dans quatre-vingt-huit ans, qu'un président français enverra des SMS pendant un rendez-vous avec le pape dans quatre-vingt-quatorze ans, tout ce que son petit frère, celui du plan précédent, son petit frère qui avait six ans de moins qu'elle, va encore vivre, dans les quatre-vingt-seize ans qui vont venir, tout ce qu'il saura, tout ce qu'il vivra : tout ce qu'il aura vécu. Tout ce qu'il a vécu.

La vidéo que j'avais tournée de Gabriel en 2009 avec mon téléphone je l'ai perdue ; mais il me reste cette petite bobine de pellicule de 1913.

J'ai donné mon nom, mon numéro de portable, mon adresse mail. J'ai reçu un message de confirmation avec un numéro à indiquer sur la pellicule à poster ou à déposer à Paris au musée du Cinéma ; le film sera ensuite numérisé et entrera dans les collections de la Cinémathèque ; sauf si je m'y oppose, il sera mis en ligne et accessible à tout le monde sur le site de «la mémoire partagée du film». Je ne m'y oppose pas. Je veux que ces images soient visibles, je veux offrir au monde ces quelques secondes, au nom de mon grand-père Gabriel, laisser au monde le sourire de cette grande sœur qu'il n'a qu'à peine connue. Cette belle-sœur que Lila n'a pas connue. Cette tante que mon père n'a pas connue. Cette Hélène que je n'ai jamais connue. Que plus personne de *vivant* n'a connue. Que personne ne pourra plus connaître, jamais — mais elle sera là, petite fille du XXe siècle projetée dans le XXIe siècle, sur le site de la Cinémathèque et sur les serveurs miroirs de toutes les cinémathèques du monde qui adhèrent au programme de la mémoire du film. Des miroirs, virtuels et infinis, pour son image, que tout le monde, mon père, Ludmilla, des inconnus du Kentucky ou d'Arkhangelsk, n'importe qui, pourra voir. Tant que le monde numérique tiendra, elle sera là, Hélène, elle sera là, vingt-cinq fois par seconde : quatre-vingt-seize fois sur ce qu'est cent.

Z.
[Un fichier]

Par superstition je n'envoie jamais un manuscrit à mon éditeur autrement qu'en format PDF, afin de fixer sur son écran, ou sur ses feuilles imprimées, la même mise en page, le même nombre de mots par ligne, le même nombre de pages que ce que j'ai lu, moi. J'exporte donc mon fichier texte en format PDF, que je joins à un message de courrier électronique auquel j'adjoins quelques mots, brefs.

Je t'envoie ce livre que j'ai écrit sur mon papy tu me diras ce que tu en penses ?

Non. Ne jamais écrire cette phrase. Ne plus écrire une seule phrase, un seul mot que je pourrais regretter.
Ne plus écrire n'importe quoi.
Plus jamais.

Écrire simplement, sans jouer, sans ironie, sans troisième degré, écrire simplement *je t'envoie mon dernier livre* et ajouter *j'ai décidé de ne plus être que cela : un écrivain.*

Ne plus participer à la féerie numérique. Ne plus aider à vendre cette camelote addictive qui pourrit nos veines mentales et nous fait oublier le toucher d'une écorce, l'odeur d'un jasmin, la lumière d'une étoile. La vie m'a donné tant, matériellement, cette grande maison et le bonheur de pouvoir écrire des romans. Je n'ai besoin de rien d'autre, si ce n'est de quelqu'un à aimer. Et je trouverai : si j'en prends la peine.

Et puis.

Ne pas faire comme Albert :
rester en vie, être plus fort que mes peurs.
Ne pas faire comme Antonio :
choisir ma vie, ne jamais renoncer.
Ne pas faire comme mon grand-père :
voir la vie, plutôt que la regarder.
Ne pas faire comme j'ai fait jusqu'à présent :
ne plus fuir ; vivre ma vie.

Marseille, Chanteloup,
novembre 2018
mars 2019-janvier 2020
printemps 2020

TABLE DES MATIÈRES

ACHEVÉ D'IMPRIMER

« [...] sois à la hauteur de ce que
j'ai toujours espéré connaître,
que j'ai passé ma vie à chercher,
sois un être humain réel plus
puissant, plus intense, plus original,
qu'un personnage de roman »

Achevé d'imprimer au mois de juin 2021,
par les imprimeries Corlet, en Normandie.
ISBN : 978-2-37055-282-2 | d. l. : août 2021
N° imprimeur : 21060269